우리의 노래를 불러라

おれたちの歌をうたえ

1

ORETACHI NO UTA WO UTAE
by GO Katsuhiro

Original Japanese edition published by Bungeishunju Ltd., in 2021.

Korean translation rights in Korea reserved by Blue Hole Six under the license
granted by GO Katsuhiro, Japan arranged with Bungeishunju Ltd., Japan
through JM Contents Agency Co., Korea.

우리의 노래를 불러라

おれたちの歌をうたえ

1

오승호(고가쓰히로) 장편소설
이연승 옮김

블루홀6

차례

1권

2권

집필을 시작하며 1970년대의 시대 상황에 대해 많은 분들께 가르침을 받았습니다.

나가노현 우에다시의 당시 생활상에 대해서는 우에다시 교육위원회 평생학습·문화재과의 시오자키 유키오 씨와 와네자키 쓰요시 씨에게, 같은 현 마쓰모토시의 역사와 풍토에 대해서는 마쓰모토시 문서관 특별 전문 위원 고마쓰 요시로 씨에게 배웠습니다. 마쓰모토시 시 의회 의원 가미조 가즈마사 씨에게 들은 그 시절의 청춘 이야기는 대단히 매력적이었고, 이 모든 것이 작품의 토대를 만들어 주었다고 느낍니다.

전공투 운동에 대해 오바 히사아키 씨, 주식회사 LoveMeDo의 대표 이사 CEO 하시모토 마후미 씨에게 귀중한 이야기를 들을 수 있었던 것도 얻기 힘든 경험이었습니다.

재일 조선인과 한국인의 삶에 대해서도 다양한 조언을 받아 묘사에 반영했습니다.

도움을 주신 모든 분들께 진심으로 감사드립니다.

오승호(고 가쓰히로)

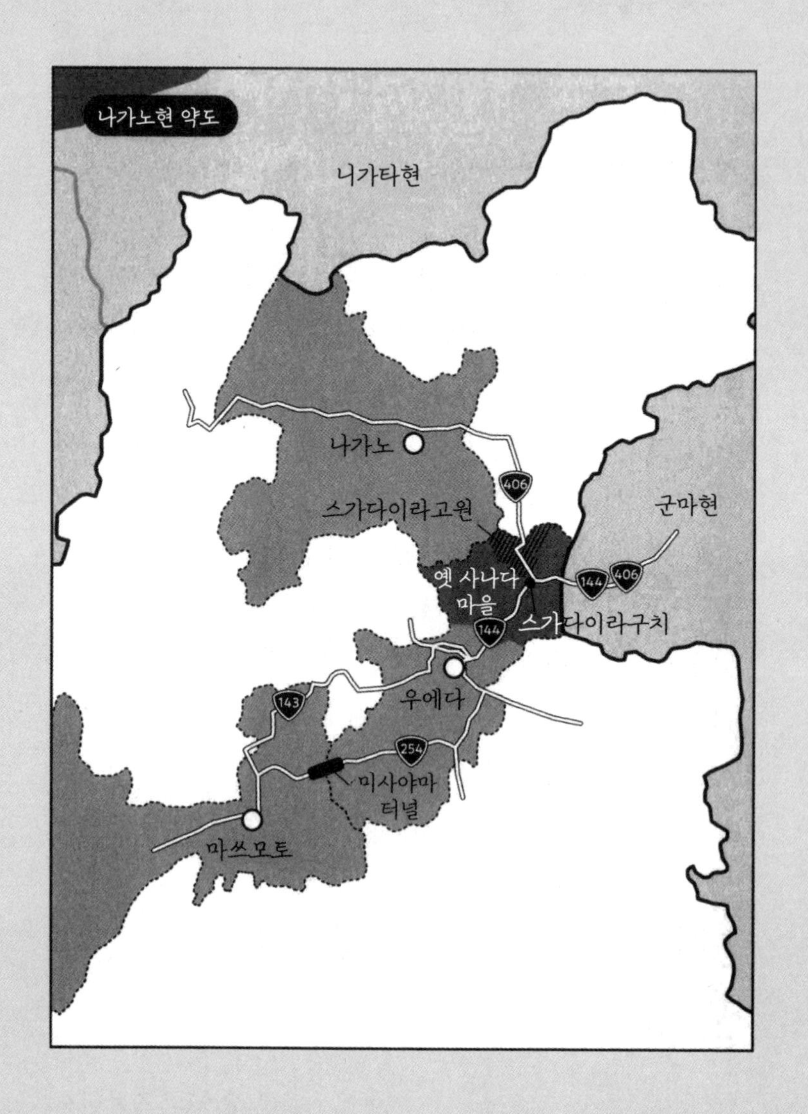
나가노현 약도
니가타현
나가노
406
스가다이라고원
군마현
144
406
옛 사나다
마을
스가다이라구치
144
우에다
143
254
미사야마
터널
마쓰모토

주요 등장인물

영광의 5인조

가와베 히사노리
고미 사토시
소토야마 고쇼
이시즈카 긴타
다케우치 후카

나가노현 우에다시

다케우치 미키히코
다케우치 지유리
이와무라 기요타카
최영기(이와무라 히데키)
최리자(이와무라 사토코)
최문남(이와무라 후미오)
최춘자(이와무라 하루코)
이자와 노부오
소토야마 교헤이

곤도 마사토

도쿄도

에비누마 SRP 엔터프라이즈 대표
아난 경시청 수사1과 강력계 계장
사사키 경시청 수사1과 강력계
우모토 도쿄 지방 검찰청 검사
아카호시 주도 고센 그룹 대표

나가노현 마쓰모토시

시게타 토무 고미 사토시의 뒤를 봐주던 건달
반도 샤인 뷰의 전직 두목
차보 반도의 부하
키리이 반도의 부하

일러두기

· 본문의 각주는 전부 독자의 이해를 돕기 위한 옮긴이 주입니다.
· 작품 속 시간 흐름에 의거해 등장인물의 호칭이 달라질 수 있습니다.
· 과거 시대상을 반영하여 현대에는 쓰이지 않는 어휘나 표현이 들어갈 수 있습니다.

눈보라 너머에서 거대한 그림자를 봤다고 했다. 무려 10미터 될 법한 거인의 그림자. 두 발로 서서 가만히 이쪽을 내려다보던 그것은 마치 불길을 짊어진 군다리명왕*처럼 보였다고 했다. 전쟁이 끝난 해의 겨울. 하얼빈과 하바롭스크 사이의 어딘가. 할아버지는 왜 그런 곳에서 혼자 헤맸는지 알려 주지 않았지만 거인의 그림자 이야기만큼은 왠지 그리운 것처럼, 그리고 기쁜 것처럼 들려줬다. 자신이 살아남은 기적 같은 건 그리 대단한 일도 아니라는 듯이.

할아버지는 그때 본 눈보라를 하늘이 휘두르는 채찍이라고 표현했다. 굽이치듯 휘몰아치는 바람, 쏟아지는 눈의 총탄. 시야를 뒤덮은 한없이 새하얀 늪. 변변한 장비가 없던 탓에 금세 피부 감

* 남방에 위치하여 재난을 방지하여 주는 오대명왕 중 한 신.

각이 사라져 손가락과 발가락을 여섯 개나 잃었다. 손과 발에서 각각 세 개씩. 오른손 검지는 스스로 물어뜯었다. 이유는 기억하지 못했다. 배가 고파서였는지, 아니면 흐려지는 의식을 붙잡기 위해서였는지. 해가 뜬 방향, 시간, 날짜도 불분명한 상황에서 이곳이 소련인지 만주인지 저세상인지도 구분하지 못한 채 그저 맹목적으로 '걸어야 해'라고 되뇌었다고 했다.

거인의 그림자는 마지막 기운이 바닥을 치고 몸이 무너져 내릴 때 모습을 드러냈다.

—인도받았다고 해야겠지.

할아버지는 진지하게 말했다.

—눈보라 너머에 장승처럼 우뚝 서 있었어. 그러다가 이렇게 돌아서서 먼저 발길을 떼더구나. 난 그 뒤를 좇았어. 기진맥진해 쓰러지기 일보 직전인 사람이, 숨 한 번 쉬기도 힘들어하던 사람이 고개를 들어 눈을 부릅뜨고 네발로 기듯 눈을 헤치며 그림자의 뒤를 좇은 거야. '아직 아니야'라고 생각하면서. 아직은 네 차례가 아니다. 앞으로도 넌 살아남아 해야 할 일이 있다. 그러니 나아가라. 그래. 그림자가 그렇게 지시하는 기분이었지.

이야기를 마치면 할아버지는 늘 내 머리를 쓰다듬어 줬다. 손가락이 부족한 손은 따스하면서도 믿음직스러웠다.

지금 눈앞에서 눈이 펑펑 쏟아지고 있다. 잡초만 했던 높이가 무릎 정도로 쌓일 때까지 앞으로 30분도 걸리지 않을 것이다. 흐린 하늘에서 소리 없이 쏟아지는 파편들에 그 기세가 꺾일 기미는 조금도 보이지 않는다.

목에 두른 목도리를 꾹 움켜쥐었다. 자칫 발을 헛디딜 뻔했다. 장갑 낀 손으로 주먹을 꽉 쥐고 연신 부딪히는 어금니에 힘을 줬다. 이미 여기서 상당한 시간을 허비했다. 발밑을 보니 어느새 눈의 늪이 정강이 언저리까지 올라와 있다.

이대로 빠져나가지 못하면 어떡하지. 그런 불안감에 휩싸였다. 춥다. 무섭다. 불안하다. 친구들에게 달려가고 싶다. 적어도 그들을 불러서 대답을 듣고 싶다. 이곳에 나 혼자 남은 게 아니라는 걸 확인하고 싶다. 그리고 펜션으로 돌아가 몸을 씻고 따뜻한 차를 마시고 전병을 먹으며…….

이를 꽉 깨물었다. 흘러넘치는 공포를 억눌러 없앴다.

무서운 기세로 덮쳐 오는 정적에 맞서 조용히 노래를 흥얼거렸다. 당장에라도 꺾여 버릴 것 같은 마음을 위해, 최대한 밝고 흥겨운 텔레비전 만화 노래를.

서쪽에서 떠오른 해님이 동쪽으로 저무네

문득 정신을 차리니 시리디시린 내 독창 소리에 상상 속 목소리가 겹쳤다. 그 녀석들의 목소리다. 음정이 제각각인 네 목소리가 마치 어깨를 맞대고 팔을 흔들며 소리치는 것처럼 떠들썩하다.

체온이 오른다. 움츠러든 가슴이 다시 뛰기 시작했다.

잠시 후 쏟아지는 눈 너머에서 그것이 보였다. 하늘을 향해 쏘아 올리듯 쭉 뻗는다. 그 순간 할아버지의 손바닥이 가까이에서 느껴졌다.

아아, 그렇구나. 저건 역시 그랬구나. 내 앞에도 나타나 줬구나.

할아버지를 이끈 거대한 그림자.

—그것 덕에 널 만날 수 있었단다.

할아버지가 내 머리를 쓰다듬으며 마지막에는 항상 이렇게 덧붙였다.

—이토록 눈부시게 아름다운 미래에 말이다.

1장

안녕을 고하는 오늘에—2019년

예정에 없는 전화벨 소리를 듣고 억지로 눈을 뜨는 것만큼 불쾌한 일도 없다. 세월이 흘러 누렇게 때 탄 커튼 사이로 쏟아지는 아침 햇살에 땀을 흘리며 바로 조금 전 간신히 수면의 입구에 도달했을 때라면 더욱 그렇다.

시치미를 떼듯 아우성치는 스마트폰 화면에는 낯선 번호가 찍혀 있다. 직업상 인간관계의 맺고 끊음이 잦은 편이지만, 가와베 히사노리는 그저 스쳐 지나갈 것이 뻔한 사람의 전화번호도 전부 저장하는 버릇이 있었다. 이름 없이 상대의 특징만 적어서 저장한 번호도 수없이 많다. 무언 장난 전화, 40대 아줌마 목소리, 잘못 건 전화……. 의미가 없고 용도도 없다. 설령 등록된 '무언 장난 전화'나 '40대 아줌마 목소리'에게 전화가 와도 안 받지는 않을 것이다. 실제로 지금 가와베는 아는 사람일 가능성이 거의 없는 미등록 전화번호의 상대와 통화하려 하고 있다. 걸려 온 전화는 받는다. 이 역시 가와베의 습관이었다.

—엇.

전화가 연결되자마자 수화기 너머에서 목소리가 들렸다.

—으음. 당신, 혹시 가와베 씨?

"누구?"

—어?

들뜬 목소리를 덮는 것처럼 다시 묻는다.

"누구냐고, 너."

—뭐, 뭐야. 갑자기.

목소리와 말투 모두 젊다. 기껏해야 20대. 특수한 경우가 아니라면 남자일 것이다.

—받자마자 누구냐고 묻고, 너라고 하고. 실례 아니야?

"장난치지 마라."

상대가 놀라는 기색이 전해졌다. 전화를 받기는 했어도 타인의 단잠을 방해하는 무례한 인간에게까지 예의를 차리는 습관은 없다.

"됐고, 이름이나 대라. 싫으면 두 번 다시 전화하지 말고."

—아니, 그게 아니라……. 대체 뭐냐고, 그 태도.

주절주절 불만을 늘어놓는다. 남자의 말투에는 세상을 겉도는 자 특유의 거친 느낌이 있었다. 물장사, 사채업자, 마약상. 어차피 말단일 것이다. 예전과 달리 고작 이 정도로 쩔쩔매는 꼬맹이도 특수 사기 등을 저질러 고급 외제 차를 몰고 다닐 가능성이 없지는 않다. 그러나 가와베에게는 상관없는 일이다. 유흥업소나 사채 영업, 공갈과 협박, 일자리 제안, 각종 상담 등 그 어떤 유형의 전화든 통화가 무르익을 일은 없다. '상대를 잘못 봤다'라고 한마디 해 주면 끝난다. 그리고 '20대 남자. 목적 불명'이라는 이름으로 번호를 등록하고 다시 잠들면 된다.

그럴 터였다.

—당신, 혹시 고미 사토시라고 알아?

언짢은 듯 말하는 그 이름을 듣고 순식간에 정신이 번쩍 들었다. 고미 사토시. 한자 이름도 바로 떠올랐다.

—당신이 정말 가와베 씨가 맞다면…….

"잠깐."

남자의 말을 끊고 몸을 일으켰다. 자세를 고쳐 앉자 언제 꺼져도 이상하지 않을 간이침대가 삐걱대며 비명을 질렀다.

"……일단 네 이름부터 말해."

—또 그런다. 내가 누군지는 딱히 상관없잖아.

"나도 너라고 부르기 싫어. 아까 실례라고 하지 않았나?"

적당히 얼버무리며 머리를 매만진다. 숱 없는 짧은 머리가 까슬까슬하다. 왼손을 머리에서 보조 테이블로 옮겼다. 청소라는 문화를 졸업한 지 이미 오래지만 테이블 위는 그나마 상태가 나은 편이다. 뚜껑을 딴 지 닷새 정도 지난 페트병을 들어 안에 든 것을 벌컥 벌컥 마신다. 맛이 느껴지지만 무슨 맛인지 일반적인 어휘로 표현할 수 없다. 그래도 가와베는 묵묵히 액체를 위장에 흘려보냈다.

—시게타.

"시게타? 한자로 어떻게 쓰지?"

그러자 혀 차는 소리가 들렸다.

—무성할 무茂에 밭 전田을 써서 시게타.

"이름이 아니라 성이군."

—당연하지. 그럼 이름이겠어?

"자, 그럼 시게타. 넌 사토시와 무슨 관계지?"

—어이.

날 선 목소리가 귀에 꽂혔다.

—내가 먼저 물었잖아. 당신이 가와베인지 아닌지부터 말해.

"가와베가 맞다. 내가 가와베 히사노리야."

시키는 대로 고분고분 따르고 싶지는 않지만 여기서 전화를 끊을 수도 없는 노릇이다. 가와베는 꽉 쥐었던 주먹을 천천히 다시 폈다.

"필요하다면 생년월일도 말해 줄까?"

—필요 없어, 그딴 거.

가시 돋친 목소리에서는 대화의 의지가 읽혔다. 이 녀석도 이 녀석대로 통화가 끝나는 걸 바라지 않고 있다.

그래서 더 궁금해졌다. 이 전화의 목적이.

"고미 사토시는……."

—죽었어, 어제.

스마트폰을 쥔 손에 힘이 들어갔다. 동시에 몸 중심부에서 힘이 풀렸다. 죽었다. 사토시가 죽었다.

"그런가."

간신히 내뱉은 말은 바닥에 떨어진 3킬로그램짜리 아령보다 무게감이 없었다.

—웃겨?

"아니. 이미 오래전에 죽은 줄 알아서."

시게타가 불만스러운 듯이 콧방귀를 뀌었다. '정말 이상한 놈이네'라고 비웃는 것 같다.

그렇군. 내 숨결이 웃는 것처럼 느껴졌을까. 하지만 그게 어떤 감정에서 나오는 웃음인지는 자신도 알 수 없다.

20년. 지긋지긋할 정도로 긴 세월이 나와 사토시 사이에 놓여 있다. 아슬아슬하게 이어져 있던 가는 실이 바로 지금 예기치 않게 끊어졌다.

"그래서……."

가와베는 최대한 감정을 배제하고 물었다.

"네 용건은?"

시게타가 말문이 막히는 게 느껴졌다.

—그보다 먼저 물어야 할 게 있지 않아? 당신들이 친구였다면.

"그래, 친구였지. 하지만 60년 가까이 살다 보면 슬픔에도 절차라는 게 필요한 법이야."

—뭐야, 그건 또.

가와베조차 상대가 어이없어하는 것이 지당하다고 생각했다.

"전화번호는 사토시한테 전해 들었나?"

—그래. 거기 말고 또 어디서 듣겠어. 무슨 일이 생기면 이 번호로 전화하라고 했어. 정말로 누가 받을 줄은 몰랐지만.

"그 전령 비둘기 같은 짓은 시급이 얼마지?"

대답이 끊겼다. 잠시 후 날 선 목소리가 돌아왔다.

—이봐. 영감탱이. 적당히 해.

가와베는 일부러 반응하지 않았다. 시게타의 숨소리에서는 또렷한 분노가 배어났다. 그런데도 전화를 끊을 마음은 없어 보인다.

침묵 싸움은 결국 시게타의 패배로 끝났다.

—아무튼 전해야 할 말이 있어.

"나한테?"

—그래. 당신한테.

침을 삼키고 싶은 것을 꾹 참았다.

"뭐지?"

—여기로 오면 알려 줄게.

"지금 나랑 밀당하자는 건가? 지금 하든 만나서 하든 다를 게 없을 텐데."

—안 돼. 이것만은 양보 못 해. 당신이 이쪽으로 와야 해.

"보물 지도라도 발견했나?"

조롱하는 듯한 코웃음 소리. 그 안에 숨은 부자연스러운 기운을 가와베는 놓치지 않았다.

하지만 밀고 당기기는 여기까지다.

"어디로 가면 되지?"

—니시보리.

아주 오랜만에 들은 동네 이름. 하지만 그게 어디 있는 어떤 곳인지는 별 어려움 없이 알 수 있다.

"알겠어. 가지."

—언제 올 거야?

"세 시간 후."

가와베는 즉시 대답하고 몸을 일으켰다.

두 칸으로 나뉜 옷장 상단에 산더미처럼 쌓인 재킷과 셔츠, 바지와 수건을 바닥에 팽개치고 담요와 양복을 함께 넣은 쓰레기 봉지에서 수십 년 전에 산 배낭을 꺼냈다. 언제 마지막으로 멨는지 기억을 되짚는다. 장 보러 가거나 일하러 갈 때도 언제나 빈손이었다. 그래도 문제없는 삶이 이미 오랫동안 이어지고 있다.

속옷과 내복, 양말을 각각 두 장씩 바닥에서 주워 배낭에 넣었다. 조금 고민하다가 양복을 집었다. 장례식이 열린다고 해도 참

석할 마음은 없지만 이건 다른 문제다. 즉 마음의 문제였다.

서둘러 향한 현관 앞에서 거울에 비친 자신의 모습이 눈에 들어왔다. 매일 입고 다니는 면바지, 얼룩이 눈에 띄는 흰색 티셔츠. 외모에 신경 쓸 나이는 지났지만 그래도 너무 심하다. 초췌한 얼굴. 바로 3분 뒤 객사해도 놀랍지 않을 몸. 어쨌든 재킷 정도는 챙겨야겠다 싶어 다시 등을 돌렸다.

구겨진 블루종을 배낭과 함께 어깨에 걸치고 집을 나섰다. 빌라 외부 계단을 3층부터 뛰어 내려갔다. 꼭대기 층에 있는 집은 월세 대비 넓고 볕도 잘 드는 편이지만, 집주인은 진도 4가 넘는 지진이 덮치면 목숨을 보장할 수 없을 거라고 미리 귀띔해 줬다. 2층을 지날 때 외국어 노랫소리가 들렸다. 아마 중동 언저리에서 부르는 엔카*같은 노래일 것이다.

주차장까지 조금 걸었다. 허름한 건물이 밀집한 이 동네에 차고 같은 건 없다. 주민들은 기껏해야 자전거나 오토바이를 타고 다니는데 그마저 언제 도둑맞아도 불만을 토로할 수 없는, 그런 동네였다.

금세 땀이 줄줄 흘렀다. 9월이 끝나 가고 있음을 도저히 납득할 수 없을 만큼 햇볕이 강렬하다. 이런 상태면 블루종은 그저 짐이 될 것이다. 그러나 그건 도쿄에 한정된 이야기고 목적지인 니시보

* 애절하고 서정적인 가사와 특유의 창법이 특징인 일본의 대중가요.

리는 나가노현 마쓰모토시에 있다.

창고 같은 분위기의 월정액 주차장을 계약한 사람은 가와베가 아닌 에비누마라는 오래된 지인이었다. 얼마 안 되는 생활비와 허물어지기 일보 직전의 빌라 집을 구해 줬으니 은인이라 해도 과언이 아니다. 거기에 오늘 이 회사용 프리우스*를 잠시 빌린다고 해도 천벌을 내리지는 않을 것이다.

머릿속으로 경로를 그리며 시동을 걸었다. 수도 고속도로에서 중앙 자동차 도로, 그리고 나가노 자동차 도로……. 뒤늦게 카 내비게이션에 목적지를 입력하자 거의 비슷한 경로가 표시됐다. 사고나 정체 소식은 없다.

프리우스를 출발했다. 이케부쿠로 방향으로 달린다. 이대로 막히지 않고 달려도 세 시간 뒤 약속 시간에 맞출 수는 없을 것이다. 법정 속도를 지키는 이상.

수도 고속도로에 들어설 무렵 시게타의 말이 다시 떠올랐다.

그보다 먼저 물어야 할 게 있지 않아?

그렇다. 그 말이 맞다. 우선 사망 원인. 가족 유무, 생활환경. 도와줄 일이 있는지 없는지. 이 정도는 누구나 떠올릴 것이다. 친구라면.

* 일본 자동차 제조사 도요타에서 1997년 세계 최초로 하이브리드 자동차를 표방하며 양산, 판매 중인 차종.

그렇다. 친구다. 그걸 의심한 적은 없다.

귀에 거슬리는 전자음이 울렸다. 음료수 받침에 꽂은 스마트폰을 확인하니 에비누마의 이름이 표시돼 있다.

스피커폰으로 통화를 시작했다.

"무슨 일이지?"

—무슨? 일?

지금 에비누마가 어떤 기분인지는 쉽게 알아챌 수 있었다.

—어이, 가와베 씨. 혹시 나한테 문제가 있는 거면 말해 줘. 당신 지금 나한테 '무슨 일이지?'라고 물은 게 맞지?

"아마도. 미안하지만 잠이 덜 깨서 기억이 가물가물해."

—그렇군. 그럼 역시 당신이 문제였네. 잘 들어. '무슨 일이지?'라는 건 말이야. 남에게 민폐 끼치지 않고 이기적인 행동은 삼가며 평소 사고도 치지 않는 사람만 입에 담을 수 있는 말이라고.

아침 댓바람부터 힘이 넘치네. 가와베는 한숨이 나오려는 것을 꾹 참았다. 상대는 밤새도록 술을 퍼마시다 눈 붙일 타이밍을 놓친 사람처럼 예민해 보였다.

전화를 건 이유는 대충 짐작이 갔다. 평소 애지중지하던 푸조가 사라져 가와사키의 공장 부지에서 폐차 일보 직전 상태로 발견된 후, 에비누마는 자기 차에 늘 특수한 GPS를 장착하고 있다. 정해진 구역을 벗어나면 스마트폰으로 알림이 가는 일종의 감시 장치 같은 것을.

—어이, 여보세요? 이제 정신이 좀 드나? 졸려 죽겠으니 얼른 설명해 봐. 왜 이런 시간에 허락도 없이 내 차를 타고 우리 도쿄 23구를 벗어나려고 하는지. 간결하면서도 확실히. 성의를 담아.

"드라이브."

빠드득. 이를 가는 듯한 침묵이 가와베에게도 전해졌다.

"신경 쓰지 말고 자. 내일 갈 테니."

—뭐?

어이없어하는 목소리.

—내일? 농담이지? 오늘 밤 일은 어떡하게?

"애들을 데리러 왔다 갔다 하는 건 원숭이도 할 수 있지 않나? 렌터카 요금은 내 앞으로 달아 둬. 기름값도."

—야, 이 자식아! 네 월급은 가불금 빼면 이미 바닥이야!

"에비누마."

길 끝으로 수도 고속도로 5호선의 램프가 보였다.

"톨비도 부탁해."

이번에는 실제로 이를 빠드득 가는 소리가 들렸다. 같은 직장에서 일하던 시절부터 이 녀석의 성격은 변함없다.

—……대체 언제까지 선배 행세가 통할 거라고 생각하는 거야?

"선물 사 갈게."

에비누마가 고함을 지르기 직전에 전화를 끊었다. 금방 다시 전화벨이 울렸다. 그 소리가 사라질 때쯤 프리우스가 톨게이트를 통과했다.

사고와 속도위반 단속에 주의하며 최대한 가속 페달을 밟았다. 어느새 수도 고속도로에서 중앙 자동차 도로에 접어들었다. 평일 오전이라서인지 하치오지에서 가나가와, 그리고 야마나시까지 차량 흐름이 원활했다. 바로 어제 가게 여직원에게 요새 난폭 운전하는 노인들을 비난하는 사람이 많다고 들었지만, 이 정도면 그런 흐름에 기름을 붓지 않고 끝날 것이다. 고작 세 시간 운전은 별것도 아니다. 다만 밝은 차창 탓인지 눈이 조금 피곤했다. 네온사인 사이를 간간이 휘젓고 다니는 것과 다르다. 밝은 태양 아래, 그것도 도쿄를 벗어난 게 대체 얼마 만일까.

평소 가와베의 활동 범위는 이케부쿠로 일대로 정해져 있다. 아라카와보다 북쪽에 갈 일은 거의 없고 메지로 거리를 지나 남쪽으로 가는 경우도 드물었다. 날마다 시간은 다르지만 대개 오후 6시쯤 첫 번째 손님 예약이 들어온다. 가게 문을 닫는 새벽까지 호텔, 아파트, 단독주택, 직장 수면실 등 지정된 장소로 가게 직원들을 데려간다. 직원이 꼭 여자만 있는 건 아니다. 여자 손님을 상대하는 남자 매춘부들. 한물간 호스트나 퇴역 운동선수. 예대생*,

* 일본 명문 도쿄 예술대학 학생을 일컫는 말.

게대생*, 전과 있는 양아치들. 그런 이들이 의외로 수요가 있다. 에비누마는 난봉꾼 같은 놈이지만 장사에는 정성을 쏟아 붓는다. 최근 10년간 그 실력 덕분에 군웅할거인 이 출장 마사지 업계에서 살아남았다.

고생해서 성공한 만큼 주량도 늘었다. 인간의 짜증과 분노는 혈중 알코올 농도에 비례한다. 이번에야말로 에비누마는 나를 내칠지 모른다. 그게 하룻밤의 악몽일지, 폭우에도 굴하지 않고 타오르는 검은 화염일지는 뚜껑을 열어 보기 전까지 알 수 없다. 에비누마에게도 버려지면 일할 곳이 없다. 일할 곳이 없으면 다음 달 월세를 내지 못한다. 환갑을 눈앞에 둔 거주지 불명의 홀아비에게 주어질 일자리 같은 건 상상할 가치도 없다.

그런 현실을 꼭 남의 일처럼 떠올리는 자신을 보며 스스로도 어이가 없었다.

아무래도 나사가 하나 빠진 느낌이다. 아니, 이미 뽑혔을 수도 있다. 습기를 머금어서 쓸모없어진 수류탄의 안전핀이.

미나미알프스시를 지나자 현 경계에 다다랐다. 오른쪽에 우뚝 솟은 야쓰가타케산. 나가노현에 있는 학교들은 보통 1박 2일 일정으로 야영 합숙을 가곤 하는데 야쓰가타케산은 그 단골 코스다.

그날 우리가 오른 곳은 스가다이라고원으로 통하는 산길이었다.

* 일본 명문 게이오대학 학생을 일컫는 말.

반세기 전쯤인 초등학교 6학년 겨울방학 때 동네에 사는 일가족들이 모였다. 사토시는 놀다가도 틈만 나면 손으로 눈을 뭉쳐 먹었다. 후카가 그런 사토시에게 눈을 흘기며 "더러우니까 그만해!"라고 소리쳤다. 긴타는 그 눈에 도쿄에서 온 광화학 스모그가 녹아 있을지도 모른다며 지식을 뽐냈고, 고쇼는 후카를 놀리듯 사토시와 경쟁하며 입안 가득 눈을 집어넣고…….

검은 그림자. 그때는 어떻게 그걸 발견했을까. 그리고 왜 그 뒤를 쫓았을까.

문득 설명하기 어려운 감정이 솟구쳐 가와베는 손으로 목을 긁었다. 한 손으로 운전하느라 차체가 흔들려 하마터면 뉴스 속 주인공이 될 뻔했다. 핸들을 다시 잡고 마음을 가라앉혔다. 목울대 부분이 따끔거린다. 이런 발작도 제법 오랜만이었다.

궤도를 바꾼 프리우스가 나가노현에 진입했다. 지금 가는 마쓰모토시는 오래전 발길을 끊은 고향의 산을 옆에 두고 있었다.

코인 주차장에 프리우스를 세울 때 시간은 오전 11시가 넘어 있었다. 시게타의 전화를 끊은 지 3시간 20분이 지났다. 아무것도 시야를 가리지 않는 평평한 아스팔트에 서서 하늘을 올려다봤다. 새파란 하늘에서 맹렬하게 이글거리는 태양은 도쿄에서든 나가노에서든 볼 수 있다. 마쓰모토성의 천수각은 빌딩과 아파트에 가려져 이곳에서는 전혀 보이지 않았다.

서둘러 약속 장소로 향했다. 마쓰모토의 지리를 잘 아는 것도 아니지만 발걸음에는 망설임이 없다. 머릿속에 이미 지도가 그려져 있었다. 아니, 걸을 때마다 지도가 복원되는 느낌이었다. 전에 이 일대를 돌아다닌 적이 있다. 단 이틀뿐이었지만 매우 밀도 높았다. 그때도 가와베는 땀을 줄줄 흘렸다. 전국적으로 폭염이 기승을 부리던 해였다.

니시보리는 에도 시대의 옛 이름으로 정식 주소는 아니지만 지금도 널리 쓰이는 통칭이다. 마쓰모토성의 남서쪽에 있고, 성 주변 못 안쪽에 있는 도이지리와 함께 전에는 환락가로 번성했다고 하지만 지금은 거의 흔적이 남아 있지 않다. 아파트와 주택이 가지런히 늘어선 풍경은 무더위를 헤치고 다니던 1999년 여름보다 맥이 풀릴 만큼 건재했다.

그때 갑자기 어지러울 정도로 풍경에 균열이 생겼다. 길을 따라 예고도 없이 간판들이 줄줄이 나타났다. 쭉 늘어선 술집 문은 한낮의 햇빛에 빛이 바랬고, 불 꺼진 원색 네온사인 간판은 꼭 어린아이가 그린 낙서 같다. 빽빽한 건물 문과 벽, 셔터와 바닥까지 전부 때가 타 있다. 한적한 주택가에 있어 다 돌아보는 데 10분도 걸리지 않을 이 구역만이 세월의 흐름을 거부하는 듯이 묘한 자력을 발산하고 있었다.

가게 뒷문 사이에 있는 좁고 구불구불한 길을 걷다가 튜브형 자물쇠만 새것인 녹슨 자전거를 지나칠 때였다.

"가와베 씨?"

뒤쪽의 벽돌 건물에서 목소리가 들렸다. 옆에 철제 계단이 있는 입구 그늘에서 한 청년이 몸을 일으켰다. 노랗게 물들인 반삭발 머리. 파스텔 핑크색 알로하셔츠, 빛바랜 청바지. 귀에는 동그란 피어스가 달려 있다. 가와베는 그가 신은 비치 샌들을 보고서야 가슴을 쓸어내렸다. 상대와 싸울 마음이 있는데 이런 차림으로 올 멍청이는 없을 것이다.

청년도 가와베를 위아래로 훑어보며 대충 파악을 마친 듯했다. 그는 거만하게 눈을 가늘게 뜨고 여유 있게 코웃음 쳤다.

"당신이 가와베 씨 맞지?"

"네가 시게타인가?"

"어이."

고개를 숙이고 올려다보며 눈을 부라린다. 샛노란 머리카락이 눈부셨다.

"전화할 때부터 계속 짜증 나게 구네. 다른 사람 질문은 귀에 안 들어와?"

"틀어막고 있는 것도 아니니 안 들어올 리는 없지. 그래. 내가 가와베다. 신분증이라도 보여 주랴?"

"어이, 영감탱이. 내가 만만해?"

지근거리에서 보니 제법 반반하게 생겼다. 호리호리한 몸에 자신보다 조금 큰 키. 175센티미터 정도는 될까. 목소리로 추정컨대 나이는 아마 20대 초반일 것이다. 매끈한 피부를 보니 주먹다짐이 일상인 사람은 아니다. 입에서도 약 냄새 같은 건 풍기지 않았다.

"뼈다귀를 분질러서 만신창이로 거리에 나앉게 해 줄까? 어? 내가 한마디 하면 순식간에 열 명은 모여."

"그렇군. 몇 분 기다리면 되지?"

그러자 시게타는 눈을 부릅뜬 채 몸이 굳었다.

"이 영감탱이가 정말……."

"장난하는 게 아니야. 널 만만하게 보는 것도 아니고. 그냥 네가 모시는 형님이 있으면 그쪽과 이야기하는 게 더 빠를 것 같아 하는 말이다. 미리 말해 두는데, 이래 봬도 나도 도쿄에서는 나름 잔뼈가 굵어. 잘못하다가 네가 더 당할 수도 있어."

"뭐? 이 영감탱이가 어딜 빤히 보이는 거짓말을."

"못 믿겠다면 이케부쿠로에 있는 SRP 엔터프라이즈라는 회사에 전화해 봐. 내가 거기 소속인지 보스인 데라치 씨한테 물으면 돼. 물론 그만한 각오는 하고."

위협적인 시게타의 표정에 순간 동요의 기색이 스쳤다. SRP 엔터프라이즈는 에비누마가 명의만 내건 회사 이름이고, 데라치는 그곳에서 경리를 보는 아저씨다.

"잘 생각해 봐. 내가 과연 평범하고 성실한 인간일까? 고미 사토시의 친구인데."

눈앞에 있는 얇은 입술이 조금 열렸다 닫히기를 반복했다. 넓은 이마에서 비지땀이 배어난다. 속에서 '사람을 잘못 건드렸다'라는 후회와 여기서 물러설 수는 없다는 의지가 뒤섞여 요동치고 있을 것이다. 가와베는 싸늘하게 식은 머리로 생각했다. 이로써 사토시가 밝은 세상에 살던 사람이 아니었다는 걸 확인했다.

하마터면 한숨을 내쉴 뻔했다. 동시에 너무 과하다고 반성도 했다. 내가 생각해도 어른스럽지 못했다. 그리고 무엇보다, 의미가 없다. 이런 양아치 녀석들을 제압하려는 습관은 지금에 와서는 단순한 악취미에 불과하다. 적어도 출장 마사지 업소의 운전기사라는 신분으로는 더더욱.

"너무 나쁘게 생각하지는 마, 시게타. 사실 나도 긴장하고 있어. 오랜만에 사토시 소식을 들어서."

가와베가 어깨에 얹으려던 손을 시게타는 거칠게 뿌리쳤다. 경계심을 드러내며 거리를 벌리더니 분노에 찬 눈으로 가와베를 노려본다. 당혹스러울 만큼 묘한 기세가 느껴졌다.

"그렇게 화내면 쓰나. 사람이 사과하는데."

"내 앞에서……."

시게타의 입술이 파르르 떨렸다.

"두 번 다시 거들먹거리지 마."

분노의 칼끝을 제대로 받아내지 못해 반응이 한 박자 늦어졌다.

"……그래. 알겠어. 약속하지."

그 뒤로도 시게타는 이글거리는 눈으로 가와베를 노려보다가 잠시 후 혀를 쯧 찼다. 그러더니 돌아서서 따라오라는 말도 없이 발걸음을 뗐다. 심통 난 것처럼 어깨를 으쓱거리는 그에게 약간의 불안을 느끼며 가와베는 술집 거리를 걸었다. 가게 앞 싸구려 네온사인 간판에 적힌 'LOVE'라는 글자. 꼭 과장은 아니다. 돈으로 그것을 살 수 있다. 동남아시아에서 온 호스티스가 많다는 의미에서 별칭은 '신슈의 리틀 타일랜드'. 평범한 유흥업소라면 마쓰모토역 주변에도 있다. 여기까지 모여드는 건 한밤의 열기에 몸을 불사르고 싶은 녀석들이다.

시게타는 거침없이 술집 거리를 지나 모퉁이를 돌았다. 조금 더 걷자 길가에 있는 거무스름한 콘크리트 건물이 보였다. 문도 접수창구도 없는 현관을 지나고 나서야 이곳이 공동 주택임을 깨달았다. 안쪽으로 뻗은 통로 좌우에 투박한 문이 늘어서 있고 그 끝에 콘크리트 계단이 있다. 복도에 전등은 꺼져 있다. 하루 종일 캄캄해도 이상하지 않을 것 같다고 생각했다.

시게타는 계단을 올랐다. 1층과 2층 사이 층계참에 큰 창문이 있지만 옆 건물에 가려져 햇빛은 거의 들어오지 않는다. 공기가 차다. 그리고 정체돼 있다. 벽에는 원인을 알 수 없는 검은 얼룩이 마치 난간처럼 2층까지 이어졌다.

"사토시는 불우했나 보군."

"당신은 아니야?"

순간 말문이 막혔고 뒤이어 쓴웃음이 나왔다. 분명 이런 꼬락서

니로 다른 사람을 동정하는 건 우스운 일이다.

시게타는 2층 오른편에 있는 가장 끝 집 앞에서 멈춰 섰다. 청바지 주머니에서 거칠게 열쇠를 꺼내 철컥거리며 문을 열었다. 206호.

문이 열리자마자 찬바람이 느껴졌다. 볕이 잘 드느냐 안 드느냐의 수준이 아니다. 에어컨, 그것도 최저 온도의 바람을 최대 출력으로 뿜는 듯한 냉기였다.

시게타를 따라 신발을 신은 채로 집 안에 들어섰다. 세 걸음 만에 끝나는 통로. 왼쪽 문은 화장실일 것이다. 욕조가 있는지는 알 수 없다. 있어 봐야 유닛 욕조다.

담배 냄새로 찌든 방 안을 보자마자 기시감에 휩싸였다. 부엌 위치, 창문 위치, 크기와 분위기까지 청소라는 문화와 담쌓은 지 오래된 자신의 집과 놀라울 정도로 겹쳤다.

그리고 침대 위치.

"이게 무슨……!"

그렇게 무심코 외치고 말았다. 바닥에 널린 잡동사니들을 발로 차며 침대로 가던 시게타가 고개를 돌려 '뭐?' 하는 표정을 지었다. 상대가 소리친 이유를 가늠 못 하는 표정이라 가와베는 눈앞의 청년이 조금 섬뜩해졌다.

짧게 숨을 내쉬며 마음을 가라앉힌 후 다시 시게타에게 물었다.

"왜지?"

의식이 침대로 향했다. 그곳에는 축 늘어진 남자가 누워 있었다. 누가 봐도 숨이 끊어져 있다. 세월의 간극을 넘어 가와베의 직감은 그가 고미 사토시임을 확신했다.

"신고를, 안 한 건가?"

"뭐? 그래. 어쩔 수 없잖아."

가와베는 '어쩔 수 없다'라는 말의 의미를 상상하지 못하고 아연실색해서 시게타를 쳐다봤다.

"이럴 때 어떻게 해야 하는지도 모르겠고."

토라진 듯한 말투다. 약간의 불안감 외에는 주눅 든 기색이나 수상한 속내 같은 건 읽히지 않는다. 오히려 그런 모습이 가와베의 눈에 더 오싹하게 비쳤다.

마음을 가다듬고 시신으로 눈길을 향했다. 사토시는 입을 반쯤 벌리고 눈을 감고 있다. 부스스한 머리카락은 하얗고 움푹 팬 볼은 주름투성이다. 얇은 이불이 가슴까지 덮여 있지만 별다른 외상은 없어 보인다. 죽은 사람에게서 풍기는 악취 같은 것도 거의 없다. 아마 에어컨과 이불 덕일 것이다. 그리고 아마 아래에는 기저귀를 차고 있을 거라고 짐작했다.

자연스레 한숨이 터져 나왔다. 이상한 일도 아니다. 우리는 나이가 들었다.

몇 가지 상식적인 선택지가 머리를 스쳐 갔다. 그에 따른 번거로움, 혹은 수고로움, 그리고 위험성. 그 모든 것을 저울질한 끝에 가와베는 시게타에게 고했다.

"자세한 이야기를 들려줘."

가와베는 이불을 걷었다. 사토시는 러닝셔츠 아래로 싸구려 파자마를 입고 있었다. 아니나 다를까 오물 냄새가 코를 찔렀다. 시신에 얼굴을 가져가 목부터 차례로 온몸을 관찰했다.

"어젯밤, 그러니까 새벽 1시쯤에 침대에서 이러고 있는 걸 발견했어. 보자마자 죽은 걸 깨닫고 어떻게 해야 하나 싶어서……."

"혼자였나?"

"사토시 씨한테 여자는 없어."

사토시 씨라.

"그게 아니라 너 말이다. 여기 들어올 때 혼자 들어왔나?"

"뭐? 아아, 그래. 혼자 들어왔어. 다른 녀석을 데려올 이유도 없잖아."

"이 소식을 나 말고 또 누구한테 전했지?"

"없어."

가와베는 고개를 끄덕이는 대신 몸을 일으켰다. 허리를 펴자 굳어 있던 근육이 풀렸다.

"사토시는 혼자 살았다고 했는데, 아이도 없었나?"

"그렇지 않을까? 과거 일은 나도 잘 몰라."

시게타는 짜증스럽다는 듯이 고개를 홱 돌렸다. 어디로 시선을 향하든 컵라면 용기, 빈 페트병, 빈 캔, 속옷과 트레이닝복 등이 널린 바닥이 보일 뿐이다.

"너와 사토시의 관계는?"

"이 영감이 진짜 아까부터 계속 너, 너……."

"시게타."

가와베는 정면으로 그를 바라봤다.

"네가 지금 어떤 상황인지를 이해하는 게 좋을텐데."

순간 타오르는 듯한 눈빛이 다시 돌아왔다. 그러나 이번에는 불안감 쪽이 승리했다.

"넌 시신을 발견하고도 방치했어. 그것만으로 체포감이지. 거기에 에어컨까지 최대로 틀었고."

"에어컨이 뭐가 문젠데?"

"너, 잔은 받았나?"

"뭐?"

"조직의 잔* 말이다."

"그럴 리 없잖아."

"그렇군."

가와베는 스마트폰을 꺼내 조작법을 떠올리며 카메라를 켰다.

"그래도 아예 무관하지는 않겠지."

* 일본 야쿠자 조직의 일원으로 인정받는 의식에서 사용되는 잔.

“……무슨 소리를 하고 싶은 거야? 에어컨이 뭐가 문제인지부터 말해.”

“지금 계속 그 이야기 중이다. 야쿠자의 똘마니가 시신을 방치한 것으로 모자라 집 안을 꽁꽁 얼려 놨다는 멍청한 이야기를. 자, 이런 고백을 듣고 정신머리가 제대로 박힌 인간이라면 어떻게 생각할까? 뭔가 사정이 있어서 사망 시각을 속이려 했다. 내가 형사라면 가장 먼저 그렇게 의심할걸.”

시게타의 얼굴에서 핏기가 가셨다. 그 옆에서 가와베는 손에 든 스마트폰으로 사토시의 시신을 찍기 시작했다.

“뭐, 수상한 의도가 없다고 해도 일이 성가셔지는 건 피할 수 없지. 너희 형님한테도 폐를 끼칠 테고.”

“닥쳐!”

시게타가 소리를 빽 질렀다. 그러고는 아랫입술에 손가락을 얹었다.

“난, 그저…….”

“시게타.”

가와베는 흔한 욕설조차 찾지 못해 쩔쩔매는 청년을 정면에서 응시했다.

“사토시와 무슨 일이 있었는지 다 말해라. 그럼 조언 정도는 해줄 수 있을 테니.”

시게타는 가와베를 째려보며 입술을 꽉 깨물었다. 앳된 얼굴로 망설이는 그를 가와베는 말없이 마주 봤다.

"……그리 오래 알고 지낸 사이는 아니야."

처음 만난 건 올 2월. 지역에서 모시는 선배에게 어떤 빌라에서 사는 여자들의 뒤를 봐주라는 지시를 받았다. 태국인, 필리핀인, 한국인. 집 안에는 이층 침대가 두 개 있어 네댓 명이 함께 살 수 있는 구조였다고 한다.

"하나같이 나이를 먹어 몸도 제대로 못 굴리는 데다가 사연까지 많은 여자들이라 제대로 돈을 벌어 올 때까지 감시하라고 했어."

그런 여자들이 평범한 호스티스였을 리는 만무하다. 아마 지역 조직에서 운영하는 질 나쁜 유흥업소에서 부려 먹혔을 것이다.

여자들을 제외하면 빌라의 다른 주민은 두 명. 1층 관리인실에 사는 노파와 지금 이 집에 살던 고미 사토시였다.

가와베는 사토시의 목덜미를 찍으려던 손을 멈추고 물었다.

"이 녀석도 조직원이었나?"

"그건 아니야. 사토시 씨는 문신 같은 것도 없었고."

"그럼 왜 이곳에 가둬 놨지?"

여자들은 여러 명이 함께 쓴 집을 사토시는 혼자 썼다. 나름대로 대접은 해 준 듯 보인다.

"싸게 부려 먹을 수 있었으니까. 허드렛일이나 힘쓰는 일에."

"기저귀나 차고 있는 노인에게 무슨 일을 시킨다고."

시게타는 겸연쩍은 것처럼 입을 다물었다. 다시 한번 침대 주변을 둘러본다. 벽 앞에 장식물처럼 널려 있는 빈 맥주 캔과 소주병. 그리고 그것들로 가득 찬 쓰레기 봉지 더미. 설령 이것들이 지난 몇 년간의 결과물이라고 해도 정신 상태가 썩어 버리기에 충분한 양이다.

가와베는 그쪽으로도 카메라를 들이댔다.

"상태가 안 좋지 않았나?"

"어디가? 머리? 아니면 몸?"

"둘 다."

"평상시에는 괜찮았어. 일단 집 밖에 거의 나가지 않고 나 말고는 만나는 사람도 없었지만, 그래도 말은 통했고 뭐랄까, 아무튼 괜찮았어."

시게타는 할 말을 찾는 것처럼 어깨를 움츠렸다.

"취하면 맛이 가기는 했지만."

"취하지 않았을 때도 있었나?"

"일주일에 대여섯 시간 정도는."

시게타가 입가에 메마른 미소를 머금었다.

"여기서 같이 살면서 뒤를 봐달라는 선배의 말에 내가 제일 먼저 와서 한 일이 뭔지 알아? 똥 치우기야, 똥 치우기. 울고 싶었지만 그렇다고 안 할 수도 없잖아."

시게타는 가와베의 대답을 듣지 않고 지껄였다.

"술병을 빼앗으면 고래고래 소리치며 난동을 부리더라. 때로는 울기까지 하면서. 그래서 정한 거야. 서로 잘 지내기 위한 규칙을."

"그 결과가 기저귀였나?"

올해 2월부터였다고 해도 함께 지낸 시간이 반년이 넘는다. 집 안 상태를 보면 시게타 역시 청소라는 문화에 그리 익숙하지 않은 인간인 듯했다.

"돈은 어디서 구했지?"

"조직에서 들어오는 돈을 내가 맡아 관리했어."

"현금?"

그러자 시게타는 '그걸 말이라고 해?' 하는 표정을 지었다. 요즘 같은 시대에 공짜 밥을 먹여 주는 야쿠자는 없다. 아마 생계 급여를 비롯한 복지 서비스에서 나오는 돈을 갈취했을 것이다. 통장과 카드만 확보해 두면 절대 손해 보지 않고 돈을 뜯어낼 수 있는 안전한 돈벌이 수단이다.

"거기서 아낀 돈을 네 몫으로 챙긴 건가."

"그럼 안 돼?"

"안 될 건 없지. 누구나 하는 짓이니."

설령 사토시의 의사에 반해 싸구려 술만 갖다줬다고 해도. 갈아입을 옷 같은 걸 사 주지 않았다고 해도.

"요즘은 가성비라는 말도 유행한다고 하니까."

시게타는 얼굴을 찡그린 채 재미없다는 듯이 혀를 찼다.

가와베는 한 번 더 집 안을 둘러봤다. 옷장 위치까지 자신이 사는 집과 똑같다. 물론 이 집의 옷장은 일본식 붙박이장이 아닌 서양식 옷장이지만.

"가성비만 따지면 더 좁아도 괜찮았을 텐데."

"무슨 뜻이야?"

"술주정뱅이 늙은이 한 명을 가둬 놓기에는 너무 넓잖나. 똑같이 삥을 뜯을 거면 창녀 네다섯 명을 살게 하는 게 훨씬 돈이 되지 않을까."

"사토시 씨도 처음부터 주정뱅이였던 건 아닐 거야. 도움이 되던 시절도 있었을 테고."

시게타는 "그리고" 하고 말을 이었다.

"이건 사토시 씨한테 직접 들었는데, 자기는 여차할 때 쓰이는 인형이라고 했어."

무슨 말인지 대략 이해가 됐다. 주민들 사이의 다툼, 혹은 조직원의 실수로 인한 변사 사건. 그런 예측 못 한 사태가 발생했을 때 조직과 무관한 인물로 대체 투입되는 요원을 뜻한다.

"10년 전쯤에는 말이지."

시게타가 조용히 중얼거렸다.

"역 앞 공원 거리에서 이런저런 일도 했대. 정말인지 거짓말인지는 모르겠지만 조직에서 꽤 인정을 받았던 모양이야."

노병을 향한 최소한의 예우. 하지만 이런 집에서 그런 걸 찾는 건 지나친 낭만주의 아닐까.

"시신을 발견한 경위는?"

처음 발견한 시간은 화요일에서 수요일로 넘어가는 새벽 1시 무렵. 화요일에 시게타가 눈을 뜬 건 정오가 지나서였다. 옷장 앞 좁은 공간에 깔린 침낭이 시게타의 잠자리였다.

시게타는 일어나자마자 목욕을 하려고 집을 나섰다. 빌라 1층에 있는 공동 목욕탕은 머리를 감다가 바퀴벌레를 밟은 이후부터 가지 않는다고 했다.

"그래서 역 앞 사우나나 지인이 운영하는 소프랜드*를 싸게 빌려 써 왔어."

이틀 전 슬롯머신으로 돈을 딴 덕에 지갑에 여유가 있어 그날은 사우나에 갔다.

정식집에서 밥을 먹고 빌라에 다시 돌아온 건 오후 5시가 넘어서였다. 담당하는 여자들을 빠짐없이 출근시키는 게 시게타가 맡은 가장 중요한 임무였다.

여자들을 출근시킨 뒤에는 적당히 시간을 때운다. 만화방에 가거나 파친코를 하거나. 가끔 선배나 조직원에게 불려 가 일을 돕고 함께 밥을 먹기도 했다.

"이것저것 시키는 게 많아서 귀찮긴 하지만, 그만큼 날 신뢰한다는 뜻이니 어쩔 수 없지."

* 목욕 시설이 있는 일본의 성인 유흥업소.

그러다가 새벽녘에 마지막 여자가 일을 마치고 나올 때까지 거리를 어슬렁거리는 게 일이다. 하지만 밤중에 한 번은 집에 돌아왔다. 술을 갖다주지 않으면 사토시가 난동을 부리기 때문이다.

"미리 사다 놓으면 깡그리 마셔 버려서 사 놓지도 못해. 또 조금이라도 늦게 갖다주면 아주 난리가 나서."

새벽 1시도 평소보다 늦은 시간이었다. 그러나 이날만큼은 사토시는 불평 한마디 없었고 그걸 넘어 반쯤 벌린 입을 두 번 다시 움직이지도 않았다.

가와베는 침대에 드러누운 친구를 봤다. 다시 한번 그의 목덜미에 얼굴을 갖다 대고 마지막 사진을 찍었다.

"……이 상태 그대로였나?"

가와베의 물음에 "그래"라는 대답이 돌아왔다.

"시신에 손대거나 시신을 움직인 적은?"

"없어."

"너 말고 다른 누군가가 집에 들어왔을 가능성은?"

"아마 없을걸. 밖에 나갈 때는 늘 문을 잠갔고."

"에어컨을 켜 둔 이유는?"

"그냥 왠지 이대로 두면 안 될 것 같아서. 현장 보존인가 뭔가 하는 말을 어디선가 듣기도 했고."

"그럼 110*도 들어본 적이 있겠군."

시게타는 부루퉁한 표정으로 입술을 일그러뜨리고 대답하지 않았다.

"그래서."

찌푸린 그의 얼굴을 향해 다시 물었다.

"사토시는 죽기 전에 너한테 뭘 부탁했지?"

"말했잖아. 만약 자기한테 무슨 일이 생기면 가와베라는 사람한테 연락하라고 했다고."

아마 7월 말경이었다고 시게타는 말했다. 그날 사토시 씨는 우울한 얼굴로 대뜸 유명한 경주마가 죽었다고 했어. 상태가 안 좋아 보여서 어쩔 수 없이 새벽까지 술친구를 해 줬거든. 사토시 씨는 그 말이 얼마나 대단했는지를 줄기차게 설명하더라. 그 말이 은퇴한 이후부터 업계의 흐름이 싹 바뀌었다면서 갑자기 울음을 터뜨렸고……. 그러다가 자기도 앞으로 살날이 얼마 안 남았다는 말을 꺼내서.

"그때는 그냥 취해서 하는 소리인 줄 알았어. 당신에 대해 제대로 알려 주지도 않았고."

그저 옛 친구라는 것 외에는.

"딥 임팩트군."

* 우리나라의 112.

"뭐?"

"7월에 죽은 그 말 이름."

가와베는 다시 한번 침대에 누운 사토시를 내려다봤다. 중학생 시절부터 위험한 조짐은 있었다. 사토시는 하굣길에 교복 상의를 벗고 동네 마작 가게에 자주 드나들었다. '교육 현'을 표방하는 나가노현에는 예로부터 경마나 경정 같은 공영 도박장이나 장외 발매소*가 없었다. 그런 동네에서 한낱 중학생이 경마 지식을 얻으려면 그런 쪽에 밝은 어른들과 알고 지내는 수밖에 없었다. 도박과 뒷골목 사회가 지금보다 더 밀접히 얽혀 있던 시대였다.

"전해 달라는 메시지도 그때 들은 건가?"

사토시가 가와베에게 전해 달라고 했다는 말.

"무슨 내용이지?"

시게타는 시선을 피했다. 입술을 깨물며 변명하듯 말했다.

"이걸 과연 메시지라고 해도 될지 모르겠는데……. 뭔가 좀 이상해서."

"괜찮으니 일단 말해라. 아무리 별 게 아니어도 널 원망하진 않을 테니."

그러자 시게타는 마음을 굳힌 것처럼 한숨을 한 번 내쉬고 입을 열었다.

* 경마, 경정장 외부에서 티켓을 구매할 수 있는 시설.

"나가이 가후*라고 알아?"

순간 위장 밑바닥이 찌릿했다.

"메이지**시대의 소설가라고 하는데."

그 말을 파스텔 핑크색 알로하셔츠를 입은 노란 머리 청년의 입에서 듣자 마치 더빙한 대사처럼 들렸다.

"『묵동기담』, 그리고 『팔씨름』 같은 것도……."

"『단장정일승』도 있지 않나?"

시게타의 놀란 표정은 곧 수긍하는 기색으로 바뀌었다.

가슴에 손을 얹었다. 시게타에게 들키지 않도록 마음을 가라앉혔다.

"열어 봐."

시게타가 가리킨 쪽으로 가와베는 고개를 돌렸다. 그곳에는 옷장이 있었다. 다시 시게타를 보자 그는 재촉하듯 가와베에게 턱짓했다.

하얀 나무 옷장을 마주 보고 섰다. 순간 50년 전에 내리던 눈발이 머리를 스쳐 갔다.

옷장 손잡이를 잡고 밀자 문은 쉽게 열렸다. 만약 여기가 내 집이라면 안에는 옷가지와 담요 따위가 들어 있을 것이다.

* 일본 자연주의 문학의 기수로 평가받는 소설가. 『지옥의 꽃』, 『꿈의 여자』 등의 작품을 남겼다.

** 1868년부터 1912년까지의 일본 연호.

가와베는 눈을 부릅뜨고 침을 삼켰다.

옷장은 총 세 개의 공간으로 나뉘어 있었다. 오른쪽 절반은 옷걸이 봉이 달린 직사각형 공간. 왼쪽은 가와베의 집처럼 상하 2단으로 나뉜 수납공간.

그 모든 공간에 가득 차 있었다.

책.

책, 책, 책.

옆으로 눕혀서 쌓은 책들이 전후좌우 빈틈없이 가득 들어차 벽을 넘어선 거대한 정육면체를 이루고 있었다. 옷걸이 쪽 공간에는 크기가 큰 단행본 책도 있지만 나머지는 전부 문고본이나 신서 크기 책이다. 대부분 띠지가 없고 그중 절반 정도는 커버도 없다. 제목과 저자가 인쇄된 책등 부분이 지저분하게 때 타 있어 굳이 책을 펼쳐 보지 않아도 노랗게 색 바랜 책장이 떠올랐다.

"대단하지?"

왠지 의기양양하게 시게타가 물었다.

"넉넉잡아 2천 권은 되지 않을까? 계속 쌓아 두고 살았던 것 같아. 사토시 씨는 미술관 옆 아파트에서 여기로 이사할 때 책을 옮기느라 엄청 힘들었다고 웃으면서 말했어."

가와베는 어정쩡하게 고개를 끄덕이고 책등에 적힌 제목들을 훑어봤다. 『아베 일족』, 『남시와 여시』, 『미야모토 무사시』, 『이 사람을 보라』, 『사랑의 시집』, 『위조지폐 만들기』, 『리틀 글래스 시스터』, 『불연속 살인 사건』…….

무심코 중얼거렸다.

"뒤죽박죽이군."

문학, 통속 소설, 시집, 사상서, 신서, 미스터리……. 눈에 들어오는 책 제목은 글자라는 공통점을 제외하곤 장르와 시대 모두 제각각이었다.

"알고 지내는 헌책방 주인이 있었거든. 거기도 오늘내일하는 영감인데, 아무튼 한 달에 한 번씩 여행용 가방에 책을 잔뜩 실어 오면 사토시 씨가 그 안에서 살 책을 골랐어."

많을 때는 스무 권. 가게 쪽에서도 나쁘지 않은 수입원이었을 것이다. 책들을 보니 꼭 팔리지 않고 남은 책을 닥치는 대로 집어 온 느낌도 있다.

하지만 시게타의 생각은 달랐다.

"아마 사토시 씨가 직접 다양한 책을 가져다 달라고 했을걸. 그렇게 가져온 책을 전부 사는 바람에 계속 늘기만 했어. 이렇게 쌓아두고 살다가 언젠가 집 바닥이 꺼질 수 있다고 해도 귀도 쫑긋 안 하더라. 그러면서 내가 책을 조금만 건드려도 길길이 화를 냈고."

집 안은 난장판인 데 반해 옷장 안 책들은 깔끔하게 정리돼 있는 것도 시게타가 이 집에서 살기 전부터 유지돼 온 사토시의 생활 방식이었다고 했다.

"심지어 말이지. 이걸 다 읽었대."

"이것도?"

가와베는 책 더미 맨 위에 있는 문고본을 집어 들었다. 비트겐슈타인의 『논리 철학 논고』. 시게타가 어깨를 으쓱했다.

"그럼 일주일 중 취하지 않았다는 그 대여섯 시간 동안 읽었겠군."

거짓말인지 사실인지는 중요하지 않다. 다만 문짝 한 장을 사이에 두고 이쪽과 저쪽 공간의 극심한 간극에 가슴이 술렁였다. 알코올의 잔해가 나뒹구는 속세와 활자가 자아내는 지성의 공존이 사토시의 마음속 어떤 뒤틀린 형태를 나타내는 듯하지만, 그렇다고 꼭 퇴폐적인 느낌만 주는 건 아니었다.

"그래서 아무튼, 이거 말인데."

시게타가 청바지 뒷주머니에서 문고본을 한 권 꺼냈다. 커버가 없는 맨 표지에 작은 글씨로 『부침·방문자』라고 적혀 있다. 그리고 '나가이 가후'라는 글자도.

"알지?"

"아니, 처음 보는데."

시게타가 눈살을 찌푸렸다.

"거짓말하지 마. 아까는 되게 잘 아는 것처럼 말했으면서."

"나가이 가후는 유명한 문호야. 우리 세대면 대표작 정도는 알지."

왠지 섬뜩해지려는 기분을 꾹 참았다. 이름을 들어봤어도 실제

읽어 본 사람은 얼마나 될까. 더욱이 가와베가 언급한 『단장정일승』은 가후가 40년 동안 쓴 일기 문학이다. 대표작이라 불리는 게 사실이지만 웬만큼 호기심이 많은 사람이 아닌 이상 쉽사리 손을 뻗을 작품이 아니고, 그건 가와베가 소년이던 시절에도 마찬가지였다.

그렇다. 호기심 많은 사람이었다. 가후를 사랑했던, '교수'라 불리던 그 남자는.

"지금 나한테 거짓말하는 거 아니지?"

1959년에 태어난 사람의 상식이 시게타에게 통할 리 없다.

하지만 사실 가와베도 그가 내민 문고본을 보며 속으로는 고개를 갸웃거리고 있었다.

"이 책이 나한테 전하는 메시지라는 건가?"

그러자 시게타는 속을 떠보듯 가와베를 봤다. 책을 지키려는 것처럼 허리를 뒤로 빼고 몸에 힘을 꽉 주고 있다.

가와베는 두 손을 얼굴 앞까지 들었다.

"진정해. 널 어떻게 할 생각은 없어. 물론 네 몫도."

"……그건 또 무슨 소리야."

"아무리 함께 살던 사람의 부탁이라고 해도 이렇게 귀찮은 일을 맨입으로 해 줄 바보는 없겠지. 특히 너처럼 머리가 휙휙 잘 돌아가는 젊은이라면."

비아냥거림이 잘 전해졌는지 시게타의 얼굴이 벌겋게 달아올랐다.

"사토시도 알았겠지. 자기가 죽은 뒤에 너한테 뭘 부탁하려면 그만큼 대가도 챙겨 놓아야 한다는 걸."

그리고 그 대가의 종류는 많지 않다.

"돈 말이야?"

세상에서 가장 단순하면서도 강력한 동기 부여.

"조금 더 추리해 볼까. 7월에 함께 술을 마셨을 때 사토시가 한 그 대가 이야기를 넌 그저 술주정뱅이의 헛소리로 치부하고 흘려들었겠지. 그런데 녀석이 죽고 나서 정말 뭔가 그럴싸한 힌트를 발견해 당황했다. 어때? 꽤 그럴싸한 추리 아닌가?"

"……시끄러워."

"그냥 모르는 척 넘겨도 됐을 거야. 그런데도 넌 고분고분히 나한테 연락했어. 거기에 연락만 한 게 아니라 직접 와 달라고까지 했고."

가와베는 시게타를 날카롭게 쏘아봤다.

"답은 이거야. 넌 사토시가 남긴 힌트를 풀지 못했어. 무슨 뜻인지 알 수 없었지. 그래서 어쩔 수 없이 날 끌어들이기로 한 거야. 사토시의 의도대로."

"시끄럽다고 했지!"

시게타는 악당으로서는 치명적일 만큼 감정 조절에 능숙하지 못했다.

"화나는 건 이해하지만 저 녀석 심정도 헤아려 봐. 어차피 죽은 이후의 일이야. 내가 저 녀석 입장이었어도 네가 모르는 척할까 봐 걱정됐을 테고, 그러니 한두 가지 계책은 세웠겠지. 설령 그 상대가 노란 머리 양아치든 깨달음을 얻은 스님이든."

"이 영감탱이가 정말……."

"하지만" 하고 가와베는 시게타의 말을 잘랐다.

"적어도 네가 사토시를 대한 진심만큼은 의심하지 않는다."

시게타의 입술이 소리를 만들지 못하고 닫혔다. 그 미세한 움직임에서 뚜렷한 망설임이 읽혔다.

"시신 옆에서 이렇게 침 튀기며 설전해 봐야 무슨 소용 있을까. 난 그냥 이대로 집에 가도 돼. 사토시의 마지막 얼굴을 본 건 감사한 일이지만, 그렇다고 쓸데없이 죽치고 있을 생각도 없어. 솔직히 털어놓을지 말지는 네가 정해라."

시게타를 보며 몸에서 힘을 풀었다. 부드러운 목소리를 내기 위한 준비는 가와베에게 단순한 절차를 넘어 묵직한 통증 같은 감정을 불러일으켰다.

"사토시는 내게 뭘 남겼지?"

내뱉은 말의 이면에서 물었다. 왜 살아 있을 때 연락하지 않았지?

"……내 몫은?"

잠시 후 시게타의 입에서 나온 말은 쇼트글라스보다 깊이가 얕은 대답이었다.

"7 대 3. 이 이상은 양보 못 해."
"필요 없어. 다 가져도 돼."
가와베는 말을 그대로 내뱉었다.
"돈다발이든 고문서든 다 가져가라."
"멋있는 척하기는. 누가 그 말을 믿겠어?"
온몸에서 단숨에 체온이 내려갔다. 가슴속에서 꿈틀거리는 마그마가 느껴진다. 더 이상 관여하지 말고 물러날까. 아니면 이 애송이의 얼굴이 찌부러질 때까지 두들겨 패 줄까.
시선을 떨군 채 한숨을 내쉬었다. 마그마를 가라앉히는 절차다.
"정 원한다면 3이든 4든 받아 가 주지. 이런 삶을 살아온 사토시 녀석에게 정말 나눠 줄 정도의 뭔가가 있다면 말이지만."
"7 대 3으로 하자는 거지?"
"그래. 자투리는 네가 가져가든 하고."
"좋아. 계약 성립."
시게타는 묘하게 힘주어 말했다. 계약 성립. 꼭 그게 자신의 공적이라도 되는 양.
"자."
시게타가 문고본을 불쑥 내밀었다.
"사토시 씨는 이 책을 『방문자』라고 했어."
손에 받아 든 『방문자』는 별다른 특징 없는 낡은 책이었다. 신초

문고*. 청바지 뒷주머니에 들어갈 만한 두께다.

"첫 장을 읽어 봐."

시게타의 말에 따라 표지를 펼쳤다. 가운데에 가로쓰기로 제목과 작가 이름이 투박하게 적혀 있고, 그 아래 절반은 호쾌한 손 글씨가 채우고 있다. 검정 사인펜으로 쓴 세로 다섯 줄의 글이 인쇄된 출판사 이름을 뒤덮고 있었다.

거리에 비 내리듯
내 산에 눈이 내리네
어린아이는 묻히고, 음악가는 떠나갔네
사냥꾼과 춤추는 새끼 늑대들
진실로 연결된 두 머리의 거인

"어이, 괜찮아?"

시게타의 목소리를 듣고 퍼뜩 정신을 차렸다. 구슬처럼 맺힌 땀. 가슴 두근거림. 손 떨림을 감추듯 가와베는 왼손으로 이마를 닦았다.

"이 시가 무슨 뜻인지 알아?"

"……조금은."

* 일본 출판사 신초사가 1914년 창간해 출판하는 일본의 가장 오래된 문고본 시리즈.

그러자 “뭐?” 하는 들뜬 목소리가 들렸다.

“정말?”

“믿으라고는 못 하겠군. 정답이라는 보장도 없고.”

“괜찮아. 상관없으니 알려 줘.”

“그전에 이 녀석의 휴대폰을 볼 수 있을까?”

시게타가 귀찮다는 듯이 얼굴을 찡그렸다. 가와베에게 눈을 흘기더니 마지못해 청바지 앞주머니를 뒤적거린다. 잠시 후 그가 내민 전화기는 스마트폰이 아닌 투박한 구형 휴대폰이었다.

“그런데 안은 비어 있는 거나 마찬가지야.”

시게타의 말이 맞았다. 문자 메시지 없음. 깔린 애플리케이션 등도 제로. 말 그대로 ‘휴대할 수 있는 전화기’다. 그러나 핵심인 통화 쪽도 매한가지였다. 주소록에는 중국집, 라멘집, 초밥집, 세탁소, 술집, 전파사 같은 가게 종류만 나열돼 있을 뿐이고 사람 이름조차 없었다.

사토시가 그간 어떤 삶을 살았는지 얼핏 보였다. 책을 읽거나 술을 마시거나 아니면 그 둘 다이거나. 사회와 관계를 맺어 갈 의욕을 상실한 남자의 일상. 어쩌면 『논리 철학 논고』 같은 책은 취하지 않고서는 내용을 이해할 수 없었을지도 모른다.

전화 수신 내역을 보며 가와베의 미간 주름은 더 깊어졌다. 숫자만 가득 차 있다. 놀랍게도 사토시는 단 한 명의 전화번호도 저장하지 않았다.

"이건 조직에서 준 건가?"

시게타가 고개를 끄덕였다.

"연락이 안 되면 관공서 쪽에서 시끄럽게 군다고 해서."

"본인 건?"

"이미 오래전에 처분했다던데."

"……녀석이 내 번호는 어떻게 알았지?"

"그걸 내가 어떻게 알아. 나한테 알려 줄 때는 거의 외우고 있는 것 같던데."

외우고 있었을까. 아주 오래전, 우리 모두가 그랬던 것처럼.

"이제 됐지? 난 취조나 받으려고 당신을 부른 게 아니야."

지금까지 시게타가 뭔가를 속이거나 거짓말하는 낌새는 없었다.

하지만.

"이 낙서 속 어디에서 돈 냄새를 맡았지?"

보잘것없는 오행시. 고작 이런 걸 단서로 진지하게 보물찾기에 나섰다면 약에 절어 살 가능성도 고려해야 한다.

시게타는 날카로운 눈빛 그대로 입을 다물었다. 조금 전까지 보인 무분별한 적개심은 자취를 감췄고, 대신 눈앞에 있는 노인의 이용 가치를 계산하고 있다.

마음대로 해라. 어차피 주도권은 내게 넘어왔다.

"사토시에게 받은 힌트가 이 책뿐인가?"

가와베가 손에 든 『방문자』를 빼앗을 것처럼 잡아당기며 시게타는 가볍게 고개를 끄덕였다.

“그 밖에 내가 더 확인할 건?”

“없을 것 같은데.”

“집 안은 제대로 다 뒤졌겠지?”

시게타가 켕기는 게 있는 것처럼 눈을 피했다. 지저분한 집 안을 보며 평소 상태를 상상하기는 어렵지만 어차피 엇비슷했을 것이다. 오른쪽에 있든 왼쪽에 있든 쓰레기는 쓰레기다.

반면 옷장 안만큼은 깔끔하게 정돈돼 있다. 시게타가 책 더미를 무너뜨리지 않은 건 그저 아무것도 없다고 판단해서일까. 가와베는 스마트폰으로 사진을 찍었다. 쌓인 책 더미가 일종의 비석처럼 보이기도 했다.

촬영을 마치고는 『논리 철학 논고』를 바지 주머니에 쑤셔 넣었다. 그 밖에 손댄 곳이 얼마나 있을까. 이불과 옷장 손잡이. 발자국도 남겼으니 이미 늦었다. 어설픈 위장은 하지 않는 게 좋아 보인다.

사토시의 휴대폰을 집어 들었다. 바지에 문질러 지문을 지우고 시게타에게 돌려줬다.

“장소를 바꾸지. 여기 계속 머무르는 건 좋지 않아.”

“좋지 않다니……. 어디 가게?”

“안전하게 대화할 수 있는 곳으로 안내해.”

발을 떼기 직전 가와베는 한 번 더 사토시를 봤다. 아마 이게 마지막이다. 입을 반쯤 벌리고 있는 시신의 얼굴은 원통해하는 것 같기도, 그저 넋이 나간 것 같기도 하다. 베개맡에 있는 작은 선반. 그곳에 놓인 다섯 권 남짓한 문고본. 그 안에는 마지막까지 손에 들고 읽은 책도 있겠지만 그게 어떤 책인지는 알 수 없다.

바닥에 흩어진 쓰레기들을 밟고 문 쪽으로 걸어갔다. 뒤에서 "잠깐!" 하고 외치는 시게타를 향해 말했다.

"사토시의 휴대폰은 돌려놔라. 열쇠도."

"열쇠?"

"이 집 열쇠 말이야. 두는 곳이 정해져 있지 않나?"

"아, 그래. 있지. 아니, 하지만……."

시게타가 당황한 것처럼 말을 더듬거렸다.

"평소에는 내가 가지고 다녔는데."

가와베는 멈춰 서서 시게타를 돌아봤다. 이맛살을 찌푸린다. 과연. 듣고 보니 그랬을 가능성이 가장 크다. 역시 감이 무뎌졌다.

"그래. 그럼 그건 네게 맡기지. 하지만 문을 잠그는 건 추천하지 않아. 그건 널 의심해 달라고 하는 거나 마찬가지니까."

이번에는 정말로 문을 나가 사토시의 집을 뒤로했다.

햇볕은 이곳에 오기 전보다 더 따갑게 내리쬐고 있었다. 빌라에서 주차장까지 가는 길을 헤매지는 않았다. 한 번 지난 길은 반드시 기억한다. 젊었을 때부터 몸에 밴 능력이 아직 녹슬지 않았다.

녹슨 것은 관절 마디뿐. 겨우 이 정도 걸었다고 숨이 찰 줄이야.

뒤에서 계속 시끄럽게 떠드는 소리가 들렸다.

어이, 어디 가? 시신을 저렇게 두고 가도 돼? 이봐. 뭐라고 말 좀 해 봐.

가와베는 대답하지 않았다. 입술을 꾹 다물고 뚜벅뚜벅 걸었다. 쉬이 정보를 내주지 않고 페이스를 조절한다. 이 역시 오래전 습득한 방식이었다.

시야 끝에 마쓰모토성의 천수각이 보였다. 프리우스를 세워 둔 코인 주차장으로 향한다. 자동 정산기에 돈을 넣고 나서야 무겁게 입을 열었다.

"누구를 형님으로 모시지?"

"뭐? 난 조직원이 아니야."

"너한테 일을 시킨 무서운 선배가 있다고 하지 않았나? 이름이?"

"아…… 반도 씨."

조직원이냐고 묻자 시게타는 고개를 가로저었다.

"하지만 꽤 유명해. 돈을 쓸어 담고 있어서."

"여자 장사로?"

"아니. 그쪽은 그냥 조직 일을 돕는 수준이고 본업은 인터넷 쇼핑몰이야. 후배들을 부려서 생수나 화장품 같은 걸 팔고 있어."

시내에 있는 아파트를 빌려 사무실로 쓴다고 했다. 원가와 효능이 제로에 가까운 엉터리 물건을 떼어 와 고급스럽게 포장해 판매한다. 물건을 구할 때는 야쿠자의 힘을 빌리고 수고비 명목으로 조직에 돈을 상납한다. 그런 구도가 순식간에 머릿속에 떠올랐다.

주차비 정산을 마치고 프리우스로 향했다.

"사토시 이야기는 아무한테도 안 했지?"

"죽었다는 거?"

"그거랑 내 이야기, 그리고 책 메시지랑 숨겨 둔 재산 등."

등 뒤에서는 대답 대신 발소리만 들렸다.

시게타를 돌아봤다. 손을 갖다 댄 운전석 문이 뜨거웠다.

"솔직히 말해라. 난 상관없어. 널 상대하든 그 반도라는 사람을 상대하든."

본심은 사회 밑바닥을 떠도는 그런 아웃사이더들과 엮이고 싶지 않았다. 뭔가 안 좋은 조짐이 보이면 미련 없이 도망칠 생각도 있다. 그런 자들과 맞설 뒷배는 이미 사라진 지 오래다. 배짱도 없다.

망설이는 듯한 시게타를 보며 한숨을 내쉬었다.

"반도와는 상의하지 않은 건가. 즉, 넌 사토시가 숨겨 둔 재산을 독차지할 심산이군."

"……그러면 안 돼?"

시게타의 눈빛이 다시 이글거렸다. 가와베는 내심 '뭘까' 하고 의아해했다. 이 어린 양아치 자식이 가슴 깊숙이 품고 있는 것. 사나운 무언가.

"아니. 안 될 건 없지."

운전석에 올라탔다. 시게타가 당황한 얼굴로 반대편으로 달려갔다. 시동을 걸 때 막 문이 닫힌 조수석을 향해 물었다.

"반도는 어떤 녀석이지? 똑똑한가? 냉정한가? 감정적인가? 이성적인가? 폭력적인가?"

"똑똑하면서도 냉정하고, 감정적이고 이성적이면서도 폭력적이야."

"거물인가 보군."

"평범한 일반인이 돈만 갖다 바친다고 해서 조직과 맞먹을 수 있는 건 아니잖아."

그 말이 정말 사실이라면 적으로 돌리고 싶지 않은 상대다.

"넌 지금 그런 자의 뒤통수를 치려는 건가?"

그러자 시게타가 입술을 깨물었다.

"뭐 나랑은 상관없는 일이지만."

프리우스를 출발하자 시게타가 놀란 듯 입을 열었다.

"사토시 씨는 정말 저대로 두고 가는 거야?"

"그쪽은 나중에 처리해도 돼. 우선 안전하게 대화할 수 있는 곳으로 가는 게 먼저다."

"……에어컨도 그대로 켜 놔도 돼?"

가와베는 "그래" 하고 고개를 끄덕였다.

"이 끈질긴 무더위 덕에 하루 종일 에어컨을 켜 놔도 이상하진 않겠지."

시게타는 잠깐 고민하는 듯하더니 "제기랄!" 하고 소리쳤다.
"날 속이다니!"
가와베는 반응하지 않았다. 지금은 시게타가 걷어차는 대시보드보다 우선해야 할 게 있다.
"한 가지 중요한 걸 알려 주마."
코인 주차장에서 차도로 나갔다. 담배를 피우고 싶다. 20년 만에 고개를 든 욕구였다.
"사토시는 자연사한 게 아니야. 살인이다."

빠지직 소리가 들리는 듯한 험 한 눈빛이었다. 그러나 이내 시게타는 얇은 입술을 일그러뜨리고 "이제는 안 속아" 하고 필사적으로 여유를 부렸다.
"뭐? 살인이라고? 그럴 리 없잖아. 누가 봐도 병사인데."
"병사라."
가와베는 교차로에서 적당히 핸들을 꺾었다.
"예를 들자면 어떤 병이 있을까?"
"몰라. 내가 그걸 어떻게 알아. 뭐 급성 알코올 중독 같은 거겠지."
"그 정도 되는 술꾼이 알코올 때문에 그렇게 갑자기?"
"누구나 죽을 때는 갑자기 가잖아."
가와베는 '일리는 있군' 하고 속으로 납득했다. 분명 그건 하나의 진리일지 모른다.

"그럼……."

흘러가는 대로 프리우스를 달렸다.

"취해 있었겠군."

"뭐? 그거야 당연하지. 지금 나랑 장난해?"

"어디서 구했을까?"

"뭘? 술? 그런 건 그 집에……."

시게타는 말문이 막힌 듯이 입가에 손가락을 갖다 댔다.

"없었지."

가와베는 단언했다.

"술은 없었어. 사토시가 죽은 날 밤에 넌 그 녀석에게 아직 그걸 갖다주지 않았으니까."

과음 방지를 위한 하루 한 번의 배급제. 시게타가 시신을 발견한 건 술을 갖다주러 갔을 때였다.

"……어딘가에 숨겨 놨을지도. 그리고 꼭 술 때문은 아닐 수도 있고."

"그래, 그렇겠지. 심근경색, 뇌졸중. 우리 정도 되는 나이에 그렇게 살면 언제 무슨 일이 터져도 이상하지 않으니."

하지만.

"인간이 그렇게 멀끔하게 죽는 건 의외로 어려운 법이야."

시게타가 속을 떠보듯 가와베를 봤다.

"침대에 누워서 편안하게 눈을 감는 것만큼 운 좋은 죽음이 있을까."

대부분의 인간은 끝까지 고통스러워하며 죽음에 저항한다. 각오가 된 것처럼 보여도 막상 죽음과 직면하면 어찌할 바를 모르고 당황한다. 그런 인간을 지금껏 수없이 봐 왔다.

"사토시가 평소에도 누워서 지낸 것도 아니지 않나?"

이해하기 쉬운 침묵이 깔렸다.

"그 시신은 지나치게 깨끗해. 침대에 반듯이 누운 것으로 모자라 이불까지 덮여 있었지. 네가 에어컨을 켜기 전부터."

이 끈질긴 무더위 탓에 잠 못 이루는 밤이 계속되고 있는데도.

"어때? 나한테 털어놓지 않은 사정 같은 게 떠올랐나? 사실은 네가 이불을 덮어 줬다거나, 처음부터 에어컨이 켜져 있었다거나."

"아니."

시게타는 바로 조금 전 자신이 걷어찬 대시보드를 가만히 바라봤다.

"당신한테 말한 게 전부야."

"그런가. 그럼 계속하지. 다음은 상황 증거가 아닌 변하지 않는 물증에 대해."

풍경이 도심지와 점점 멀어졌다.

"먼저 묻겠는데, 사토시는 약 같은 걸 했나?"

"설마. 그런 이야기는 못 들었어. 아주 오래전이면 모를까. 안 했을 거야. 살 돈도 없었을 테고."

가와베는 고개를 끄덕이고 한 손으로 스마트폰을 두드려 "이걸 봐라" 하고 시게타에게 내밀었다. 화면에는 사토시의 얼굴을 확대한 사진이 있었다.

"목 부분."

시게타는 손에 든 스마트폰 화면을 주시하다가 잠시 후 놀란 것처럼 "어?" 하고 중얼거렸다.

"이건……."

"주사 자국이지."

사토시의 오른쪽 목덜미에는 미세하지만 또렷한 붉은 점이 있었다.

"아마 이런 수법이었겠지. 술을 먹여 잠재운다. 그전에 빈틈을 노려 효과가 강력한 수면제 같은 걸 술에 섞었을 수도 있고. 그 후 상대가 의식을 잃으면 주사기로 독극물을 주입한다."

"그렇게 뻔한 수법으로 사토시 씨를 죽였다고?"

"글쎄. 독극물이 만약 알코올이라면 의외로 잘 드러나지 않을 수도."

아연실색하는 시게타를 곁눈질하며 가와베는 일찍이 배운 지식을 설명했다.

"술로 사람을 죽이는 건 그리 어렵지 않아. 20여 년 전에도 에탄올과 아세트아미노펜을 사용한 보험금 살인 사건이 있었지. 에탄

올은 술, 아세트아미노펜은 감기약 성분이다."

사건의 범인들은 오랜 기간에 걸쳐 피해자가 그것을 섭취하게 했다.

"사실 경구 섭취로는 그렇게까지 치사율이 높지 않아. 하지만 알코올을 혈관에 주사하기만 하면 대부분의 인간은 한 번에 황천길로 갈 수 있지. 사토시 정도 체격이면 1밀리그램으로도 충분했을걸."

만취시킨 후 수면제까지 썼다면 난동을 부리는 것도 예방할 수 있다.

"게다가 이 주사 자국은 진드기에게 물렸다고 우겨도 먹힐 크기 아닌가? 애초에 자국을 구분할 정도로 경찰이 꼼꼼하게 볼지도 의문이고. 어차피 혈액에서 검출되는 건 기껏해야 알코올과 미량의 수면제 성분일 테니. 그걸 떠나 그 집 안의 꼴을 보고 진지하게 수사에 임할 형사가 얼마나 있을까."

가족 없이 혼자 살던 노인. 야쿠자와도 접점이 있던 알코올 중독자. 명백한 살인 흔적이라도 없는 이상 흐지부지 처리돼도 이상할 게 없다.

"그리고 어차피 너희도 진실 같은 건 원하지 않잖아? 조직에서는 병사나 사고사로 얼른 처리해 버리고 싶을걸."

"당신, 도대체 정체가 뭐야?"

시게타가 날카롭게 물었을 때 신호가 빨간불로 바뀌었다.

"계속 뭔가 아는 척 지껄이기만 하고. 뭐냐고, 대체."

"그냥 몰락한 별종이라고 할까."

"됐어. 그렇게 범죄에 대해 잘 아는 사람이 평범한 인간일 리 없어."

"평범한 인간이 아니면 뭐지?"

"……살인 청부업자라거나."

하마터면 웃음을 터뜨릴 뻔했다.

"뭐, 아예 틀린 건 아니군."

예전 본거지는 사쿠라다몬*. 그런 말이 목구멍까지 차올랐지만 참기로 했다. 전직 경시청 형사라는 직함에는 편의성과 위험성이 혼재돼 있다. 자부심과 허무함도.

"안심해라. 난 이미 오래전에 그런 험한 일에선 손을 뗐으니. 그런데 도움은 될 거야. 이왕 이렇게 된 거 서로 사이좋게 지내는 게 낫지 않겠나?"

"사이좋게? 지금 장난해? 우린 그냥 계약 관계야."

7 대 3 말인가.

"난 공과 사만큼은 확실히 지킨다고."

"그래. 훌륭하군."

시게타는 지금 믿고 있다. 인간은 누구나 돈을 탐하는 존재라고.

* 도쿄 지요다구의 사쿠라다몬 맞은편에는 경시청 건물이 있다.

"그래서, 어떡할 생각이지? 어디로 갈지 슬슬 정했으면 하는데."

"내키는 대로 달린 건 당신이잖아. 난 이런 데 와 본 적도 없어."

고개를 홱 돌리는 시게타를 보며 속으로 '그렇군' 하고 고개를 끄덕였다. 황량한 도로변 너머로 펼쳐진 논과 밭, 산자락이 보인다. 못생긴 허수아비, 오래된 경트럭. 들러서 잠시 숨을 돌릴 만한 가게 같은 건 눈 씻고 찾아도 없다. 그러나 방향을 잘못 잡은 것 같지는 않고, 오히려 이런 풍경을 찾아 핸들을 돌린 듯한 느낌도 들었다.

다시 한번 '그렇군' 하고 생각했다. 아무래도 기분 전환이 필요했던 걸까.

잠시 후 신호가 파란불로 바뀌었다.

뜨거운 물을 얼굴에 끼얹었다. 천장을 보니 수증기가 허공에 뿌옇게 차 있다. 평일 낮 시간. 대욕장에는 손님이 거의 없어 전세탕이나 마찬가지다. 가와베는 욕조 가장자리에 머리를 얹고 수증기가 향하는 곳을 바라봤다.

마쓰모토성 인근에서 출발한 프리우스는 북쪽으로 내내 달리다가 어느새 아즈미노시에 들어섰다. 산기슭에 자리 잡은 대형 목욕탕의 존재를 알려 준 건 시게타가 아닌 우수한 카 내비게이션이었다.

어깨까지 물에 잠긴 몸에서 피로가 녹아내리는 게 느껴졌다. 피로보다 기억을 희석하고 싶었다. 사토시의 죽은 모습, 술병이 나뒹굴던 방, 책으로 가득 찬 옷장. 『방문자』, 오행시. 경험상 지나친 감정 이입은 수사에 방해가 될 뿐이다.

목욕탕에서 나가 향한 식당은 입구에 테이블석이 줄지어 있고 안쪽 창가에는 다다미가 살짝 높게 깔려 있었다. 그중 한 구석의 긴 테이블에 혼자 앉아 뭔가를 게걸스럽고 먹고 있는 노란 반삭발 머리가 보였다.

"뭘 먹고 있지?"

시게타는 눈을 치뜨며 가와베를 힐끗 보고도 숟가락을 멈추지 않았다. 가와베는 이런 곳에서 목욕을 마치고 볶음밥을 퍼먹을 감성을 이미 잃었다. 닭튀김 한 조각도 필요 없고 그저 소면 정도면 충분하지만 지금은 그럴 기분도 아니었다.

"팔자가 좋군."

가와베는 시게타가 마시다 만 과실주 캔을 향해 턱짓했다.

"뭐야. 불만이야?"

"아니. 근데 만약 내가 돌아오지 않고 그대로 차를 몰고 사라졌다면 어떡할 생각이었지?"

그제야 숟가락이 멈췄다. 부릅뜬 두 눈으로 그런 가능성은 상상도 못 했다고 호소하고 있다. 반팔, 반바지의 관내복을 입은 두 사람이 서로를 노려보는 모습이 얼마나 우스꽝스러울지 떠올리며 가와베는 속으로 쓴웃음을 지었다.

"농담이다. 농담이지만, 긴장이 조금 필요한 건 사실이야. 지금 네가 처한 상황을 잊지 말라고.”

“……입만 살아가지고. 처음부터 느긋하게 온천이나 가자고 한 사람이 누군데? 난 반대했어.”

가와베는 컵에 따른 물을 마시고 “어이, 시게타” 하고 검지를 들었다.

“내가 현역 시절에는 말이다. 이런 멍청이가 있었어. 자기 집에서 충동적으로 아내를 살해한 회사원이. 그놈은 자기가 벌인 짓을 감추려고 시신을 조각 내 쓰레기로 처리하려고 했지. 소심하기는 해도 성실성 하나만큼은 끝내 주던 녀석이라 밤새도록 쉬지 않고 작업을 했다고 해. 그러다 어느새 아침이 되어 부랴부랴 옷을 갈아입고 평소와 다름없이 출근했고, 순식간에 붙잡혀 갔지. 밤새도록 작업을 하다가 자기도 모르게 익숙해진 거야. 집에 걸어 둔 양복과 와이셔츠에 들러붙은 살냄새, 피 냄새, 내장 냄새에.”

시게타의 목이 파도처럼 출렁였다. 지금 삼킨 것은 마른침일까, 볶음밥일까.

“그게 얼마나 지독한지 평범한 사람은 상상도 못 할걸. 아무리 깨끗이 씻어 없앤다고 해도 가정용 세제로는 1년이 지나도 사라지지 않아. 그래서 나도 종종 욕을 먹었고.”

무심코 입이 미끄러져 시치미를 떼듯 창밖으로 눈을 돌렸다. 밖에는 녹색 나무들이 우거져 있다.

“아무튼, 냄새를 우습게 보지 말라는 소리다.”

"……그럼 옷을 어떡해야 해?"

"그 핑크색 알로하셔츠가 버리기 아까워 죽을 정도가 아니라면 기념품 가게에서 새 걸 사는 게 좋을걸. 뭐 사실 그 집에 있던 시간은 짧았고 시신도 깨끗했으니 그렇게 걱정은 안 되지만."

"그런 게 취미야?"

불의의 일격과도 같은 질문이었다. 숟가락이 부러질까 걱정될 만큼 시게타는 주먹에 힘을 꽉 주고 있다.

"사사건건 비아냥거리면서 남을 놀려먹는 취미 말이야. 사람을 쓸데없이 들었다 놨다 하고. 내가 우스워?"

"그런 건 아니야."

다만 자신도 모르게 스며든 건 있다. 상대를 도발하며 속내를 감춘다. 일부러 진의를 깨닫지 못하게 하는 화술. 언제부터였을까. 언제부터 이렇게 말하는 사람이 돼 버린 걸까.

자주 지적을 받았다. 한때 아내였던 여자에게.

"아무튼 너무 나쁘게 생각하지는 마라. 방심은 금물이니까. 그런데 뭐, 나도 알아서 잘 챙길 테니 안심해. 네가 붙잡히면 나도 곤란해지니."

"자, 잠깐만."

"목소리 낮춰."

시게타는 대번에 입을 다물고 숟가락을 접시에 내려놨다.

"붙잡히다니……."

"당연하지 않나? 네가 그 집에서 산 건 엄연한 사실이니 금방 들통나겠지. 지문부터 머리카락까지 증거도 차고 넘치고. 바로 체포는 아니어도 조사는 받아야 할 거야."

"조금 전이랑 이야기가 다르잖아."

"용의자 명단에서 빠지고 싶다면 방법은 알려 주마. 지금 당장 신고해서 최근 이틀간의 알리바이를 그럴싸하게 둘러댈 방법을."

"그럼……."

"하지만 네가 사토시의 은닉 재산을 손에 넣고 싶은 거면 이야기가 달라지지."

"뭐야? 왜? 혐의를 벗고 찾아가도 되잖아."

"경찰을 얕보지 마라. 움직이지 않아서 문제지, 한번 움직이기 시작하면 그들만큼 철저한 조직도 없으니까. 사토시가 숨겨 둔 재산 같은 것도 아마 눈 깜짝할 사이에 찾아낼걸. 그리고 그 출처가 불투명할수록 네 주머니에 들어갈 가능성은 더 낮아지지."

가와베가 한마디를 할 때마다 시게타의 낯빛이 하얀색에서 붉은색으로, 붉은색에서 다시 하얀색으로 어지럽게 변했다.

"돈은……."

잠시 후 시게타는 그 중간 정도 되는 안색으로 목소리를 쥐어짰다.

"있어야 해."

가와베는 고개를 끄덕였다.

“그럼 선택지는 오직 하나. 사토시가 죽은 게 드러나기 전에 챙기는 방법뿐.”

“……그렇구나. 그래야겠네.”

시게타는 “응, 맞아. 그래야겠어……” 하고 거듭 중얼거렸다.

어떻게 이 정도 설명만 듣고 남을 순순히 믿는 걸까. 자신이 속고 있다는 걸 왜 의심하지 않을까. 혼자 연신 중얼거리는 시게타를 보며 가와베의 의식은 과거로 향했다.

—야, 너, 들었어?

놀랍도록 생생하게.

—이걸로 결론 났어. 그 자식이 한 거지?

한 마디, 한 마디가.

—그 자식이 죽인 거라고!

열기를 머금은 울림에서 튀어나오는 하얀 숨결까지. 생생하게.

제기랄. 빌어먹을 자식.

죽여 버릴 거야!

“누구야?”

“어?”

“범인 말이야. 사토시 씨를 죽인 범인.”

순간 머릿속이 새하얘졌다. “아아……” 하고 탄식을 내뱉고 물컵을 비웠다. 스스로 봐도 행동이 어색하다. 무위도식하는 삶은 당황하는 방법조차 앗아 간 듯했다.

"그건 오히려 내가 물어야 할 것 같은데. 뭐 짚이는 게 하나도 없나?"

"집에서 책을 읽고 술만 마시던 사람이라고. 원한을 사려고 해도 체력과 돈이 필요하지 않아?"

시게타는 그렇게 내뱉고 남은 볶음밥에 숟가락을 가져갔다.

"인간관계는 어땠지?"

"혼자 살았을 때는 모르겠지만 나랑 같이 살게 된 이후부터는 배달 기사들과 헌책방 영감, 그리고 구청 공무원 녀석들 정도나 만났을걸."

"조직에서는?"

"조직은 모르겠지만 나 전에 사토시 씨를 봐주던 사람은 '차보' 라는 별명의 해골 같은 건달 자식이었어. 그런데 말은 봐줬다고 해도 거의 방치했던 것 같지만. 뭐, 누구든 봐주러 간 사람이 집 안에서 똥이나 지리고 있으면 진저리가 나지 않겠어?"

그래서 그 역할이 시게타에게 돌아간 걸까.

"차보는 조직 관련 일을 반도 씨한테 받았고, 사토시 씨의 생활비를 준 것도 그 녀석이야."

시게타는 볶음밥을 거의 비우고 다시 물었다.

"강도한테 당했을 가능성은 없을까?"

"우연히 길을 지나던 빈집털이범이 골라도 그런 다 허물어져 가는 빌라를 고른다?"

그렇다면 도둑으로서 재능이 아예 없다고 할 수 있다.

"내 추측이 맞다면 범인은 평소에도 주사기를 가지고 다니는 사람이라는 말이 돼. 왕진을 다니는 의사, 혹은 뼛속까지 썩어 문드러진 약쟁이가 아니면 그런 걸 평소에 가지고 다니진 않겠지."

즉, 이런 것이다. 범인은 처음부터 사토시를 죽일 계획이었다. 적어도 그럴 가능성을 염두에 두고 그는 사토시의 집을 찾았다.

시게타는 "그럼 역시나" 하고 말을 이었다.

"숨겨 놓은 재산 때문인가?"

범인의 목적, 살인의 동기.

"솔직히 그것 말고는 없잖아. 돈도 없이 사토시 씨를 죽여서 이득 볼 사람이 세상에 어딨겠어? 그리고 꼭 죽여야 한다면 내가 죽였을걸."

함께 살며 뒤치다꺼리를 하던 남자가 두 팔을 펼치며 말했다.

"그 숨겨 둔 재산 말인데, 7월에 듣기 전까지는 뭔가 소문 같은 것도 없었나?"

"당연하지. 그런 소문이 돌았으면 누군가가 철저히 뒤져서 다 털어먹었을 거야. 조직원들 아니면 반도 씨가."

시게타는 과실주를 거침없이 들이켰다. 방금 입에 담은 반도의 이름을 밀어내기라도 하는 것처럼.

가와베는 잠시 생각에 잠겼다. 시게타의 말을 과연 어디까지 믿어야 할까.

"자, 그럼 이제 슬슬 본론으로 들어가 볼까."

가와베는 시게타를 똑바로 쳐다보며 물었다.

"사토시가 숨겨 둔 재산이라는 게 대체 뭐지?"

근본적인 질문이었다. 소문조차 돌지 않은 정체불명의 재산. 시게타는 그런 이야기를 왜 술주정뱅이의 헛소리 취급하지 않고 곧이곧대로 믿었을까. 아니, 믿을 수 있었을까.

"어떤 것인지 대략 눈치라도 챘나?"

현금이나 유가 증권. 다이아몬드.

"금괴 같은 것도 있겠군."

"뭐야! 어떻게 알았어?"

그 반응을 보며 오히려 가와베가 눈을 휘둥그레 떴다.

"당신, 역시 금괴를 노리고……."

의심, 또는 분노의 기운. 진심이 서려 있다.

"이봐. 난 네 전화를 받기 전까지 사토시가 어디서 어떻게 사는지도 몰랐어. 그리고 만약 금괴가 목적이었다면 조금 더 신사적으로 널 대했겠지."

그런 것보다.

"사토시가 정말 금괴를 가지고 있다는 말인가?"

상반신을 앞으로 숙인 채 조용히 묻는 가와베를 시게타는 의심의 눈빛으로 쳐다봤다.

"대답해라. 아니, 대답해 줘. 그게 사실이면 내가 보물찾기 힌트를 줄 수도 있으니.”

“……힌트가 먼저야. 당신, 더러운 수법을 쓰니까.”

가와베는 한숨을 참았다. 자업자득이지만 씁쓸했다.

“엠.”

순식간에 시게타의 안색이 달라졌다. 동공까지 열린 눈. 역시 이 녀석은 악당으로서 자질이 부족하다.

“맞나 보군.”

“……역시 알고 있었구나. 사토시 씨가 오래전에 하던 일을.”

“담배는 피우나?”

“뭐? 안 피워.”

“그렇군.”

담배 냄새가 찌든 것치고 사토시의 집에서는 담뱃갑을 찾아볼 수 없었다. 재떨이도 비어 있었다. 사토시와 함께 담배를 피운 건 20년 전 신주쿠에서였다. 그 녀석도 담배를 끊었군. 가와베는 자신은 모르는 옛 친구의 삶을 떠올리며 테이블 위를 봤다. 물컵은 이미 비었다. 식당 안에 손님이 더 늘어난 기미도 없고 떠드는 소리도 들리지 않았다.

“어이, 영감. 설명이나 제대로 해. 지금껏 연락을 한 번도 안 했다느니, 순 거짓말만 늘어놓고.”

테이블에 침이 튀었다. 가와베는 문득 닥치라고 소리치고 싶었다. 이 새파란 꼬맹이의 목덜미를 움켜쥐고 꺾어 버릴까. 아니면

저 번뜩이는 두 눈알에 손가락을 꽂아 줄까.

"뭐……."

가와베는 서서히 고개를 들었다.

"그렇게 생각할 수도 있겠군. 하지만 이쪽은 늙은이니까 이해해 줬으면 해."

"정말 입만 살았네!"

시게타는 두 손을 들어 올리며 무릎을 구부렸다. 부루퉁한 얼굴로 혀를 쯧 차고 그릇에 남아 있던 밥알을 검지로 집더니 입에 휙 넣었다.

문득 떠올랐다. 눈을 뭉쳐 먹던 초등학생 시절 사토시의 모습이.

불현듯 과거가 엄청난 속도로 옆을 스쳐 가는 기분에 휩싸였다. 지금껏 일부러 멀리한 기억들이 날카로운 빛의 화살이 되어 쏜살같이 날아온다. 가와베 옆을 그대로 지나 또다시 어디론가 향한다. 한 발, 또 한 발 날아온 화살이 몇 발은 꽂히고 몇 발은 빗나가며 지금의 가와베에게 조금씩 상처를 입혔다.

"금괴에 대해……."

마음을 가라앉히고 최대한 가볍게 다시 입을 열었다.

"사토시는 구체적으로 뭐라고 설명했지?"

"구체적으로라니……. 그런 건 없었어. 영감은 맨날 취해 있었으니까."

"그런데도 넌 그 말을 믿었잖나? 그런 집에 살면서 술 한 병도 제대로 못 사 먹는 사람이 금괴를 숨겨 뒀다고 하면 보통은 망상 취급할 텐데."

시게타는 손가락을 쓱 핥았다. 가와베 앞에서 자신의 패를 어디까지 보일지 고민하는 듯하다.

"그런데 뭐, 어떤 근거로 금괴의 존재를 믿는 건지 말하지 않을 거면 나도 어쩔 수 없지. 목욕이나 한 번 더 하고 도쿄로 돌아가는 수밖에."

"제기랄!"

시게타가 소리를 빽 질렀다.

"알겠어! 알겠다고! 그런데 뭐랄까. 그때 그 느낌이나 분위기라고 할까. ……아무튼 사토시 씨가 날 속인다는 느낌은 안 들었어. 정확히 말로 표현하기 힘들지만……."

"말해 봐."

시게타는 체념한 것처럼 책상다리를 하고 앉았다.

7월 말경 평소처럼 술에 취해 있던 날 밤, 사토시는 '딥 임팩트'가 얼마나 빛나는 존재였는지 눈물을 흘리며 설명하면서 이야기를 시작했다고 한다. 그 녀석이 전력 질주할 때 경쟁 상대는 옆에 있는 말들이 아니었다. 거들떠보지도 않았다. 그 녀석은 훨씬 앞장서서 달리고 있었다. 멀리, 더 멀리, 마치 미래를 추월하는 것처럼. 가차 없이, 과거를 날려 버릴 속도로…….

스페셜 위크, 세이운스카이, 비미주야마, 카바야오*. 종잡을 수 없는 추억 이야기가 줄줄이 나왔다.

—한 경주에서 최고로 많이 따고 잃은 게 얼마야?

시게타의 질문에 사토시는 웃었다.

—그 시절에는 10만을 잃든 20만을 따든 다 애들 장난 같았지.

한창 잘나가던 시절의 자랑 이야기는 조금씩 자기 이야기로 옮겨 갔다. 사토시는 오구리 캡**이 뱀부 메모리***와 치열한 접전을 벌이던 1989년 스물아홉 살 때 상경했다. 회사원으로 치면 과장 정도 되는 나이였지만 평사원이어도 투자에 뛰어들어 운이 조금만 따라 주면 거금을 우습게 만질 수 있던 버블의 절정기였다.

"그래도 상경하고 한동안은 고생했대. 끼니도 제대로 못 챙기는 생활을 하다가 아마 지하철에서 독가스 테러가 일어난 해에 '엠의 일'을 시작했다고 했어."

엠. M.

"은닉 재산 맞지? 아주 오래전, 군대의."

"그래."

가와베는 손가락으로 목덜미를 문질렀다.

* 일본의 유명한 경주마들의 이름.

** 1980년대 후반부터 1990년대 초반까지 일본 경마계를 주도하며 경마 붐을 일으킨 전설적인 경주마.

*** 오구리 캡과 경쟁했던 라이벌 경주마.

"일반적으로는 도쿄만에 가라앉은 구 일본군의 은닉 재산으로 알려져 있지."

그것을 GHQ*에서 비밀리에 회수했다. 이 막대한 은닉 재산은 당시 경제 과학 국장으로 전후 경제를 좌지우지하던 마커트 소장의 머리글자를 따서 'M 자금'이라 이름 붙여졌다.

물론 지금껏 공식적으로 확인된 적은 없는, 말하자면 도시 괴담에 가까운 이야기다. 그럼에도 M 자금을 이용한 사기는 쇼와**부터 헤이세이***시대까지 망령처럼 살아남았다.

"그러니까 사토시가 그 M 자금 사기에 가담했다는 말인가?"

시게타가 고개를 살짝 끄덕였다.

"실제로 무슨 일을 했는지까지는 몰라."

경제 범죄, 특히 사기와 관련된 것들은 그 용어부터 이해하기 어렵다. 시게타에게 금융 상품 거래법의 법 해석과 그 허점을 이해시키려면 대하드라마 같은 시간이 필요할 것이다.

대충 이야기를 들어보니 사토시는 돈 많은 자산가나 기업인을 상대로 투자 사기를 벌인 듯했다. M 자금과 관련된 유력 정보를 암암리에 입수해, M 자금을 관리하는 위원회가 수십 년 만에 회원

* 제2차 세계대전 후 1945년부터 1952년까지 일본을 점령, 통치한 연합국 최고 사령부.

** 1926년부터 1989년까지의 일본 연호.

*** 1989년부터 2019년까지의 일본 연호.

을 모집하고 있다, 총 몇천억 엔 상당의 금괴를 담보로 세계 유명 인사들이 줄줄이 이름을 올린 투자 그룹, 엄선된 VIP에게만 약속된 초고액 배당, 신규 회원 선발 심사에 필요한 일정 수준의 보증금, 하지만 그 뒤 들어올 수익에 비하면 보증금은 푼돈 수준이고, 선발에서 탈락하면 전액 환불 등등…….

"그때 고객들에게 신뢰를 얻으려고 진짜 금괴를 몇 개 준비했다고 했어."

M 자금에 관해서는 여러 가지 설이 있지만 애초에 도시 괴담이니 뭐든 상관없기는 하다. 설득력만 높일 수 있다면 불상이든 돌멩이든 상관없겠지만 그중에서도 황금은 가장 눈길을 끄는 종류일 것이다.

"한동안은 일이 잘 되다가 몇 년인가 지나 문제가 생겨서 손을 뗐다고 했어. 그때 그 보여 주기용 금괴를 현금으로 다시 바꾸려고 했는데 괜한 꼬리표가 붙을까 봐 어쩔 수 없이 포기했다고도."

"그걸 어딘가에 숨겨 뒀다는 말이군."

"하지만 너무 위험해서 죽을 때까지 어디에 숨겼는지는 알려 줄 수 없다고 했어."

완전히 허무맹랑한 이야기는 아닐 것이다. 사기꾼이 입에 담는 블랙 조크로서는.

가와베는 숨을 내쉬고 천천히 눈을 깜빡였다. 사토시가 사기, 그것도 M 자금 사기에 가담했다. 그런 사실에서 어쩔 수 없는 아이러니를 느꼈다. 어쩌면 그동안 자신이 보냈던 삶에 대한 복수였을지 모른다. 하지만 정답이 무엇이든 이제는 더 이상 들을 수 없다.

시게타를 봤다.

"너도 처음에는 안 믿었나 보군."

"당연하지. 그도 그럴 게, 힌트라고 준 게 무슨 뜻인지도 모를 이상한 시였잖아."

당시에는 말 그대로 술주정뱅이 노인의 헛소리였다.

하지만 시신을 발견한 이후 생각이 바뀌었다.

"7월의 그날 밤을 떠올리면서 『방문자』를 펼쳐 봤어."

그것은 베개맡 선반에 꽂힌 문고본들 사이에 있었다. 사토시는 술을 마실 때나 책을 읽을 때 대개 침대에 누워 있거나 책상다리로 앉아 있었지만 그때도 곁에는 늘 『방문자』가 있었다. 심지어 살해당하는 순간에도.

"그러다 갑자기 뭔가가 머리를 스치더라. 사토시 씨는 왜 이 책 제목을 말할 왜 '부침'이 아닌 '방문자'라고 했을까 하는 의문이."

『부침·방문자』라는 책 제목 중 일부러 뒤에 있는 단어를 선택한 이유.

"그래서 '방문자'에 뭔가가 있는 게 아닐까 생각했지."

중편 정도 되는 소설은 이런 문장으로 시작했다.

나는 그 무렵 내 주변에서 일어난 작은 사건 때문에 소설 쓰기에 절망해 한동안 책상 앞에 앉을 엄두를 못 낸 적이 있다.

얼마 못 가 시게타는 책을 집중해서 읽는 걸 포기하고 책장을 휙휙 넘겼다.

그리고 발견했다.

"빨간 펜으로 동그라미가 그려져 있었어."

소설 마지막쯤 나오는 이런 사소한 대사에.

"체리를."

"사토시 씨가 주로 마신 술은 사케와 소주야. 캔은 맥주와 과실주, 그리고 가끔 닛카*정도. 와인 같은 건 안 마셨어. 그 집에 있던 쓰레기를 보면 알겠지?"

가와베는 대답 없이 뒷이야기를 재촉했다.

"청소도 주로 내가 했으니까. 함께 산 지 얼마 안 됐을 때는 벽 앞에 있는 빈 병들을 치우다가 된통 한 소리 들은 적도 있어. 꼭 그래서는 아니지만 기억에 남아 있어."

단 한 병, 사케나 소주가 아닌 세련된 검은 병의 존재가.

"그건 '볼스'라는 체리브랜디였어."

* 1934년 설립된 일본의 유명한 위스키 제조사.

"볼스라."

시치미를 떼는 가와베가 우스운 것처럼 시게타는 히죽거렸다. 병을 들고 뚜껑을 따는 시늉을 한다. 그러더니 가상의 병을 손바닥을 향해 기울였다.

"……병 안에 뭐라도 들어 있었나?"

"그래. 작은 구슬. 그것도 순금."

가와베는 팔짱을 꼈다. 시게타의 태도를 보면 그 문제의 구슬을 직접 보여 줄 마음은 없어 보인다. 금괴 찾기가 실패로 끝나면 유일하게 남을 보상이다. 한순간도 놓치고 싶지 않을 것이다.

"아무튼 그 뒤로 그날 밤을 돌이켜보다가 문득 머릿속이 번뜩였어. 암호의 '진실'이 바로 금괴라는 걸 깨달은 거야."

시게타는 신이 난 것처럼 떠들었다.

"사토시 씨는 절대 거짓말을 한 게 아니야. 금괴는 실제로 있어. 어딘가에 조용히 잠들어 있겠지. 5백만 엔 이상의 가치가 있는 보물이."

5백만 엔. 사토시가 직접 언급한 액수인지, 아니면 즉흥적으로 떠올린 숫자인지는 알 수 없다.

가와베는 턱을 들어 허공으로 숨을 내쉬었다. 어쨌든.

자신은 이미 끌려다니고 있다. 시게타가 아닌 사토시에게. 그 시를 본 순간부터 외길을 걷게 됐다. 두 머리의 거인. 그 그림자를 쫓아.

"자, 이제 당신 차례야."

시게타가 으름장을 놓듯 가와베를 봤다. 귀에 달린 피어스가 살짝 흔들린다. 매끈매끈한 피부에는 숨기려 해도 숨길 수 없는 젊음이 가득하다.

"아는 걸 다 말해 줘."

시게타는 모른다. 그걸 말하려면 얼마나 많은 시간이 걸리는지. 얼마나 많은 인내가 필요한지. 예컨대 우리 이야기가 그 눈 내리던 날부터 시작됐다고 가정하면 사토시가 죽기까지 50년 정도 되는 세월이 흘렀다.

자신도 마찬가지다.

"그래."

가와베는 서서히 숨을 내쉬었다.

"다 말해 주마. 처음부터 끝까지."

허공을 보며 목소리를 냈다.

"나와 사토시는 어릴 적부터 친구였어. 우리가 자란 곳은 마쓰모토시 동쪽의 돗코산과 가케유 온천을 지나면 나오는, 우에다시의 사나다 마을이라는 곳이었지."

당시는 아직 시市가 아닌 지사가타군 사나다 마을이었다. 산을 사이에 두고 바로 옆이 군마현이다.

"아사마산은 알겠지?"

시게타는 대답하지 않고 관심 없다는 듯이 입술을 비틀었다.

"아무튼 당시 사토시와 나 말고도 친한 친구가 세 명 더 있었어. 모두 한동네에 사는 동갑내기였고 초등학생 때부터 함께 놀던 친구들이지."

후카, 긴타, 고쇼.

팔짱을 낀 팔에 힘이 들어갔다.

"1970년대 중반경에 연말부터 연초까지 일본 전역에 엄청난 폭설이 몰아친 해가 있는 거 아나? 당시 우리는 그 마을에서 '영광의 5인조'라 불렸고."

쾌적한 바람이 나오는 에어컨 아래에 있지만 창문으로 들어오는 햇볕 때문에 몸에 땀이 맺혔다.

2장

모든 청춘이여–1976년

주인공이 흑인 여자에게 "더는 못 참겠어!"라고 외친 순간, 퍼뜩 정신을 차린 가와베 히사노리는 책을 덮고 고개를 들었다. 이마에서 땀이 떨어지기 일보 직전이다. 땀 한 방울 떨어뜨린다고 욕을 먹지는 않겠지만, 그렇다고 빌린 책을 함부로 다룰 수는 없다. 얼룩 한 방울도 남기고 싶지 않았으니 간담이 서늘해졌다.

아니, 그게 아니다.

다 먹어 치운 얼음과자 막대기를 어금니로 깨물며 다른 핑곗거리를 찾아도 결국 인정할 수밖에 없다. 지금 고개를 든 이 당황스러운 기분은 하복부에서 느껴지는 열기 때문이다. 양반다리를 하고 앉은 무릎에 책을 올려놓고 이마를 닦는다. 손가락에 끈적한 땀이 묻어났다. 특등석인 나무 그늘은 이렇게 화창한 대낮에도 햇볕을 잘 가려 주니 이 땀은 몸이 아닌 마음이 흘린 땀이었다.

젠장. 왜 이렇게까지.

발기해 버린 걸까.

발기만이라면 상관없다. 건강한 남자 고등학생의 신진대사라고 불러야 좋을 이 생리 현상은 매일 밤낮을 가리지 않고 반복되고 있고, 언젠가 경험하게 될 남녀 간의 관계에 대한 기대와 동경도 남들 못지않게 있다는 것을 히사노리 역시 자각하고 있었다.

하지만 이번만큼은 그 이유를 쉽사리 납득할 수 없었다.

단행본의 책 표지를 봤다. 부드러운 필치로 그려진 옆얼굴 삽화. 분홍 선이 둥근 이마와 튀어나온 코를 감싸고 있다. 하얀 피부. 묘하게 관능적인 속눈썹 탓에 남자인지 여자인지 구분하기 어렵다.

여름방학이 시작되기 전에 나온 신간 소설이었다. 유명 문학상을 받아서 날개 돋친 듯이 팔린다고 들었지만, 솔직히 내용은 잘 이해가 안 됐다. 주인공은 미군 기지 근처에 사는 류라는 청년인데 그가 창녀와 섹스하고, 친구와 함께 섹스하고, 집단으로 섹스하는 장면이 쉴 새 없이 묘사됐다. 마치 권투의 잽처럼 짤막한 문장이 끝없이 이어져 의식을 어지럽혔다. 거의 모든 페이지에 등장하는 수상한 마약. 모두 땀을 뻘뻘 흘리며 틈만 나면 구토를 한다. 이런 멍청하고 우스운 소설은 처음이었다.

그렇지만 하복부에서 느껴지는 이 열기는 거짓이 아니다.

부풀어 오른 그것에 청바지 위로 손을 대 봤다. 머릿속에 조금 전 읽은 장면이 떠올랐다. 류가 여자들을 데리고 외국인 남녀가 모인 집에 찾아가 마약을 하고 섹스를 한다. 집주인은 아마 검은 피부의 미군으로, 집 안에서는 계속 레코드판 음악이 흐르고 있다. 류는 흑인 여자와 섹스하다가 어째서인지 뚱뚱한 백인 여자에게도 섹스를 요구받고, 그 와중에 또 흑인 남자의 그것을 입에 넣게 된다. 목구멍 깊숙한 곳까지 삽입되는 바람에 눈물을 머금지만, 어쩌지도 못하고 강인한 흑인 남자의 육체를 바라보며 고분고분 당하기만 한다. 그리고 마지막 장면에 접어들어서야 마침내 절정을 허락받고 "더는 못 참겠어!"라고 외치는 것이다.

"히짱."

갑자기 이름이 불리자 완전히 몽롱해져 있던 히사노리는 반사적으로 한쪽 무릎을 세우고 가장 먼저 사타구니의 불룩한 부분을 감췄다. 입에 물고 있던 얼음과자 막대기가 땅에 떨어졌다.

사람 그림자가 다가오는 게 보였다. 이곳은 지역 산악대와 수렵 동호회가 공동으로 관리하는 창고의 처마 밑으로, 히사노리와 그 친구들의 단골 아지트였다.

이날도 어김없이 친구들을 기다리던 가와베는 푸른 잎으로 물든 흙길을 올라오는 단정한 머리의 소년을 보며 무심코 "뭐야?" 하고 목소리를 높였다. 하반신의 추태를 잊어버릴 정도로 의외의 인물이었기 때문이다.

"네가 왜."

"왜냐니. 너무하네. 애초에 이 장소를 알려 준 사람은 난데."

여름용 교복을 입은 긴타가 동그란 눈을 깜빡였다. 두 손을 거의 흔들지 않고 걷는 것이 이 친구의 특이한 버릇인데, 가끔은 마치 유령이 움직이는 것처럼 보이기도 했다.

"고쇼한테 들었어. 어제 동사무소 옆에서 우연히 만나서."

멍청한 자식 같으니. 가와베는 무심코 혀를 찰 뻔했다.

"그렇다고 꼭 올 필요는 없잖아. 너와는 상관도 없고. 게다가 여러모로 좀 그렇지 않나?"

"뭐가 그렇지 않아?"

"못 들었어? 우리는 지금부터 싸우러 갈 거야."

나는 언젠가 봤던 갱스터 영화를 흉내 내며 무뚝뚝하게 내뱉었다. 바닥에 둔 목검을 용감하게 집어 들자 긴타는 멋쩍게 웃으며 가와베의 청바지를 가리켰다. 그러고는 당황할 새도 없이 지적했다.

"너야말로 싸우러 가기 전에 독서라니. 여유가 넘치네."

"……뭐야. 이거 몰라? 지금 일본에서 제일 난폭하다고 소문 난 책인데. 읽으면 싸우고 싶은 마음이 막 불타오르는 소설이라고."

"흐음. 후미오 형한테 빌렸어? 다음에 나도 빌려 볼까?"

"뭐? 됐어. 너한테는 아직 일러. 괜히 읽었다가 공부랑 담쌓게 돼도 난 모른다."

"소설 하나로 공부랑 담쌓을 만큼 멍청하지는 않아."

태연하게 말하고 창고 벽에 등을 기댄다. 눈높이에서 유난히 무게감 있어 보이는 어깨 가방이 흔들렸다. 여름방학인데도 교복 차림으로 나타난 것은 긴타가 학원에 다니기 때문이다. 아니, 초등학생 때를 제외하고는 긴타의 사복 차림을 본 기억이 없었다.

생각해 보니 이렇게 얼굴을 마주하는 것도 오랜만이었다.

"그리고 어차피 넌 소설 같은 거 안 읽잖아."

"아니야. 중학교 때까지는 다른 애들처럼 교수가 추천한 걸 꽤 읽었어. 오가이* 대선생, 소세키** 선생, 아쿠타가와***님과 나오야****님 것도."

"추천한 게 아니라 억지로 읽힌 거지."

긴타가 씩 웃었다. 턱과 귀, 볼까지 어디 하나 빠짐없이 둥글둥글해 같은 나이로는 믿기지 않을 만큼 앳돼 보인다.

"그런데 뭐, 솔직히 뭐가 재밌는지 이해가 잘 안 되긴 했어. 난 고양이가 아니고 도련님도 아니니까."

히사노리도 "맞아" 하고 웃음을 터뜨렸다.

"그런데 그렇게 따지면 가후 씨는 더 심해. 사창가에 다니는 할아버지가 쓴 소설을 중학생한테 읽히다니, 그게 제정신이야?"

* 모리 오가이. 『무희』 등의 작품과 번역, 평론 활동 등으로 일본 근대 문학 발전에 크게 기여했다.

** 나쓰메 소세키. 일본의 대표 근대 문학가로 『나는 고양이로소이다』, 『도련님』 등의 작품을 썼다.

*** 아쿠타가와 류노스케. 일본의 대표 근대 문학가로 『나생문』, 『코』 등의 단편 소설을 썼다.

**** 시가 나오야. 일본의 대표 근대 문학가로 『암야행로』, 『화해』 등의 작품을 남겼다.

"하지만 사네아쓰* 책에는 배울 점도 있었어. 『우정』 같은 건 훌륭한 반면교사라고 생각해."

"어떤 이야기였지?"

"친구한테 배신당하는 이야기."

화기애애한 분위기가 스르르 사라졌다. 이쪽을 내려다보는 긴타의 시선이 왠지 겸연쩍어 히사노리는 고개를 돌렸다.

"뭐야. 난 배신 안 했어."

나도 모르게 변명조가 됐다.

"그냥 이번 일은 너와 안 어울리니까."

"응. 분명 공감이 잘 안 되기는 해. 복수를 위해 폭력이라니. 그런 건 야만적이고, 그걸 떠나 비효율적이잖아."

히사노리는 속으로 '역시' 하고 생각했다. 긴타는 싸움에 가담할 생각 없이 그저 말리러 온 것이다. 평소 냉정하고 성실한 긴타답다고 해야 할까. 안도하는 마음과 불편한 기분, 그리고 왠지 모르게 뭔가 모호하고 근질근질한 기분이 들었다. 연타로 잽을 날려 쫓아내고 싶은, 그런 기분이랄까.

"후카가 하루코를 안쓰러워하는 마음은 이해하지만."

이와무라 하루코는 같은 마을에 사는 중학교 1학년 여학생이다.

* 무샤노코지 사네아쓰. 일본의 유명 소설가, 시인, 극작가로 대표작 『우정』에서 청춘의 사랑과 우정 사이의 갈등을 그렸다.

본명은 최춘자라고 한다. 마을 사람들은 이와무라 집안사람들이 조선인이라는 것을 알고 있고, 그것 때문에 하루코는 얼마 전 험한 일을 당할 뻔했다. 남자 고등학생 무리에게 붙잡혀 숲속에 끌려간 것이다. 조선인 여자의 거기는 가로로 찢어졌다는 게 사실이야? 그런 말도 안 되는 소리를 해 가며 하루코를 밀쳐 넘어뜨리고 두 팔과 두 다리를 붙잡고 속옷을 벗기려 할 때 다행히 동네에 사는 아저씨가 그 옆을 지나갔다. 남학생들은 부리나케 도망쳤고, 흐느껴 우는 하루코를 달래기 위해 평소 하루코를 동생처럼 아끼는 후카가 불려 왔다.

그리고 그날 밤, 분노한 후카가 우리에게 집합을 지시했다. 그렇게 창고 앞에 불려 온, 긴타를 제외한 세 사람 앞에서 후카는 주먹을 하늘 높이 치켜들며 외쳤다. 하루코를 울린 그 쓰레기들의 팬티를 당장 벗겨 와!

며칠 후 고소가 범인 일당을 찾아냈다. 같은 공업 고등학교에 다니는 비행 청소년들이었다.

"후카는 야만이니 효율 같은 걸 따지는 애가 아니니까. 한번 정하면 그걸로 끝이지."

"하루코가 원하지 않아도?"

하루코에게는 오늘 계획을 알리지 않았다.

"당사자의 의사를 무시한 보복은 단순한 자기만족에 불과하지 않을까?"

"긴타. 너, 자꾸 그럴래?"

히사노리는 무심코 몸을 벌떡 일으켰다. 어느새 가랑이는 평정을 되찾아 있었다.

"자꾸 꼬치꼬치 따지지 마. 우리가 움직이는 건."

히사노리는 긴타의 가슴에 주먹을 갖다 댔다.

"바로 여기 깃든 열기 때문이잖아."

"……가슴이 시키는 대로 한다는 말인가?"

"그래. 넌 아니야?"

이마가 닿을 정도로 바짝 다가온 히사노리를 향해 긴타는 미소 지었다.

그때 언덕 아래에서 자동차 경적이 두 번 울렸다.

"어이! 히사노리! 어서 내려와!"

외침을 듣고 "알겠어! 지금 간다!"라고 소리친 사람은 히사노리가 아닌 긴타였다. 말릴 새도 없이 어깨에 멘 가방을 흔들며 언덕길을 내려간다. 두 손을 거의 움직이지 않는 걸음걸이로.

"어라? 네가 여기 왜 있어?"

경트럭에서 막 내린 사토시가 긴타를 발견하고 눈을 휘둥그레 떴다. 꾀죄죄한 티셔츠와 회색 작업복 바지. 매끈하게 깎은 까까머리와 그을린 피부. 키는 작지만 체구는 날렵하고 최근에는 근육까지 붙었다.

"이런 건 어디서 구했어?"

트럭을 보며 묻는 긴타에게 사토시는 집에서 빌려 왔다고 했다. 너, 운전할 줄 알아? 무슨 잠꼬대 같은 소리냐, 바보야. 난 1년 내내 집에서 부려 먹히는 신세잖아.

사토시는 고등학교에 올라가지 않고 부모님이 경영하는 운수회사 일을 도왔다. 하지만 배달 일을 한다고 해도 오토바이로 할 것이고, 그걸 떠나 나이 때문에 자동차 면허는 딸 수 없다. 뭐, 동네에서 그런 걸로 일일이 시비를 거는 사람이 없기는 하지만.

"근데 이런 걸 타고 가서 뭘 어떻게 하려고?"

긴타가 물었다.

"나도 몰라. 그냥 도움이 될 것 같아서."

사토시는 자신만만하게 가슴을 쭉 펴고 말했다. 정 뭐하면 뒤에서 들이받아 버리면 되지 않을까? 뭐? 그럼 다 죽을 텐데. 그럼 안 돼? 안 되지.

"그럼 긴타, 좋은 아이디어가 있으면 네가 알려 줘 봐."

"알려 줄 수는 있는데, 대신 네 자전거 좀 빌릴게."

긴타는 당연한 것처럼 길가에 세워진 바구니 달린 자전거를 끌고 왔다.

"히사노리, 너도 타. 가서 고쇼를 데려오자."

"잠깐만. 야, 긴타, 너 정말 따라갈 거야? 오늘 학원 가는 날 아니야?"

전철을 한 시간 넘게 타고 나가노시까지 간다고 들었다. 한가하게 여유 부릴 시간이 없다.

긴타는 트럭 짐칸에 자전거를 싣고 옆에 앉아 놀라는 표정을 지었다.

"뭐야. 네가 왜 그런 걸 걱정해?"

"……왜, 걱정하면 안 돼?"

"아니. 그런 건 아니지만, 괜찮아. 난 머리가 좋고 어쨌든 싸움은 안 할 거니까. 나랑은 맞지도 않고."

부르릉 하고 트럭에 시동이 걸렸다. 사토시의 외침이 울려 퍼진다. 자! 출발 신호다아앗!

"넌 뛰어서 올 거야?"

"……제기랄."

결국 히사노리도 목검과 책을 들고 트럭 짐칸에 올라탔다.

트럭은 창고를 등지고 마을 서쪽으로 달리기 시작했다. 흙길을 지나 포장도로에 들어서자마자 왼편에 나무가 늘어선 모습이 보였다. 마을을 가로지르는 간가와강의 둑이다. 도로보다 한 계단 낮아서 나무 꼭대기에 울창하게 달린 나뭇잎이 눈높이에서 보였다. 강의 수면은 이곳에서 10미터 정도 떨어져 있지만 신기하게도 물의 기운이 느껴졌다.

녹슨 짐칸에 나란히 앉아 연신 몸이 흔들리면서도 긴타는 눈빛을 반짝이며 이야기를 시작했다.

있지, 히짱. 사실 난 요새 경제에 관심이 있어. 학원 선생님이 대학에서 그걸 공부한다더라고. 금융 공학이라는 새로운 학문이라던데 혹시 알아? 교수네 집에는 『자본론』이랑 프리드먼인가 누군가가 쓴 책이 있기는 하지만 그런 건 이제 고전이래. 세상은 분명 계속 발전하고 있어. 문학 같은 거랑 달리 과학은 엄청난 속도로 진화한다고 하잖아. 돈의 세계도 마찬가지로 과학이야. 합리성에 기반한 검증 가능한 이론이 출현하고, 그걸 실천하는 투자자와 사업가들이 경제를 회전시키고, 그게 또 새로운 이론과 기술을 낳고…….

앞으로도 난 많은 걸 배우고 싶어. 그렇게 배우고 또 배우다 보면 언젠가 진실에 가까워질 수 있지 않을까? 왠지 뭔가 아름다운 걸 접할 것 같아…….

"멍청아!"

히사노리는 자기도 모르게 소리를 빽 질렀다.

"그러니까 내가 말했지! 넌 도쿄에 있는 대학에 갈 거잖아. 우리 동네에서 제일 출세할 생각 아니야? 그런 자식이 여길 왜 따라와!"

만약 다치기라도 하면, 만약 경찰에 붙잡혀 대학에 못 가게 되기라도 하면…….

"어차피 도움도 안 되는 주제에."

"그래. 하지만 말이지. 나도 가끔은 가슴의 명령에 따르고 싶을 때가 있어."

대답하지 못하는 히사노리 옆에서 긴타는 씩 웃으며 하늘을 올려다보며 말했다. 저것 봐, 히짱.

"바람이 되게 상쾌하다. 그렇지?"

그때 사토시가 경적을 빵 울렸다. 길 한가운데에 키가 훌쩍한 고쇼가 서 있었다.

어깨까지 길게 늘어진, 보기에도 갑갑한 긴 머리. 눈을 자꾸 찌르는 앞머리가 본인도 거슬리는 모양이다. 나이 차이가 나는 형의 헤어스타일링 제품을 함부로 썼다가 쥐어박히는 게 일상이고, 몸에 걸친 새하얀 바지부터 세련된 체크무늬 긴팔 셔츠, 가죽 신발, 심지어 담배와 라이터에 이르기까지 모두 형의 것을 몰래 슬쩍해 온 것들이다.

"그 녀석들 시합, 지금쯤 끝나지 않았을까?"

고쇼가 말한 '그 녀석들'이란 공업 고등학교의 축구부를 뜻하는데, 연습 시합을 마치고 돌아가는 길에 하루코를 덮친 그 2학년 무리가 오늘 같은 운동장에서 대항전을 벌이고 있다고 했다.

"여름방학이라 눈에 뵈는 게 없었을까? 하나같이 얼굴도 못생겨서 여자들한테 인기도 없을 테니."

트럭 짐칸에서 자전거를 사이에 두고 앉아 고쇼는 바람에 맞서듯 담배를 피웠다. 남자인 히사노리 눈으로 봐도 멀끔하게 잘생긴 얼굴이다. 여드름 하나 없는 얼굴에 윤기 나는 머리카락. 날카로운 눈매와 귀 모양까지 완벽하다. 원래 주인인 형보다 하얀 바지가 더 잘 어울릴 것 같고, 기타 실력도 수준급이라는 게 마음에 들지 않았다. 동네 다방에서 일하는 나이 많은 누나와 몰래 만난다는 소문을 들을 때마다 히사노리는 고쇼의 이 조각 같은 코를 비틀어 버리고 싶었다.

"심지어 운동 신경까지 안 좋아. 한 명만 주전이고 나머지는 다 벤치래."

인기가 없을 만도 하지. 고쇼가 그렇게 중얼거리고 꽁초를 휙 던지더니 가슴 주머니에서 선글라스를 꺼내서 히사노리는 어이가 없었다.

"뭐야, 너, 설마 선글라스 끼고 싸우려는 건 아니겠지? 실명돼도 난 몰라."

"어쩔 수 없지. 그 무리 중에 나와 같은 반 녀석도 있는걸. 나중에 뒷말 나오는 건 싫어."

"어차피 그걸 껴도 들켜. 숨길 거면 얼굴보다 키를 숨기라고."

고쇼는 기타를 치고 담배를 피우기 전까지 중학교 배구부의 에이스였다.

"그리고 그 옷, 괜찮아?"

"보기보다 엄청 편해."

"아니, 그게 아니고 흙이나 코피가 묻을 수도 있는데. 너희 형이 과연 이번에도 꿀밤 한 대로 넘어갈까?"

고쇼의 형은 근육질 몸에 대학생 시절 가라테부 주장이었고 상대의 갈비뼈를 부러뜨리는 게 취미라는 소문이 돌았다.

"됐어."

허세는 그 두 글자까지였다.

"으으…… 괜히 쓸데없는 말 꺼내가지고, 너 때문에 신경 쓰이잖아."

고쇼는 창백한 얼굴을 짐칸 밖으로 내밀며 신음했다. 실은 다음에 걸리면 그때는 머리를 바리캉으로 밀어 버린다고 했다고…….

"내가 걔들이 맞는지 확인은 해 줄 테니 뒷일은 너희가 알아서 하면 안 될까?"

"갑자기 그게 무슨 소리야. 그쪽은 머릿수도 다섯이나 되는데."

"뭐? 정말?"

긴타는 앉은 자세 그대로 무릎을 세워 양팔로 감쌌다.

"난 세 명이라고 들었는데."

"하루코를 덮치려고 한 건 세 명. 그런데 걔네 말고도 늘 함께 다니는 똘마니 둘까지 포함해 총 다섯 명이야."

고쇼가 자세를 풀고 한숨을 푹 내쉬었다.

"한 사람당 한 명씩 맡아도 부족하네."

"아, 난 빼 줘. 난 응원단."

"시커먼 남자 놈한테 응원받아서 뭐 해?"

"후후. 근데 말이지. 축구가 정말 재밌어?"

"노 웨이. 세상에서 최고로 재밌는 건 역시 로큰롤이지. 딥 퍼플,

킹 크림슨, 데이비드 보위 등등. 재미있고 멋진 건 바로 그런 거야. 참고로 비틀스는 제외. 걔네는 그냥 허울만 그럴싸한 코러스 그룹이니까. 록 음악의 본질과 거리가 멀어."

"도어스는?"

히사노리는 무심코 물었다.

"도어스는 멋져?"

"도어스라……."

고쇼는 담뱃갑에서 담배를 꺼냈다. 달리는 트럭 때문에 불이 잘 붙지 않아 성냥을 두 개나 쓰고 여유 있는 척 연기를 내뱉는다.

"……뭐, 나쁘지 않지."

영 수상쩍었다. 음악 지식, 그리고 담배를 피우는 모습까지 왠지 허세처럼 느껴졌다.

히사노리가 방금 읽은 소설 속 세계에서는 도어스가 멋지게 연주하는 장면이 나왔다. 연주를 직접 들은 건 아니지만 히사노리는 엄청나게 시끄럽고 정신 나간 음악이 분명하리라고 확신했다.

"어차피 축구 같은 건 금방 질리기도 해."

고쇼는 대충 이야기를 얼버무리고 "아, 참. 이거, 후카가 줬어" 하고 옆구리에 낀 보자기를 히사노리에게 건넸다. 보자기에는 도시락이 있었고 뚜껑을 여니 김으로 감싼 주먹밥 네 개가 들어 있었다.

"그 자식들 팬티를 다 벗기고 나서 먹으래."

“쳇. 걔는 완전 여자 노예상이라니까!”

“하지만 우리가 안 한다고 하면 후카는 혼자서라도 뛰어들걸.”

“그래, 그건 맞아. 응, 백 프로 확신해.”

자연스럽게 머릿속에 풍경이 떠올랐다. 교수의 집에는 조상 대대로 내려오는 일본도가 있다. 후카라면 망설임 없이 그 칼집에서 칼을 뽑을 것이다. 그리고 도장에서 늘 연습하는 것처럼 얼굴, 몸통, 손목, 목……. 그로써 네 사람이 죽는다. 남은 한 명이 오히려 안타까울 정도다.

“……그래. 우리는 최대한 평화적인 폭력으로 해결하자.”

트럭이 옆길로 방향을 틀자 히사노리는 “하루코도 보고 왔어?”라고 물었다. 고쇼와 하루코의 집은 걸어서 몇 분 거리에 있다. 도시락도 이와무라 씨 집에서 하루코를 돌보고 있는 후카에게 불려가 받아 왔을 것이다.

“일단 겉으로 보기에는 괜찮아 보였어.”

대답을 듣고 조금 안심했다. 얌전한 성격이지만 하루코는 결코 약하지 않다. 오히려 오빠인 후미오보다 더 뚝심 있는 게 아닐까 싶을 때도 있다.

한편 그런 점들이 하루코가 겪었을 공포와 굴욕을 더 상상하게 해 하루코를 그렇게 만든 자식들을 향한 분노를 한층 증폭시켰다.

“후미오 형은 어때?”

천진난만한 긴타의 질문에 고쇼는 “신경 쓰지 마. 그런 겁쟁이는" 하고 침을 뱉는 것처럼 고개를 홱 돌렸다.

"실은 방문 밖에서 조용히 같이 가지 않겠냐고 물었어. 대답도 안 하더라. 아마 문 뒤에서 몸을 웅크리고 있었겠지."

가슴이 찌릿했다. 동네에는 이와무라 집안의 큰아들인 후미오를 바보 취급하는 사람이 많았다. 그걸 넘어 이와무라 집안 자체를 곱게 보지 않고 고쇼처럼 하루코만 귀여워하는 사람도 많다. 하지만 히사노리는 후미오를 미워할 수 없었다.

후미오가 책을 빌려줬을 때가 떠올랐다. 그때 후미오는 어눌하면서도 진지하게 말했다.

—이야기의, 가장 마지막에, 세계가, 화려해져. 확 하고, 색이, 깃드는 거야. 투명한, 블루로. 내 눈에는, 책 제목이 그대로, 선명하게 보였어.

무슨 뜻인지 알 수는 없었다. 다만 후미오가 책을 읽으며 자신이 받은 감동을 필사적으로 전하려 한다는 게 느껴졌다. 이미 성인이 된 후미오는 평소 집 밖에 거의 나가지 않고, 반대로 일할 때는 갑자기 한 달 정도 어디론가 홀연히 사라지곤 했다. 그럴 때 후미오를 데려가는 사람은 히사노리와 친구들도 잘 아는 세이 씨라는 남자였다. 세이 씨는 누가 봐도 평범한 일반인은 아니었다. 히사노리는 후미오의 방에 있는 그 많은 책이 전부 세이 씨 것이고, 후미오 자체도 세이 씨의 소유물이 아닐까 가끔 생각하곤 했다.

"정말 뿌리부터 미스터 치킨*이라니까. 우리 형의 손톱 때만도 못해."

가끔 집요할 정도로 후미오를 깎아내리는 고쇼는 한때 거만하게 말했다. 여자를 소중히 여기지 않는 남자는 살 가치가 없다. 어머니, 누나, 여동생, 동네 아줌마, 처마 밑에 사는 암고양이까지. 바로 얼마 전 고쇼가 다방 누나를 몰래 만난다는 소문을 접한 히사노리는 그저 시큰둥하게 넘어갔지만.

트럭이 주택가를 지났다. 현관 앞에 물을 뿌리는 주부, 자전거를 끌고 다니는 얼음 장수가 옆을 스쳐 갔다.

"이 주먹밥, 왠지 후카 닮지 않았어?"

긴타가 웃으며 말했다. 그러고 보니 각진 모양이 꼭 화났을 때 후카의 얼굴처럼 보이기도 했다.

"그러고 보니 오랜만에 다 모였잖아."

"어차피 다음 주에 또 모일 텐데."

고쇼가 말했다.

"교수가 호들갑을 부리며 맞아 주겠지."

"'오오옹, 잘 왔다! 우리 영광의 5인조!'."

히사노리의 과장된 성대모사에 웃음이 터졌다. 동시에 짧은 경적이 울렸다. 운전석 창문에서 고함이 들렸다.

* Chicken의 비격식적 의미로 '겁쟁이'가 있다.

"오우오우, 이 녀석들아! 들이댈 시간이다!"

사토시가 어설프게 사카모토 료마를 흉내 낼 때 간가와강에 걸려 있는 적갈색 다리가 옆을 스쳐 갔다. 길이 강에 더 가까워지자 울창한 숲이 사라지고 풍경이 탁 트였다. 강물이 반짝반짝 빛나고 곳곳이 눈부신 초록빛으로 가득했다. 그리고 얼마 안 돼 트럭은 넓은 운동장 옆길로 들어섰다.

예상 밖도 정도가 있지! 그래, 정말 그런 게 어딨어. 결국 상대가 몇 명이었던 거야? 일곱 명이었다고, 일곱 명. 누가 다섯 명이래? 그리고 벤치는커녕 전부 주전이었잖아. 이 종아리 좀 봐, 아직도 퉁퉁 부었어.

"게다가 금세 들통나기도 했지."

고쇼가 선글라스를 고쳐 쓰며 말했다.

"잠복 작전의 잠 자도 꺼내기 전에."

"다 그 트럭 때문이야."

히사노리가 어깨를 쿡 찌르자 사토시는 "뭐야, 어쩌라고" 하고 입술을 실룩였다.

"아버지한테 얼마나 깨졌는지 알아? 그 녀석들 중 한 명이 사이드미러를 부숴서."

"난 형한테 초승달 킥을 맞고 갈비뼈가 부러질 뻔했어."

고쇼가 지긋지긋하다는 듯이 말했다.

"축구보다 가라테가 훨씬 아파."

고쇼는 그런 건 평생 알고 싶지 않았다는 듯이 블루하와이 빙수를 숟가락으로 휘휘 휘저었다.

열린 미닫이문 밖에 '얼음'이라고 적힌 포렴이 나부끼고, 그 너머에는 맑고 푸른 하늘이 펼쳐져 있다. 선풍기 바람이 잘 닿는 탁자 하나를 차지한 채 '축구부 습격 작전'에 대해 떠드는 히사노리와 친구들을 신경 쓰지 않고 주인 할아버지는 졸린 표정으로 부채질을 하고 있다. 라디오에서는 시끌벅적하게 고시엔*을 중계하는 아나운서의 목소리가 들렸다.

"뭐, 그래도 승리는 승리 아니야?"

사토시가 태평하게 멜론 맛 빙수를 퍼먹었다. '뭐 그건 그렇지'라는 듯이 표정을 푸는 고쇼 옆에서 히사노리는 묵묵히 숟가락을 입에 가져갔다. 차가운 딸기 맛 때문에 혀가 얼얼했다.

트럭이 운동장에 도착했을 때는 이미 연습 시합이 끝나 축구부가 해산한 뒤였다. 어쩔 수 없이 돌아가는 길에 하루코가 당했다는 숲 쪽에 가 보니 운 좋게도 남학생 일곱 명이 얼음과자를 손에 든 채 서성이고 있었고 그 안에 주범 3인방도 보였다. 운이 나빴던 것은 그때 트럭 핸들을 붙잡고 있던 사람이 사냥감을 놓쳐 안달이 나 있던 사토시였다는 점이다. 사토시는 갑작스럽게 찾아온 행운

* 일본의 전국 고등학교 야구 선수권 대회.

에 포효하며 다른 친구들에게는 어떤 일언반구나 망설임도 없이, 심지어 브레이크도 밟지 않고 그들을 향해 돌진했다. 일단 경적을 한 번 울리기는 했지만, 그것은 상대를 향한 경고라기보다 전투 시작을 알리는 군대의 나팔 소리였을 것이다. 느닷없이 돌진하는 트럭을 보며 축구부원들이 당황하고 놀랐으니 기습에 성공했다고 할 수 있을지 모르지만, 그것은 짐칸에 있던 히사노리와 친구들에게도 어엿한 기습이었다. 이렇게 갑자기 들이박는 게 어딨어! 속으로 비난하면서도 히사노리는 각오를 다지고 짐칸에서 내렸다. 고쇼와 사토시를 곁눈질하고 어쨌든 목검을 상대의 어깻죽지에 내리꽂았다. 함성과 비명, 그리고 알아들을 수 없는 포효. 용감하게 달려드는 자, 쓰러지는 자, 밭에 뛰어드는 자, 숲으로 도망치는 자……. 그들 중에서 히사노리는 주범 한 명을 쫓아 숲으로 뛰었다. 머릿속이 새하얘진 채 그저 눈앞을 달리는 아이의 뒷모습을 쫓았다. 검게 그늘진 뒷모습을.

결과만 말하자면 주범 세 명에게 각각 대가를 치르게 했으니 꽤 괜찮은 성과라고 할 수 있을 것이다.

"하지만 결국 팬티는 못 벗겼네."

긴타가 녹차 빙수를 먹으며 말하자 사토시가 언짢은 듯 눈살을 찌푸렸다.

"어차피 팬티를 벗겨 오라는 건 굳이 말하자면 비유적인 표현이고, 한마디로 그냥 혼내 주고 오라는 뜻이었을 거야."

"그래? 난 그게 조건인 줄 알았는데. 승패의 조건. 축구나 배구에도 그런 룰이 있잖아."

"시끄러워! 역시 책벌레는 안 된다니까. 원래 싸움에 룰 같은 건 없어. 그래. 전쟁과 음악에 룰이 없는 것처럼!"

사토시가 "그렇지?" 하고 턱짓하며 묻자 고쇼는 대충 어깨를 으쓱했다.

"그걸 떠나 긴타, 애초에 네가 잘난 척할 자격이나 있냐. 겁쟁이처럼 끝까지 짐칸에만 숨어 있었던 주제에."

그러자 긴타는 어안이 벙벙해져 히사노리 쪽을 봤다. 히사노리는 상대하지 않고 빙수를 입에 넣었다.

"흐음……. 뭐, 그래. 네 말이 맞을지도."

"맞다니까. 이 꼬마야."

사토시는 긴타가 먹던 녹차 빙수를 자기 숟가락으로 푹 펐다.

"몸 사리는 녀석은 빙수 먹을 자격이 없어. 똑똑히 기억해 둬."

"그래, 알겠어. 절대 잊지 않을게."

사토시는 "입만 산 녀석" 하고 쓴웃음을 짓더니 "그건 그렇고, 그날의 MVP는 히사노리의 목검이었지" 하고 히사노리를 가리켰다.

"축구랑 가라테보다 더 무서운 게 검도였다니."

"그럼 최강자는 역시 후카네. 자, 이제 슬슬 가자."

히사노리는 허리를 숙여 발밑에 있는 배낭을 집어 들었다. 그곳에 모인 친구들은 모두 가방이나 배낭을 들고 있었다. 여름방학의 오봉 명절*이 지난 이 시기, 교수의 집에서 열리는 1박 2일의 공부 합숙. 중학생 때부터 계속된 우리의 연례행사가 올해도 시작됐다. 갑자기 웬 공부 합숙이냐고? 복잡하게 생각하지 않아도 된다. 사실 공부 합숙이라는 이름은 명목뿐인, 우리가 부모님을 설득하기 위해 정한 극비 암호이기 때문이다.

빙수 가게 밖에는 밭이 펼쳐져 있었다. 가옥 1층에 들어선 빙수 가게 양옆에는 비슷한 형태의 민가가 있고 그 뒤로 천 미터급의 겐가산이 우뚝 솟아 있다. 여기서 산을 향해 5분만 걸어가면 히사노리와 친구들의 주 약속 장소이자 아지트인 창고에 갈 수 있지만, 오늘은 창고를 등지고 밭과 주택 사이의 흙길을 걸었다. 얼마 후 교차로가 나타났다. 마을 이름에서 따온 사나다 교차로. 국도 144호선을 사이에 두고 건너편에는 우체국 건물이 있었다.

아이들은 국도를 따라 야마가 신사 쪽으로 올라갔다. 밭과 강밖에 없는 왼편과 달리 국도 오른편에는 산비탈에 가옥이 빽빽이 늘어서 있다.

잠시 후 오른쪽 언덕 끝으로 초등학교 건물이 나타났다. 같은 반 아이들의 근황과 추억 이야기를 꽃피웠다. 히사노리의 집은 조금 더 산 쪽에 있고, 원래 이 네 명에 후카까지 더한 5인조는 초등학

* 8월 15일을 전후한 일본의 백중맞이 명절.

생 시절부터 함께 놀던 사이여서 교수의 집도 굳이 따지면 이웃집이다. 그런데도 왠지 모험을 떠나는 느낌이 드는 건 평소 야마가신사보다 북쪽으로 가는 일이 거의 없기 때문일 것이다. 특별히 풍경이 달라지는 것도 아니고 그저 고도가 서서히 높아지는 정도의 차이지만.

사나다 성씨의 발원지로 알려진 나가노현 지사가타군 사나다 마을은 우에다시 동쪽에서 툭 튀어나온 형태로 북쪽을 향해 펼쳐져 있다. 그 중심에 중학교가 있고 그곳에서부터 땅이 좌우로 길게 갈라진다. 말하자면 산악 지대에 생긴 Y자 형태의 움푹 파인 곳이라고 할까. 히사노리와 친구들이 사는 곳은 오른쪽을 향해 뻗은 지역으로 사방이 온통 산으로 둘러싸여 있었다.

사나다 마을에 사는 아이라면 무조건 가게 되는 중학교에서 우체국까지는 약 2킬로미터 남짓. 비라도 오는 날에는 울고 싶고, 눈 오는 날에는 추워서 죽을 지경이 된다. 한여름에도 쉽지 않은 건 마찬가지다. 이쪽에서 오르막, 저쪽에서 내리막을 반복하는 지형이라 자칫 방심하면 지쳐 쓰러지고 만다. 쓸데없이 넓고, 장소에 따라서는 다른 사람에게 도움을 요청하는 것조차 여의치 않은 꽤나 까다로운 땅이었다.

물이 떨어지는 소리가 들렸다. 용수로에서 강으로 물이 흐르고 있다. 144번 국도와 나란히 흐르는 간가와강은 장소에 따라 계곡이라 불러야 할 만큼 험하고 깊은 곳이 있었다. 특히 계단 같은 게 잘 정비된 것도 아닌데 어릴 때는 위험하게도 종종 자갈이 깔린 강변으로 내려가 놀고는 했다. 거리낌 없이 공 던지기 연습을 했고, 물가에서 하는 검객 놀이는 기분을 한껏 고조시켰다.

강과 가까운 길가의 나무는 유독 생기가 넘쳤고, 때때로 강렬한 녹음만큼이나 사나운 날벌레 떼의 습격을 받기도 했다. 그럴 때마다 사토시는 깔깔대며 즐거워했다. 예전 같으면 고쇼도 함께했을 텐데 이제는 다 큰 어른인 척 거드름을 피우며 어울리지 않았다. 그런 모습이 아니꼬운 한편으로 히사노리도 당시쯤부터는 자신의 어린아이 같은 행동들을 조금씩 부끄럽게 느끼고 있었다. 이제 우리도 고등학교 2학년이잖아. 아니, 그걸 떠나 사토시, 지금도 네가 제일 천진난만한 게 말이 돼? 중학생 시절부터 마작 가게를 드나들고 남들보다 일찍 사회에 나간 친구는 날벌레를 상대로 "아초!" 하며 점프 킥을 날리고 있다. 그런 광경을 보며 히사노리는 어이없다는 듯이 한숨을 내쉬었다.

국도 오른쪽에는 몇 년 전 폐지된 사나다 선의 흔적이 있고 역사 건물도 그대로 방치돼 있다. 그곳을 지나면 산골 마을의 정취가 더 깊어진다. 산길을 따라 계속 북쪽으로 올라가면 스키장으로 유명한 스가다이라고원에 도착하는데, 차가 없으면 가기 힘든 거리다. 스키장 앞에는 사토시의 친척이 운영하는 펜션이 있어서 초등학교 6학년 겨울방학 때 다섯 가족이 의기투합해 함께 1박 여행을 떠난 적도 있었다.

히사노리와 친구들이 '영광의 5인조'라 불리는 계기가 된 눈 내리던 날이 바로 그 가족 모임의 이틀째 날이었다.

"생각해 보면 지금도 우리를 그렇게 부르는 사람은 전 세계에서 교수밖에 없어."

영광도 뭣도 없는데. 한탄하듯 말하던 사토시의 말은 사실 절반 이상 일리가 있었다. 텔레비전에서 방영된 <스파이 대작전>을 너무 좋아한 나머지 팀으로 하는 역할극 놀이에 푹 빠져 있던 사토시는 근처 밭에서 오이를 훔치거나 들개를 퇴치하는 것 같은 시시한 미션에 신나게 도전했다. '축구부 습격 작전' 때도 사토시가 가장 열성적이었다. 트럭 운전석에서 나오자마자 집단 구타를 당한 순간의 기분까지는 모르겠지만.

"그때 내가 당한 것도 다 너 때문이라고."

사토시의 어깨 펀치를 맞고 긴타가 비틀거렸다. 사복인 다른 친구들과 달리 똑똑한 긴타만큼은 평소와 같은 교복 차림이었다.

"아야. 아프잖아. 좋지 않아. 그렇게 금세 주먹부터 나가는 건."

"닥쳐. 남자들의 대화가 주먹으로 시작하는 게 당연하지. 변변한 전략 하나 없던 무능한 놈이 건방지게 굴지 마."

"한마디 말도 없이 트럭으로 돌진한 사람이 누군데. 그런 상황에서 전략은 무슨 전략이야."

"예전처럼 갑자기 뭔가가 번쩍 떠올랐다고. 번쩍."

긴타는 어깨를 으쓱했다.

"그런 걸 변덕이라고 해. 난 원래 신중하게 계획을 세우는 타입이야."

타입은 무슨 놈의 타입! 화내는 사토시에게 고쇼가 "아니, 근데 그건 네가 잘못했어. 객관적으로 봐도 그 돌격은" 하고 면박을 주자, 옆에서 히사노리도 "그래, 맞아. 그때는 솔직히 나도 목검으로 네 머리부터 내려치고 싶었다니까" 하고 결정타를 날렸다.

"닥쳐. 조용히 해. 어쨌든 주범 중 한 놈은 해치웠으니 됐어. 불평하지 마."

물론 그것도 히사노리가 집단 구타에서 구해 줬기에 가능한 일이었지만.

"해치웠다면 나도 한 명 해치웠어."

고쇼는 셔츠가 찢기면서도 형이 몸소 가르쳐 준 급소 차기를 날렸다고 했다.

"이것 봐. 결국 아무것도 안 한 사람은 긴타, 너뿐이야. 넌 후카의 주먹밥을 먹을 자격이 없어."

"그런데 그 주먹밥, 연어가 들어가서 맛있더라."

쳇, 팔자 좋은 녀석 같으니. 하지만 뭐 분명 맛있기는 했지. 입안이 피투성이라 맛을 잘 못 느끼기는 했지만.

긴타의 눈짓을 히사노리는 못 본 척했다. 사실 긴타가 트럭 짐칸에서 몰래 내려왔다는 건 아무도 눈치채지 못했다. 그리고 히사노리도 그 사실을 말하지 않기로 결심했다.

그러는 동안 사람 없는 구 역사 건물이 눈에 들어왔다. 어깨높이에 승강장이 있다. 건물 뒤쪽으로 더 올라가면 야마가 신사가 나온다.

역 건물을 사이에 두고 이쪽, 즉 왼쪽 차선 길가에 자란 커다란 계수나무가 교수의 집을 알려 주는 표지판이었다. 가늘고 긴 그물 같은 가지가 섬뜩하게 펼쳐져 있어 아이들 사이에서는 '유령나무'라는 별명으로 불렸다. 그곳을 지나면 간가와강으로 내려가는 언덕길이 있고, 언덕길 아래는 잡초와 잡목림이 뒤덮여 있어 거의 황무지라고 불러도 좋을 곳이지만 그래도 길 비슷한 것도 있었다. 나무 그늘 아래에는 교수가 타고 다니는 코롤라*가 세워져 있었다.

간가와강에 걸린 좁고 녹슨 다리를 건너며 히사노리는 왠지 묘한 기분이 들었다. 국도에서 불과 3미터 내려갔는데 안쪽에 우뚝 솟은 겐가산劍岩山이 유독 거대하게 느껴졌다. 산 중턱에는 산 이름의 유래가 된 하얀 바위가 검처럼 뾰족하게 솟아 있었다.

"저것 봐."

사토시가 실실 웃으며 다리 너머를 가리켰다. 그곳에는 비쩍 마른 안짱다리 사이로 보이는 통통한 엉덩이가 있었다.

* 일본 자동차 제조사 도요타사에서 1966년 첫 출시해 인기를 모은 준중형 세단.

"도리후*의 콩트에 나올 법한 엉덩이잖아."

강과 산 사이에 끼어 있는, 한 단계 낮은 그 땅은 마치 작은 외딴 섬 같았다.

다리를 다 건넌 사토시가 그 엉덩이 쪽을 향해 "교수!" 하고 소리쳤다. 그러자 땅에 웅크리고 있던 사람이 상반신을 휙 일으키더니 이쪽을 보며 반가운 목소리로 "오, 자네들!" 하고 외쳤다. 작업복 차림의 앙상한 노인이 목에 걸친 수건으로 땀을 닦으며 활짝 웃을 때 그야말로 '교수님' 같은 둥근 안경이 반짝반짝 빛났다. 교수, 즉 다케우치 미키히코 선생님은 마른 나뭇가지 같은 두 팔을 활짝 펼치며 흥분한 듯이 외쳤다.

"왔구나! 우리 영광의 5인조가!"

"아빠, 그만해. 목소리도 너무 커."

영광에 휩싸인 다섯 번째 멤버가 부루퉁한 얼굴로 밭 안쪽에 덩그러니 지어진 일본식 가옥에서 나왔다. 반팔 티셔츠를 입은 노예상인, 아니 후카가 "정말 부끄럽게" 하고 투덜거리면서 귀에 걸린 머리카락을 쓸어 올렸다. 눈썹 사이에 주름이 잡힐 때 후카에게는 상대의 영혼을 단숨에 삼켜 버릴 것 같은 도깨비의 위압감이 느껴

* '자 도리후타즈'의 준말. 1960년대부터 80년대까지 TV 프로그램 등을 통해 일본에서 전 국민적 사랑을 받은 음악 밴드 겸 코미디 그룹.

졌다. 물론 실제로는 물리적인 공격이 훨씬 무섭다. 후카의 검도 실력은 같은 도장에 다니는 히사노리가 누구보다 잘 알았다.

"부끄럽다고? 말도 안 돼! 그건 말도 안 되지!"

교수가 기우제라도 지내듯 두 팔을 번쩍 들어 올린 순간, 정수리까지 닿을 것 같은 교수의 넓은 이마가 햇빛을 반사했다.

"이렇게 멋진 날에! 이 솟구치는 정신의 고양을! 대체 누구의 눈치를 볼 필요가 있다는 말이냐! 그럴 리 없지!"

"네, 네. 맞아요, 아버지."

후카는 오랫동안 들러붙은 욕실의 곰팡이에게 훈계하는 투로 말했다. 알았으니 그 흙투성이 손부터 씻고 오세요.

"그러지 않으면 환영의 포옹도 제대로 못 하잖아요."

사악하게 미소 짓는 후카를 보며 아이들은 벌벌 떨었다. 교수라면 그럴 수 있다. 묻지도 따지지도 않고 일단 다가와 포옹하고 최악의 경우 입맞춤까지 시도할 수 있다.

"그, 그러고 보니."

교수가 대답하기 전에 사토시가 끼어들었다.

"밭이 작년보다 좀 더 넓어진 것 같은데요?"

"오오, 용케도 알아차렸구나!"

교수가 진흙 묻은 손으로 껴안을 것처럼 다가와서 사토시는 허둥지둥 뒤로 물러섰다.

"올해부터 파, 무, 딸기도 키우기로 했단다."

조금 전까지 만지작거리던 발밑의 검은 흙이 파밭이라고 했다. 교수가 취미로 가꾸는 텃밭은 최근 몇 년 사이 점점 영토를 넓혀 가고 있었다.

"그리고 가지. 처음에는 저기 저 감자 근처에 심었는데, 이건 잘 안되더구나. 아주 안 좋았어. 왜 그랬을까? 그게 말이다. 글쎄, 실은 감자도 가짓과의 채소였던 거야! 감자가 가짓과라니! 어떠냐? 혹시 눈치챘니? 필요로 하는 영양분이나 수분량이 비슷한 같은 계통의 품종을 나란히 심으면 서로 뺏고 빼앗아서 잘 자라지 못하는 게지. 반면에 서로 도와주는 종류도 있단다. 예를 들면 가지와 파. 파 뿌리에는 가지를 해충으로부터 지켜 주는 작용이 있고, 토마토와 파슬리도 궁합이 좋다더구나. 정말이지 흙을 만지는 일이란 알면 알수록 오묘한 게야."

방심하고 있다가는 해가 질 때까지 그 오묘함에 대해 설명할 것이다. 아, 네, 네. 그나저나 정말 맛있어 보이는 보랏빛이에요. 밥 먹을 시간이 진짜 기대돼요. 맞아, 맞아. 아, 그러고 보니 배고픈 걸 깜빡했네. 얼른 교수가 키운 채소들을 먹고 싶어요.

그런 우리의 연기를 후카가 웃으며 구경하고 있다. 잠깐만. 후카, 오히려 네가 앞장서서 우리를 지켜 줘야 하는 거 아니야?

"그래, 그래. 마음껏 먹으려무나. 내년에는 배추를 대접하마. 그리고 언젠가 저기 남는 땅에다가는 사과나무도 심을 거야. 기대하렴."

"정말이에요?"

사토시가 눈을 동그랗게 뜨고 물었다.

"계속 늘어나기만 하고 관리가 제대로 되겠어요?"

"하하하, 걱정 마렴. 건강에는 자신 있으니까. 그리고 이제 나도 곧 은퇴잖니. 아마 내년이 마지막일 거다."

'교수'라는 애칭으로 친근하게 불리는 다케우치 선생님은 중학교에서 근무하는 국어 교사다. 근속 연수는 두 손과 두 발을 다 합쳐도 모자라고 5인조는 물론 5인조의 형, 누나들도 대부분 그의 제자였다.

"앞으로 시간이 많을 거야. 여기를 얼마나 더 멋지게 꾸밀 수 있을지, 얼마나 더 풍요롭게 할 수 있을지 정말 기대가 되는구나."

교수는 아직 심지도 않은 사과나무를 바라봤다. 히사노리의 눈에도 왠지 나무가 보이는 듯한 느낌이었다. 그것은 분명 초라하지만 하늘을 향해 굳건히 선 교수 같은 나무일 것이다.

그때 집 현관문 쪽에서 밝은 목소리가 들렸다.

"슬슬 안으로 들어오는 게 어떠세요? 배고파 쓰러지셔도 전 몰라요."

하얀 블라우스를 입은 날씬한 여자의 미소 띤 얼굴을 봤을 때 상쾌한 바람이 불었다. 지유리라는 이름의 교수의 큰딸이자 후카보다 일곱 살 많은 언니다. 뒤로 묶은 윤기 나는 검은 머리카락이 동생보다 훨씬 길어 등까지 닿는다. 고쇼가 부르는 별명으로는 '선녀'. 게다가 사토시는 이미 머릿속에 지유리 씨와의 결혼 계획까지 세워 놨다고 들었다. 물론 이뤄질 리 없는 망상이지만, 이런 녀석들이 드물지 않을 만큼 지유리 씨는 시골에 사는 남자들에게 동경의 대상, 말하자면 들판에 섞여 핀 고고한 꽃과 같은 존재였다.

"뭘 멍청하게, 쳐다, 보고, 있는, 거야."

야생종인 후카에게 엉덩이를 걷어차여 고통스러워하는 히사노리의 머릿속에 어디선가 들은 잡지식이 스쳐 갔다. 로즈마리라는 꽃은 화분을 깰 정도의 힘으로 자란다나 뭐라나.

"어라?"

극심한 통증에 눈물까지 고인 눈동자가 이번에는 지유리 씨 뒤에 숨은 작은 그림자를 포착했다.

"뭐야. 하루코도 있었잖아."

단발머리 하루코는 수줍은 듯이 고개를 끄덕였다.

"후카 언니가 와도 된다고 해서……."

"뭘 그렇게 쑥스러워하니? 인사는 제대로 해야지. 자, 이리 와."

얼핏 보면 아직 초등학생이라고 해도 이상하지 않을 체격이다. 지유리 씨 뒤에서 후카를 향해 달려가는 모습에는 '쪼르르'라는 효과음이 딱 들어맞았다. "안녕하세요, 오빠" 하고 정중하게 인사를 건네는 바람에 오히려 히사노리가 더 당황했다.

"자, 얼른 들어가세요. 냉국수를 만들어 놨으니 시원할 때 드셔요."

지유리 씨의 말에 남자아이들은 "오오!" 하고 환호성을 질렀고, 교수는 밭에서 수확한 야채로 만든 야채튀김도 있다며 자랑했다.

교수를 따라가던 중에 갑자기 하루코가 5인조 앞에 뛰어나왔다. 고개를 들어 언니오빠들을 올려다보더니 "저……" 하고 작지만 힘차게 입을 열었다.

"정말 감사합니다."

축구부 습격 작전을 뜻한다는 걸 금세 알 수 있었다.

"하루코한테 말했어?"

사토시가 눈을 흘기자 후카는 단호하게 대답했다.

"아니야. 후미오 오빠한테 들었대."

"아, 그렇군."

긴타가 손뼉을 짝 쳤다.

"고쇼가 알려 줬나 보네."

"뭐? 내가?"

당황하는 고쇼의 등에 번개 같은 후카의 손날이 꽂혔다.

"너 말야. 여자관계 말고 입도 가벼웠어?"

아니, 그건 그렇다 치고.

"감사할 거 없어, 하루코. 우린 널 위해서가 아니라 그 자식들이 너무 싫어서 처리했을 뿐이니까."

그러니 이제 그런 시시한 걱정 따위 잊어 버려. 히사노리의 말에 사토시가 "그래, 그래" 하고 동조했다. 그 녀석들, 전부 겁쟁이라

식은 죽 먹기였어. 눈곱만큼도 걱정할 필요 없다고. 그래, 우리 형한테 얻어맞는 게 훨씬 아파. 아아, 나도 가면 좋았을걸. 그건 절대 안 돼, 후카는. 응, 꿈도 꾸지 마. 후카가 끼면 적이나 아군이나 할 것 없이 전멸할 수 있으니까.

습격 작전에 대해서는 교수를 비롯한 동네 어른들의 귀에 들어가지 않게 조심하고 있었다. 아직까지는 당한 쪽 아이들도 잠자코 있는 듯했다. 먼저 하루코를 건드린 게 그쪽이니 당연하다면 당연하다. 트럭을 타고 온 사토시와 친형의 옷을 더럽히고 만 고쇼에게 예상치 못한 2차 피해가 생겼지만, 그건 완전히 자업자득이니 어쩔 수 없었다.

사실 소문이 퍼지면 곤란해질 사람은 우등생인 긴타, 그리고 히사노리였다.

“오히려 잊어 주지 않으면 히사노리가 큰일 나. 경찰관 집 아들이 폭력 사건에 휘말렸다는 소문이 돌면 어떻게 되겠어?”

“어차피 별 볼 일 없는 서무과 아저씬데 뭐.”

히사노리는 어깨에 팔을 두르려는 사토시를 뎁다며 밀치고는 하루코에게 웃으며 말했다.

“혹시 다음에 또 무슨 일 생기면 그때는 정말 아버지한테 직접 이야기할 테니 주저 말고 알려 줘.”

하루코가 수줍은 것처럼 고개를 끄덕여서 안도했다. 일단 공포가 줄고 안도감을 느끼고 있다면 우리의 행동이 조금이나마 도움이 됐다는 증거일 것이다.

처음부터 아버지를 통해 경찰에 알리는 방법도 있었다. 그게 무난한 선택이라는 건 우리에게 습격을 지시한 장본인인 후카는 물론 싸움에 참여한 병졸들도 모두 알고 있었을 것이다.

그런데도 어른들과 상의하지 않은 것은 무엇보다 하루코의 명예를 지켜 주고 싶었기 때문이고, 그 밖의 마음의 문제도 있었다.

학교 선생님이나 부모님의 힘을 빌리는 건 아이들로서는 창피한 일이었다. 바보 같고 야만적이라고 욕을 먹을지언정 우리 손으로 직접 해결하는 게 중요했다. 그런 집착이 유치하다는 걸 알면서도 우리 5인조는 그날의 일을 자랑스러워했다. 어른들이 눈살을 찌푸리는 이유도 이해하지만 어쩔 수 없었다. 마음의 명령. 그것을 배반하는 순간 우리에게서 '영광'은 멀어져 버릴 거라고 생각했다.

아마도. 히사노리는 현관을 향해 안짱다리로 걸어가는 작업복 차림의 노인의 마른 등을 보며 쓴웃음을 지었다. 아마도 교수만큼은 이번 사건의 전말을 다 듣고도 교육자답지 않게 쾌재를 불러 주지 않을까. "잘했구나! 우리 영광의 5인조!" 하고.

사토시가 튀김과 국수를 맛있게 먹어 치우고 다른 아이들이 남긴 국물까지 깨끗이 비워서 식탐의 차이를 여실히 보여 줄 무렵, 누군가가 소화도 시킬 겸 산책을 가자고 제안했다. 평소 멤버에 하루코까지 더한 여섯 명은 국도를 따라 스가다이라고원 쪽으로 느릿느릿 걸었다.

고등학생이 된 이후부터 우리는 만나는 횟수가 급격히 줄었다. 우에다시의 학교에 다니는 히사노리와 고쇼도 다른 학교에 진학했고 후카는 여고에 갔다. 긴타는 나가노시에 있는 명문 고등학교에 들어갔다. 본가에서 부모님의 일을 돕는 사토시와도 가끔 길에서 우연히 마주치는 정도고, 모두 각자의 삶 속에서 새로운 친구나 지인을 만들고 저마다 기쁨과 아픔을 겪고 있어서, 그 모든 걸 공유하며 나눌 수 있는 시절은 이미 지나가 버렸다. 그런데도 이렇게 모이면 어색하지 않고 시종일관 대화가 끊기지도 않았다. 사토시가 시시껄렁한 농담을 던지면 후카가 야단을 친다. 왠지 엉뚱하고 잡다한 지식을 뽐내는 긴타와, 멋있는 척 휘파람을 부는 고쇼. 그리고 어째서인지 히사노리는 늘 중간에서 정리하는 역할을 맡았다. 입으로는 투덜거렸지만 사실 별로 기분 나쁘지는 않았다.

창고와 공장을 지났다. 허락받은 것도 아닌데 자연스럽게 오래전 가족 모임을 한 펜션 쪽으로 발걸음이 향했다. 경사가 점점 급해지는데도 일대에는 개척된 땅에 띄엄띄엄 민가가 늘어서 있다. 하지만 한 발짝만 벗어나도 산속이어서 스가다이라고원을 찾는 관광객이나 등산객들의 조난 소식이 매년 들려왔다.

스가다이라고원은 여름에는 피서지, 겨울에는 스키로 각광받는 명소였다. 학교 운동부 합숙, 다른 현에서 놀러 오는 가족 단위 관광객들. 가루이자와만큼 고급스럽지는 않지만 돈이 조금 있는 젊은 직장인들, 겉멋이 든 대학생들 등 다양한 부류의 사람이 오가기 때문에 때때로 문제가 생기기도 했다. 도시에 사는 부자들은 대체로 거만하고 무례한 사람이 많다는 게 관광지에 사는 고등학생들의 솔직한 심정이었다.

그때 마침 하얀 스포츠카가 빠른 속도로 옆을 지나쳐 갔다. 멀어져 가는 차를 향해 뒤에서 사토시가 가운뎃손가락을 세웠다.

"위험하잖아. 이 망할 도시 놈들아!"

"저 차."

고쇼는 흥분한 표정으로 선글라스를 벗었다.

"페어레이디 신형이잖아. 멋지다."

그러자 옆에서 긴타는 "난 미니가 더 좋던데" 하고 싱긋 웃었고 히사노리는 "차는 움직이기만 하면 돼"라며 찬물을 끼얹었다.

"뭐, 콜벳도 멋지긴 하지만……."

"시끄러워, 시끄러워. 이 자본주의의 멍멍이들! 이 몸은 고장 나기 일보 직전인 오토바이도 잘만 타고 다니는데. 나한테 걸리기만 하면 레이디니 미니니 콜이니 한꺼번에 싹 다 박살 내 버릴 거야!"

아무도 반응하지 않아도 사토시는 "싹 다 박살! 박살!" 하더니 막무가내로 군가를 부르기 시작했다. 긴타는 "소란부시*같네" 하고 재미있어했다.

* 홋카이도 연안에서 유래한 일본의 대표 민요.

"그만해. 귀가 썩을 것 같아."

반면 후카는 가차 없었다.

"하루코, 시끄러우면 귀 막아도 돼. 그나저나 어때? 힘들지 않니?"

"아니, 재밌어요."

하루코는 통통한 뺨을 발그레 물들이며 말했다.

"언니오빠들은 전에도 여기를 지나간 거죠? 저랑 비슷한 나이 때."

"응. 지나기는 했는데, 우리는 조금 더 높은 산을 올랐고, 이 길은 차를 타고 갔어."

"언니, 그 이야기 조금만 더 들려주시면 안 돼요?"

하루코의 부탁을 듣고 우리는 서로 얼굴을 마주 봤다. 이렇게 한자리에 모였을 때 '영광의 5인조'의 탄생 비화를 다른 사람에게 들려주는 건 처음이었다. 왠지 겸연쩍지만 그냥 넘어가기에는 상황이 너무 절묘했다.

모두의 눈빛을 한 몸에 받으며 히사노리는 "흐음, 그래" 하고 목소리를 가다듬었다.

"하루코. 그건 말이지. 우리가 초등학교 6학년 겨울방학 때 있었던 일이야. 여기서 조금 더 가면 나오는 숲속 펜션에서 묵은 지 이틀째 되는 날이었는데, 아침에 일어나니 눈이 내리고 있었어."

하늘에서 눈송이가 끝없이 떨어지는 아침이었다.

전날만 해도 달랐다. 눈은 양탄자 정도로만 쌓여서 뛰놀기에 적당했다. 하늘은 맑고 기온도 그리 낮지 않아 히사노리와 친구들은 펜션 근처에서 히사노리의 누나들, 고쇼의 형, 사토시의 동생들과 함께 지유리 씨가 지켜보는 곳에서 썰매를 타며 즐거운 시간을 보냈다.

둘째 날도 저녁까지 실컷 놀기로 마음먹었을 때, 그 눈 덮인 풍경이 눈에 들어왔다.

"하늘이 흐리고 정말 추웠어. 부모님들은 물론이고 고쇼의 형과 지유리 씨도 눈놀이에는 관심이 없어서 결국 펜션에 들어가 트럼프라도 치자는 이야기가 나왔지. 하지만 우리는 오히려 더 신이 났어."

평소와 다른 장소. 그런 곳에 내리기 시작한 눈.

"그래서 멀리 가지 않을 테니 펜션 주변에서 놀게 해 달라고 졸랐어."

거기에 지유리 씨도 우리 편이 돼 주었다. 그녀는 바느질 도구를 손에 들고 창가 옆 팔걸이의자에 앉아 "여기서 제가 아이들을 보고 있을게요" 하고 흐뭇하게 미소 지었다.

"술래잡기였지?"

고쇼가 끼어들어서 물었다.

"눈싸움 술래잡기."

"응. 터치 말고 눈덩이를 던져서 맞히면 술래가 되는 규칙이었잖아."

긴타가 가슴을 쭉 펴며 손가락으로 자신을 가리켰다.

"내가 만든 놀이였지."

"아무튼 오전에는 그렇게 놀다가 점심을 먹고 오후부터 뭘 할지 고민했는데."

추억 속 설경과는 거리가 먼 햇살 속에서 스가다이라고원으로 이어지는 길이 갈수록 좁아졌다. 선명한 녹색 나무들이 좌우에서 우리를 향해 다가오는 듯하다. 마주 오는 차는 가끔 자동차, 나머지는 덤프트럭들이었다.

"그러다가 숨바꼭질을 하자는 이야기가 나왔어. 아마 그것도 긴타가 하자고 했던 것 같네."

"응?"

긴타가 눈을 동그랗게 떴다.

"내가 숨바꼭질을? 그건 기억 안 나는데."

"후카 아닐까? 숨바꼭질 중에 숨어서 똥 싸려고."

"죽인다, 사토시."

"난 히사노리가 하자고 했던 것 같은데."

고쇼의 말에 히사노리는 고개를 갸웃했다. 내가 그랬나. 정말 기억이 나지 않았다. 그 후 있었던 일들이 너무 강렬했던 탓에.

"됐어. 아무튼 그렇게 숨바꼭질로 정해졌어. 그러고 나서 몇 번째였을까. 아마 두 번째 때였던 것 같은데, 그건……."

내가 찾았다.

펜션을 둘러싼 숲속, 그보다 더 깊숙한 곳. 히사노리와 친구들을 태운 차가 달린 차도와는 떨어진, 짐승 길이나 다름없는 산길. 그곳을 묵묵히 걸어가는 두 사람의 뒷모습. 니트 모자, 커다란 배낭.

"얼핏 보기에도 남자 둘이라는 걸 알 수 있었어. 한 사람은 어깨가 넓었고 다른 한 사람은 뚱뚱했거든."

그리고 한 가지를 더 깨달았다. 그들은 지금 등산 중이 아니라는 것을.

"장비 같은 게 좀 달랐거든. 거기에 그 주변은 유명한 등산 코스도 아니고, 조금만 더 가면 스가다이라고원이 나오잖아. 등산하는 사람들은 그런 번잡한 곳을 좋아하지 않을 테니까."

사토시가 옆에서 끼어들어 말을 보탰다.

"그래서 히사노리는 그 녀석들을 사냥꾼이라 생각해 우리를 불러 모은 거야."

지금 돌이켜보면 단순한 착각이었다. 아마 여행과 눈 때문에 들뜬 탓 아니었을까.

"친척 중에 사냥꾼이 있어서 전에 한 번 따라가 본 적이 있거든. 하지만 그때는 사냥감을 못 찾아서."

꿩이든 사슴이든 멧돼지든 상관없다. 사냥하는 순간을 두 눈으로 직접 구경하고 싶었다.

"갑자기 우리한테 짐승과 인간이 싸우는 걸 직접 보면 엄청나게 재밌다고 열변을 토하더지 뭐야."

긴타의 말에 고쇼도 고개를 끄덕였다. 결국 히사노리한테 완전히 낚인 거야. 사실 난 조금 무서웠어. 그래서 가지 말자는 말이 목구멍까지 올라왔지만 이 폭력녀가 너무 신나 보여서. 응? 내가 그랬어? 시치미 떼기는! 따라오지 않는 녀석은 나뭇가지에 거꾸로 매달아 버리겠다고 협박했잖아!

후카는 모르는 척 고개를 돌렸지만 그때의 공포는 히사노리의 뇌리에도 단단히 각인돼 있었다.

말을 꺼낸 장본인인 히사노리를 제쳐 두고 선두에 선 후카는 눈 덮인 비탈을 성큼성큼 나아갔다.

"언제 들킬지 몰라 얼마나 조마조마했는데. 정말 너무 거리낌 없이 따라가서."

다섯 아이의 인기척을 감춰 준 것도 눈이었다. 가려진 시야, 울퉁불퉁한 지형, 날씨, 기온. 그런 요인이 기분을 들뜨게 해 배낭을 멘 두 남자의 시야를 더 좁게 만들지 않았을까.

아무리 그래도 너무 가까운 것 같아. 그렇게 걱정하던 타이밍에 후카가 멈춰 섰다. 뒤따라가던 히사노리가 등에 부딪힐 만큼 갑작스러웠다. 후카는 하마터면 소리칠 뻔한 히사노리의 머리를 붙잡고 쪼그려 앉아 아이들을 부르더니 "쉿" 하고 입술에 손가락을 댔다. 그리고 이렇게 소곤거렸다.

—저 사람들. 악당 같아.

괴담을 들려주듯 일부러 조금 과장 섞어 말하자 하루코는 침을 꿀꺽 삼켰다.

"언니는 왜 그렇게 생각하신 거예요?"

"물론 초능력……은 아니고 텔레비전에서 봤거든. 학생 운동을 하는 사람들의 옷차림이나 분위기 같은 거."

그들을 사냥꾼으로 착각한 히사노리처럼 후카 역시 직감에 가까웠다. 다만 그래도 굳이 근거를 꼽자면 교수의 딸이라는 점이 크게 작용했을 것이다. 교수는 평소 후카에게 텔레비전 뉴스를 자주 보여 줬고 신문도 읽게 했다. 물론 잡학 상식은 긴타에게 미치지 못했지만 그래도 후카는 당시 초등학생으로는 믿기지 않을 만큼 사회 현상에 대해 잘 알고 있었다.

그 시절, 그러니까 1972년 세상에는 '전공투'라 불린 학생 운동의 열기가 아직 남아 있었다. 어떤 의미에서는 점점 더 난폭해지고 있었다고 해도 과언이 아니다. 전공투 자체는 그로부터 3년 전쯤, 도쿄대학 점거가 실패로 끝난 시점에 시들해진 것으로 여겨지지만, 학생 운동과 선을 그은 과격파나 무장 혁명을 주장하는 무리들이 거의 자포자기한 것처럼 각목을 휘두르고 확성기로 고함을 지르며 기동대, 물대포 차와 맞섰다. 이런 사정을 히사노리는 나중에야 보고 들었다. 야구, 프로레슬링, 애니메이션, 만화 등을 즐기느라 바쁜 건전한 남자 초등학생은 그런 뉴스에 빠져 있을 틈이 없었다. 가와베 집안의 교육 방침도 그랬다. 부모님이 보지 못하게 금지한 건 오로지 형사 드라마뿐이었다.

다만 어느 날 아버지가 중얼거린 "단말마의 비명 같군"이라는 말은 귓가에 남아 있었다. 아마 남자 활동가들이 한꺼번에 체포됐다는 뉴스를 볼 때였을까. 당시 히사노리는 '단말마'라는 단어의 뜻도 잘 알지 못했다.

후카의 머릿속에는 더 많은 사건이 떠올라 있었다. 요도호 납치*, 시부야 폭동**, 크리스마스 신주쿠 폭탄 사건***. 그런 일에 연루돼 다치는 일반 시민이 생겼고 순직한 기동대원도 나왔다. 그들은 단속을 강화하는 경찰에 맞선다는 명목으로 파출소를 습격했고, 총포상이나 산속 채굴 현장의 화약고에서 총기류를 탈취했다. 시간이 흐를수록 세상 사람들의 머릿속에서 활동가들의 이미지는 단순한 폭력 집단으로 전락했다. 공감과는 거리가 먼, 공포와 혐오의 분위기가 형성되었다.

나가노현에서도 1971년 6월 가미이나군 하세무라에서 다이너마이트가 사라지는 사건이 발생했다. 하세무라와 사나다 마을은 거

* 1970년 3월 31일 일본 적군파 9명이 일본항공 351편을 납치해 북한으로 도주한 일본 최초의 항공기 납치 사건.

** 1971년 11월 14일 일본의 신좌파 정치 단체인 중핵파가 도쿄 시부야에서 일으킨 폭동으로 경찰관 1명이 사망하고 많은 피해가 발생한 사건.

*** 1971년 12월 24일 일본의 극좌 폭력 단체인 흑지옥 그룹이 도쿄 신주쿠에서 일으킨 테러 사건으로 크리스마스트리로 위장한 시한폭탄이 파출소 근처에서 폭발해 부상자가 7명 발생한 사건.

리가 꽤 멀지만 그때 강렬하게 새겨진 기억은 어린 소녀에게 거칠면서도 비약적인 추측을 가져다줬다. 눈앞의 저 두 사람이 다이너마이트 절도범일지도 모른다는 추측을.

"이상하긴 했어. 아무도 의심하지 않았거든. 후카의 말을 듣자마자 정말 그 사람들을 악당으로 믿은 거야. 긴타, 너도 그랬지?"

"그래. 희한하게도 왠지 그렇게 됐어."

"왜 그랬는지는 대충 알 것 같아. 꼭 후카가 무서워서만은 아니야."

"나도 신기해. 왜 그런 생각을 했을까? 그리고 왜 그런 제안을 했을까?"

—이대로 쫓아가서 아지트를 찾아내 저 녀석들도 해치워 버리자.

냉정하게 생각하면 무모하기 짝이 없는 짓이었다. 그런 행동이 얼마나 위험할지는 티끌만큼도 고려하지 않았다. 새로운 놀이. 스릴 넘치는 모험. 거기에 더한 묘한 확신. 우리는 시험당한다고 믿었다. 이를테면 '운명' 같은 것에.

"그래서 우리는 그 뒤로도 그들을 쫓아 산속을 계속 돌아다녔어. 아마 한 시간도 안 됐을 텐데 시간이 엄청 오래 간 것처럼 느껴지더라. 목이 바짝바짝 말랐고 추웠는데도 땀이 줄줄 흘렀어."

피로를 느낄 겨를도 없었다. 바짝 달라붙어서 가는 다섯 명의 뜨거운 숨결이 귓가에 닿았다.

그러는 사이 두 사람이 숲속에 있는 작은 산장에 도착했다. 다섯 아이가 집합 장소로 쓰는 창고와 비슷한 용도의 건물 같았다. 두 사람은 무리하게 문을 열고 안으로 들어갔다.

결론부터 말하자면, 후카의 직감은 틀렸다. 그들은 다이너마이트 절도범이 아니었고 엽총 따위도 소지하고 있지 않았다. 다만 한 가지 맞은 것도 있었다. 그들이 당시 지명 수배 중인 활동가였다는 사실이다.

"우리는 마침내 악당들의 은신처를 찾아냈다고 생각해 흥분했어. 하지만 아무리 다섯 명이어도 초등학생인 우리가 건장한 성인 남자 둘을 이길 리 없잖아. 그래서 펜션에 돌아가 어른들을 불러오자고 했는데, 곧 문제를 깨달았어. 지금 우리가 서 있는 곳이 어딘지 전혀 알 수 없었던 거야."

처음 와 본 곳, 비슷한 산 풍경. 극도의 긴장감 때문에 방향 감각도 의심스러웠다.

"지도나 나침반이 있었던 것도 아니야. 밧줄이나 쌍안경도. 눈으로 둘러봤을 때 펜션은 어디에도 보이지 않았어. 자, 그런 상황에서 우리가 어떻게 했을 것 같아?"

"발자국은요?"

하루코의 질문에 히사노리는 감탄 섞인 미소를 지었다.

"훌륭해. 근데 하루코, 눈은 그때도 계속 내리고 있었어."

중간까지는 발자국을 따라 돌아갈 수 있었을지 모른다. 하지만 그 뒤는? 점점 쌓이는 눈이 발자국을 지워 없애기 마련이다.

“어떻게든 펜션까지 돌아간다고 해도 두 사람이 숨은 산장으로 다시 찾아오는 게 불가능해 보였어. 또 두 사람이 언제 도망칠지도 모르는 상황이었고.”

“하지만 언니오빠들은 그 악당들을 붙잡았잖아요.”

“정확히 말하면 우리가 아닌 아버지가 부른 동료 경찰관이었지.”

두 사람이 별 저항 없이 경찰을 따라나서서 사태는 손쉽게 해결됐다.

“그 작전을 떠올린 사람도 나야.”

긴타가 기쁜 것처럼 오른손을 번쩍 들었다.

“그때 어떤 아이디어가 팍 떠올랐거든. 하루코는 아마 금방 맞힐 것 같은데.”

“잠깐만요. 긴타 오빠. 정답 말하지 마요. 생각해 볼게요.”

우리의 옛날이야기가 끝나기를 기다렸다는 듯이 해가 기울기 시작했다. 시원한 공기는 곧 냉기를 머금을 것이다. 아무리 여름이라지만 산속의 밤은 얕잡아 볼 수 없다. 마을 쪽에서 페어레이디와 전혀 닮지 않은 대형 덤프트럭이 산을 달려 올라갔다. 스가다이라 댐은 수년 전 완공됐지만 주변 공사는 아직 계속되고 있었다.

“이제 돌아가자. 오줌보가 터지기 일보 직전이야.”

그러자 후카가 “더러워!” 하고 고개를 흔들었고, 그것을 신호로 사토시의 의견이 채택됐다. 체감상 그날 묵었던 펜션까지는 아직 거리가 멀어 보였다. 나중에 듣기로는 그날 배낭을 메고 산을 오른 그 두 사람은 산속에서 다른 활동가와 합류할 예정이었으나 길을 잘못 드는 바람에 헤매고 있었다고 한다. 그리고 그로부터 한 달 후, 나가노현과 군마현 사이에 있는 아사마산 산장에서 인질극이 발생했다. 사건의 범인이 체포될 때까지 방송국은 연일 텔레비전으로 사건을 실시간 중계했다.

히사노리와 친구들은 볼에 바람을 집어넣고 수수께끼 풀이에 도전하는 하루코를 흐뭇하게 보며 발걸음을 돌렸다.

그때 사토시가 대뜸 노래를 부르기 시작했다. 서쪽에서 떠오른 해님이 동쪽으로 저무네. 히사노리는 얼굴을 찌푸렸다. 사토시가 더 재미있어하며 "이거면 됐어, 이거면 됐어" 하고 목소리를 높였다. 그러자 다른 녀석들도 장난스럽게 '바카봉의 노래*' 합창에 합류했다. 후카는 장난기 어린 눈빛으로, 고쇼는 멋을 부리며. 음치인 긴타까지 입을 크게 벌렸다. 봉봉 바카봉, 바카봉봉……. 그때 눈 속에서 나도 모르게 흥얼거렸다고 무심코 털어놓은 후, 이 이야기가 나올 때마다 히사노리는 늘 이렇게 놀림을 당했다. 어리둥절하던 하루코도 우스워 보였는지 덩달아 웃음을 터뜨리는 바람에 화를 낼 수도 없게 됐다. 쳇. 이럴 줄 알았으면 죽을 때까지 비밀로 해야 했는데.

서툰 합창과 함께 그 눈 내리던 날이 저만치 멀어져 갔다. 사태

* 일본에서 1970년대 방영된 인기 애니메이션 '천재 바카봉'의 주제가.

의 전말을 깨닫고 “다시는 그런 위험한 짓 하지 마라”라고 꾸짖거나 “무사해서 다행이다”라고 안도의 한숨을 내쉬는 부모들 사이에서 오직 한 사람, 교수만이 벌겋게 상기된 얼굴로 환하게 미소 지으며 이렇게 외쳤다.

너희는 작은 영웅들이다! 멋지구나, 우리 영광의 5인조!

교수의 집에 돌아가 센베이 과자를 집어 먹다 보니 어느새 6시가 됐다. 자, 자. 시간 다 됐다. 어서, 어서. 흥분한 강아지처럼 변한 교수의 재촉을 받으며 우리는 계단을 올랐다. 사토시가 “에휴” 하고 한숨을 내쉬고 2층 바로 옆에 있는 미닫이문을 열었다. 다다미가 깔린 방은 이미 만반의 준비가 돼 있었다. 방 안쪽에 방석과 악보대 같은 독서대가 예년처럼 마련돼 있다. 교수가 앉을 그 자리 앞에서 히사노리와 친구들은 책상다리를 하거나 드러눕거나 긴타만 유독 정좌를 하는 등 각자 편한 자세로 시작을 기다렸다. 똑바로 앉을 필요 없이 모두 편하게 있으라고 하는 것이 교수의 고마운 교육 방침이었다.

후카도 쟁반에 담은 컵을 나눠 주고 재빨리 자기 자리에 앉았다. 바로 옆에서 허리를 곧게 펴고 새침하게 앉아 있는 후카를 히사노리는 살짝 훔쳐봤다. 작년에 비해 머리가 많이 자랐고 속눈썹도 더 길어진 것 같았다.

차가운 보리차를 음미할 새도 없이 발소리가 들렸다. 교수의 작업복이 문지방을 넘었다. 뼈마디가 굵은 두 손으로 든 것은 세월의 흔적이 묻은 탁상시계였다. 적갈색의 반들반들한 직사각형 몸체, 유리로 덮인 시계판. 단순하지만 기품이 느껴졌다. 위아래를 받치는 두 개의 기둥은 금빛으로 반짝이는데, 진짜인지 거짓말인지 모르겠지만 순금이라고 했다.

평소 거실 구석에 조용히 있는 이 낡은 탁상시계를 꺼내 오는 것도 연례행사였다. 기둥처럼 금빛으로 빛나는 태엽 열쇠로 태엽을 감아 잠들어 있는 시간을 깨우는 것은, 말하자면 개회식이었다. 한 시간마다 종이 울리도록 설정했다. 이게 없으면 교수는 끝없이, 날이 새도록 이야기를 끝내지 않을 것이니 당연한 일이었다.

똑딱거리며 시간을 새기는 소리를 신호로 이 모임에서 유일하게 공부 합숙이라는 이름에 걸맞은 이벤트의 막이 올랐다.

방석에 앉은 교수가 "크흠" 하고 헛기침을 한 번 했다. 그러더니 "자, 여러분, 여러분. 뜨거운 해가 작열하고 아지랑이가 피어오르는 먼 시골길을 걸어오느라 고생 많았습니다. 올해도 이렇게 우리 집을 찾아 줘서 참으로 고맙소이다" 하고 만담가처럼 이야기를 시작했다.

"자, 여기 꺼내든 작은 책자는 이 불초한 다케우치 미키히코가 직접 쓴 필사본으로, 원본은 제가 존경하여 마지않는 나가이 가후 선생님께서 쓰신……."

"교수! 서론이 너무 길어요! 얼른 시작해요!"

"이 녀석!"

드러누워 배를 벅벅 긁고 있는 사토시에게 교수가 소리쳤다.

"사람이 기분 좋게 이야기하고 있는데 조금도 못 참는 게냐! 이 버르장머리 없는 녀석 같으니!"

"서론이든 본론이든 모르겠고요."

히사노리도 이 익살극에 합류했다.

"그런데 방금 가후 씨를 '선생님'이라고 하셨는데, 그래도 돼요?"

"나도 그게 신경 쓰이더라."

옆에서 고쇼도 맞장구를 쳤다.

"아무리 사소한 것이어도 자기 원칙을 굽히는 건 멋이 없다고 생각해."

"적극 동의합니다! 지금껏 변변한 교육을 못 받아 온 이 딸조차 아버지의 나약한 변절에 단호히 항의합니다!"

날카롭게 외치는 후카의 말에 긴타도 반응했다.

"조령모개! 사면초가!"

"에에이. 그래, 알겠다, 알겠어! 인정하마. 내가 좀 들떠서 그랬나 보다. '선생님'은 취소다. 가후는 어디까지나 가후 '씨'지."

히죽거리는 아이들을 향해 교수가 "너희는 정말 입 하나만은 청산유수구나" 하고 약한 소리를 내뱉자 더 큰 웃음이 터졌다. 교수가 만든 이해하기 어려운 서열에 따르면, 일본 근대 문학의 정점은 모리 오가이 대선생, 그 아래로 고다 로한* 소선생, 나쓰메 소세키 선생 순이다. 시가 나오야, 아쿠타가와 류노스케, 다니자키 준이치로** 등에게는 '선생'이 아닌 '님' 자를 붙이고, 다자이 오사무***와 사카구치 안고****는 호칭을 아예 생략한다. 그리고 그중 예외인 사람이 바로 교수가 '내 인생의 스승이자 친구'라고 스스럼없이 말한 나가이 가후였다. 친구이므로 '가후 씨'. 그러다가 어느새 우리에게도 이 호칭이 더 익숙해졌다.

"크흠."

교수가 헛기침을 한 번 더 했다.

"자, 그럼 시작해 볼까?"

미소를 지우고 등줄기를 꼿꼿이 세우고 얇은 책자를 독서대에 올려놓는다. 책자에는 단편 소설, 혹은 장편에서 발췌한 글 한 토막이 적혀 있다. 서점에서 산 인쇄물이 아닌, 이날을 위해 교수가 직접 손으로 베껴 쓴 필사본이다. 그것을 천천히 읽고 짧은 평과 감상을 나누는 것이 바로 이 공부 모임, 아니 독서 모임, 아니 낭독

* 일본의 근대 문학가이자 사상가. 『이슬방울』, 『풍류불』 등의 작품을 남겼다.

** 일본 근대 문학가. 『문신』, 『세설』 등을 남겼으며 탐미주의 소설의 대가로 꼽힌다.

*** 일본 근대 소설가. 『인간 실격』, 『사양』 등의 작품을 통해 인간의 고뇌와 실존적 문제를 탐구했다.

**** 일본의 전후 문학을 대표하는 무뢰파 작가. 『타락론』과 『백치』 등의 작품을 통해 인간성과 사회의 본질을 탐구했다.

회의 정체다.

“이 모임도 벌써 5회째를 맞이했구나. 너희도 이제 어른이 됐다. 꼭 이 모임이 아니더라도 더 많은 책을 읽고, 공부에 힘쓰며 지식을 쌓고, 인생의 다양한 경험을 만들었을 것으로 짐작한다. 이제는 너희를 어린애 취급하는 것도 그만둬야겠지. 그래서 오늘 밤에는 그런 너희의 가슴에 깊이 남을 만한 글 한 편을 소개하고자 한다. 나가이 가후가 쓴 『불꽃놀이』라는 작품이다.”

교수가 필사본 책장을 넘겼다. 이제는 바닥에 드러누워 있는 사토시조차 불필요한 야유를 보내지 않는다. 설령 음란한 장면에서 젊은 여자의 목소리를 따라 하는 교수의 모습이 소름 끼치더라도. 그것이 이 괴짜 노인에게 히사노리와 친구들이 나름대로 보내는 경의였다.

점심을 먹기 전 젓가락을 드는 순간, 어디선가 불꽃놀이 소리가 들렸다.

나가이 가후. 본명 소키치. 1879년(메이지 12년) 도쿄에서 태어났다. 고위 관료인 아버지의 재력과, 풍류를 즐기던 어머니의 영향으로 어릴 때부터 예술에 친숙했다. 메이지, 다이쇼*, 쇼와의

* 1912년부터 1926년까지의 일본 연호.

세 시대를 살다가 1959년(쇼와 34년) 79세 늦봄에 지바현 이치카와시의 자택에서 병으로 세상을 떠났다. 예술과 색色을 좋아해 긴자, 아사쿠사, 후카가와 같은 번화가를 자주 드나들며 특히 남녀 관계를 다룬 소설을 많이 썼다. 그의 집필 범위는 소설에 그치지 않고 번역, 기행문, 일기 문학 등 다양한 분야에 걸쳐 있다.

메이지 31년*에 전도** 30주년 축제가 우에노에서 열렸다. 벚꽃이 핀 것으로 기억하니 4월 초였을 것이다. 행사장 밖 광장에 모인 인파 때문에 수많은 사람이 깔려 죽었다는 소문이 돌았다.

오늘 밤 교수가 선택한 작품은 소설이 아닌 수필이었다. 이렇다 할 줄거리는 없고, 세상에서 일어난 사건을 마치 풍경을 묘사하듯 담담하게 써내려 가는 와중에 작가의 생각이 슬쩍 덧붙여진다. 가후 작품의 대명사라 할 수 있는 매춘부나 색정적인 묘사는 나오지 않는다. 오히려 이전 낭독회에서 읽었던 『오카메자사』의 외설스러움이나 『환락』에서의 넘쳐나는 선정성이야말로 전혀 청소년용이 아니었다.

* 1898년.
** 도쿄로 도읍을 정한 날.

그러나 나는 이 세상의 문인들과 함께 아무 말도 하지 않았다. 왠지 양심의 가책을 견디지 못할 것 같은 기분이 들었다. 스스로 문인이라는 것에 심한 수치심을 느꼈다.

제1차 세계대전 말, 교수는 다케우치 가문의 차남으로 태어났다. 지역에 오래 뿌리 내린 그럭저럭 부유한 가문이었는데, 꼭 그 때문은 아니겠지만 다케우치 미키히코는 신동이라 불릴 정도로 총명한 소년이었다. 부모의 인맥으로 하숙집을 얻어 도쿄의 고등학교, 그리고 대학에 진학했다. 장차 교수나 학자, 정치인이 될 거라는 소문이 돌았지만 실제로는 대학교수는 고사하고 시골 중학교의 국어 교사로 정착했다. 그 이유는 결코 본인의 게으름 때문이나 괴팍한 성격 탓이 아닌, 전쟁 때문이었다.

일본이 제2차 세계대전에 참전했을 당시 미키히코는 스물네 살이었다. 대학에 적을 두고 연구에 몰두했지만 전화가 확대됨에 따라 젊고 우수한 인재는 빠짐없이 군의 눈에 띄게 됐다. 그 흐름에 미키히코도 어쩔 수 없이 휘말려 들어갔다. 수렁으로 빠져드는 전황. 공습, 원자 폭탄.

히비야에 가면 경찰이 검은 담을 쌓아 놓은 것처럼 서서 사람들의 왕래를 차단했다. 그들은 폭도들이 바로 조금 전 경시청에 돌을 던졌느니 마니를 운운하곤 했다.

교수는 자신의 군대 시절 이야기를 하고 싶어 하지 않았다. 전쟁 중에도 몰래 가후의 책을 읽었다느니, 금서인 싸구려 책을 복대 밑에 숨겨서 가지고 다녔다느니……. 그런 진위를 알 수 없는 자랑 말고는 어느 정도 신빙성 있는 소문이 들려오는 수준에 그쳤다. 어학 실력을 인정받아 상하이에서 종군했다는 것. 비참한 종전을 겪고 고향에 돌아왔을 때 다케우치 가문이 몰락해 있었다는 것. 재산이라곤 외딴섬 같은 이 땅과 가옥, 골동품, 그리고 빚뿐이었다는 것. 형제를 전장에서 잃고 부모님마저 병으로 잃어 결국 연로하신 조부모를 돌보기 위해 마을 중학교에 취직했다는 것. 징용 전 지역에서 맞선을 보고 결혼한 아내와는 혼례 당일을 포함해 세 번밖에 만난 적이 없고, 그런 아내가 어느 날 갑자기 모습을 감춘 채 행방불명이 됐다는 것.

옛 축제에는 도박꾼들의 싸움이 있었다. 현대의 축제에는 여자가 밟혀 죽는다.

교사로 일하면서 교수는 재혼했다. 친척의 소개로 만난 여자는 가슴에 지병을 안고 있어 장기 요양으로 자주 집을 비웠다고 한다. 그리고 후카를 낳은 지 3년 정도 후 요양지에서 세상을 떠났다고 들었지만, 전쟁 이야기와 마찬가지로 교수는 이 이야기도 하기를 꺼린다.

불꽃이 계속 터지고 있다. 나는 붓을 내려놓고 담배를 한 대 피우며 밖을 바라보았다. 여름날은 흐리면서도 한낮처럼 밝다. 장마가 갠 조용한 오후와 가을 끝자락의 옅게 흐린 저녁만큼 사색하기 좋은 때는 없을 것이다…….

낭독은 예상외로 빨리 끝났다. 교수는 갑자기 책자를 덮고 눈을 감고 가늘고 길게 숨을 내쉬었다. 소박한 객실 안을 잔잔한 여운이 가득 채웠다. 누구도 아무 말도 할 수 없었고, 몸을 움직이는 것조차 조심스러웠다. 그렇다고 긴장감이 강요되는 것은 아니고 오히려 편안한 휴식이었다. 신기하게도 가후 문학의 진수를 이해할 리 없는 아이들도 교수가 책을 낭독하는 이 하룻밤만큼은 나이와 시대를 초월해 작가가 써 내려간 말과 정경, 남녀의 미묘한 감정을 마치 자신의 것처럼 느낄 수 있었다. 적어도 그렇게 만드는 힘이 교수의 낭독에 있다고 히사노리는 생각했다.

그 힘의 원천은 가후를 향한 끝없는 존경심과 애정, 그리고 자신이 사랑하는 것을 이야기하고 들려주는 교수 자신의 기쁨이 틀림없었다.

그래서 히사노리는 편안한 여운을 즐기면서도 오늘 밤 교수가 왜 『불꽃놀이』라는, 평소의 절반 정도밖에 안 되는 분량의 수필을 골랐는지 의문을 품지 않을 수 없었다. 한 편을 더 읽을 것 같은 분위기도 아니고, 입으로는 낭독 같은 건 일 초라도 빨리 끝나야 한다고 투덜거리던 사토시와 고쇼에게서조차 이걸로는 조금 부족한 것 같다는 당혹감이 전해졌다.

그런 분위기 속에서 교수가 둥근 안경 너머의 두 눈을 천천히 떴다.

"다이쇼 8년*, 잡지 「개조」 제1권 9호에 발표된 이 수필은 가후 씨로서는 드물게 자신의 정치적 신념을 드러낸 글로 알려져 있지. 하지만 적극적인 의지와는 정반대의, 말하자면 패배 선언, 또는 결별 선언이라고 할 수 있을 게다. 연구자들이 말하는 이른바 '희작자 선언'이라는 거야."

교수는 덮은 책을 펼쳐서 해당 부분을 다시 읽었다.

그러나 나는 이 세상의 문인들과 함께 아무 말도 하지 않았다. 왠지 양심의 가책을 견디지 못할 것 같은 기분이 들었다. 스스로 문인이라는 것에 심한 수치심을 느꼈다. 그 이후로 나는 나 자신의 예술의 품위를 에도 작가들이 이룬 수준까지 낮추는 것이 좋겠다고 생각했다.

나는 에도 말기의 희작자나 우키요에** 화가들이 우라가에

* 1919년.

** 에도 시대에 성행한 풍속화.

흑선*이 오든, 사쿠라다몬에서 다이로**가 암살당하든 그런 일은 천민들이 알 바 아니다, 아니, 이런 것에 대해 말하는 것조차 무례한 일이라며 태연하게 춘본이나 춘화를 그리던 그들의 마음가짐을 비난하기보다는 오히려 존경하기로 마음먹었다.

가후는 이 선언에 이르기 직전에 있었던 사건을 이렇게 기록했다.

메이지 44년*** 게이오 의숙에 통근하던 무렵, 나는 그 길을 가면서 때때로 요쓰야 거리에서 죄수 마차가 대여섯 대씩 줄지어 히비야의 재판소를 향해 달려가는 모습을 봤다.

"『불꽃놀이』의 배경은 제1차 세계대전의 종전 기념일. 아자부에 있는 자택에서 벽장 도배를 하던 '나'가, 축제로 들뜬 거리의 소란과 흐린 하늘에 울려 퍼지는 불꽃놀이를 곁눈질하며 한가로이 과거의 소동을 회상하는 형식으로 되어 있지. 헌법 공포 축하제로 거슬러 올라가 오쓰 사건****, 러일 전쟁 개전까지……. 여기 언급된 것들은 말하자면 '국가'가 벌인 축제라고 할 수 있어. 메이지

* 에도 시대 말기에 서양 배를 부른 이름.
** 에도 시대의 최고 권력자인 쇼군을 보좌하는 직명.
*** 1911년.
**** 1891년 5월 11일 러시아 황태자 니콜라이가 일본 방문 중 시가현 오쓰시에서 순사인 쓰다 산조에게 칼로 습격당한 사건.

44년에 가후 씨가 요쓰야에서 본 죄수 마차 무리는 대역 사건의 피고들을 태운 마차였단다."

'알고 있었느냐?'라고 묻는 듯한 눈빛에 아이들은 살짝 고개를 흔들었다. 아마 후카와 긴타는 분위기를 보며 일부러 입을 다물었겠지만.

"대역 사건이란 고토쿠 슈스이와 간노 스가코 등 26명의 무정부주의자들이 메이지 천황 암살을 모의했다고 알려진 사건이다. 이 중 24명이 황실 위해죄를 주된 이유로 사형 판결을 받기까지 재판은 비공개로 진행됐고, 세상에 공개된 건 판결이 선고된 단 하루뿐이었어."

교수는 "애초에" 하고 목소리에 힘을 넣었다.

"이 사건은 수사 단계부터 수상했지. 확실히 고토쿠 일당은 무정부주의당을 표방하고 기관지를 발행하기도 했지만, 과연 천황 암살 같은 허황된 폭거를 어디까지 진지하게 검토했는지는 분명치 않아. 판결에서도 술자리 농담 수준의 허무맹랑한 계획을 단지 엿듣기만 한, 사건과 거의 무관한 사람들에게도 가차 없이 사형 판결이 내려졌다고 한다. 이런 점을 감안하면 가후 씨는 그 죄수를 태운 마차 무리를 봤을 때 아마 '말로 표현할 수 없는 불쾌한 기분'이 들었을 거야."

그리고 판결이 내려진 지 불과 일주일 만에 고토쿠를 비롯한 주범들이 사형에 처했다.

"확실히 말하자면 그 대역 사건은 체제에 의한 사상 탄압이었어. 반기를 든 자들을 위협하고 입을 다물게 하려는 본보기였지. 이런 권력의 불법이 횡행하는 세태를 가후 씨는 민감하게 감지했고, 한편으로는 그런 폭력에 정면으로 맞설 기개가 없는 자신의 왜소함을 비웃으면서도 결코 축제의 군중에는 가담하지 않았어. 무식한 닭 떼를 보며 비웃듯 군중을 보면서 극장에 다니고 스트립쇼장을 드나들었지. 나는 가후 씨의 그런 고집스러운 초연함, 세련된 의지 표현 방식이 정말 마음에 든단다."

교수의 표정이 한결 부드러워졌다.

"쇼와 11년*, 그 유명한 2·26 사건**이 일어난 다음 날 가후 씨는 다메이케, 도라노몬 근처까지 구경을 나갔다고 『단장정일승』에 기록했지. '별로 재미가 없었다'라는 감상 한 줄과 함께. 하하, 이 얼마나 통쾌하냐."

교수는 무릎을 탁 치고 눈을 크게 떴다.

"난 여기서 너희에게 어떤 사상이 옳은지 그른지 알리고 어떤 주의나 주장을 주입하려는 건 아니다. '하라'고도, '하지 마라'고도 하지 않아. 그건 비겁한 사람들의 방식이고, 역시 무식한 짓이라고 난 생각하니까. 다만 기억해 줬으면 하는 게, 너희가 앞으로 이

* 1936년.

** 1936년 2월 26일 일본 육군의 황도파 청년 장교들이 약 1,500명의 병력을 이끌고 일으킨 쿠데타로 정부 요인 암살과 도쿄 중심부 점거를 시도한 사건.

세상을 살아가는 한, 아니 설령 세상을 등지고 산다고 해도 그것으로부터는 벗어날 수 없다는 거다. 그것이 뭔지는 나도 잘 설명할 수 없지만, 그래도 분명히 존재하지. 정치적이면서도 사회적이고, '세간'이라는 이름으로 불리기도 하고, 역사나 인과응보 같은 개념을 모두 포함하는 그 무언가. 그 자체로 족쇄인 동시에 그것 없이는 앞으로 나아갈 수 없는 그 무언가. 이미 존재하면서도 아직 어디에도 없는 그 무언가. 그렇게 세상이 이루어져 왔다는 그 무언가. …… 아아, 이 얼마나 낭만적이냐! 쑥스럽기까지 한 추상적 언어! 이건 가후의 방식이 아니다. 전혀 가후답지 않다고 할 수 있지. 하지만 사실 난 그가 40년 동안 써 온 『단장정일승』, 즉 일기문학의 정체가 바로 그 '무언가'를 포착하기 위한 표현 형식이 아닐까 하는 생각이 든다. 자연주의에서 출발한 문인이 추상적으로밖에 표현할 수 없는 것을, 그래도 일상생활의 숨결로써 표현하기 위한."

교수는 허리를 숙여 "무슨 뜻인지 좀 알겠니?" 하고 물었다.

"음, 그러니까……."

사토시는 주뼛거리면서 대답했다.

"일기를 쓰면 된다는 말이죠?"

짧은 침묵 직후 웃음이 터졌다. 어딘가 이상했던 분위기가 단번에 걷히고 일상이 되살아났다. 시무룩해 있는 사토시를 보며 고쇼는 "록Rock이네" 하고 놀렸다.

왁자지껄한 아이들 가운데 긴타만 정좌한 채 멍한 얼굴로 허공을 바라보고 있었다. 마치 난해한 수학 문제라도 만난 것처럼.

탁상시계가 앙증맞은 종소리를 울렸다. 예정된 한 시간의 끝을 알리는 소리였다.

교수가 손뼉을 짝 치더니 "자자, 여러분, 일어납시다" 하고 두 팔을 벌렸다.

"강의는 끝났습니다. 이제부터는 먹고, 노래합시다. 사나운 청춘의 짐승이 배를 가득 채울 때까지 실컷 즐기는 겁니다!"

해가 지고 밤의 장막이 깔리기 시작했다. 현관 불빛이 비치는 철판 위에서 꼬치에 꿰인 소고기가 기름을 튀기며 자글자글 구워지고 있다. 채소를 올리는 건 전적으로 여자들의 몫이다. 닭고기, 소시지, 볶음국수. 마치 칼싸움을 하는 것처럼 젓가락을 부딪치고 그때마다 소년들은 괴성을 질렀다. 먹고, 굽고, 떠들고, 비밀이지만 술도 마셨다. 교수는 캠핑용 의자를 꺼내 와 빙그레 웃으며 그 모습을 보며 맥주를 마셨다. 고기는 많으니 천천히 먹으렴. 지유리 씨의 말에 환호성이 터졌고, 후카는 "야, 너희. 하루코 것도 좀 챙겨 줘야지" 하고 화를 냈다. 낭독회 동안 지유리 씨를 도와 바비큐를 준비하던 하루코에게 히사노리와 친구들은 경쟁하듯 맛있어 보이는 음식이 가득 담긴 접시를 내밀었다. 접시가 선택된 사람이 나중에 하루코를 신부로 맞이하는 거야? 뭐? 너희 같은 멍청이들에게 하루코는 절대 못 줘. 걱정할 사람은 오히려 너 같은데, 후카. 정 데려가는 사람이 없으면 내가 데려가 줄게. 오, 배짱 좋은데, 사토시. 아, 그만해, 바보야. 화상 입을라!

배가 부르자 고쇼가 통기타를 연주하기 시작했다. 이 집에는 일본도뿐 아니라 샤미센*부터 노** 반주용 북, 수상한 항아리와 전쟁 중 골동품까지 다양한 잡동사니가 있었다. 분명 어딘가에는 미라도 있지 않았을까. 산을 마주한 외딴 땅인 데다가 이웃집과도 멀리 떨어져 있어서 조금 시끄럽게 한다고 불평 같은 것도 듣지 않았다. 설령 듣는다고 해도 술 한 잔 건네면 대부분 친구가 됐다. 하물며 여기는 교수의 집이다. 잔소리 같은 건 하나 마나라는 걸 모두 알고 있었다.

바닥에 앉아 고쇼를 둘러싸고 일부러 선글라스까지 낀 자칭 록스타의 알 수 없는 외국어 노래를 들었다. 긴타가 "'헤이 주드'라면 같이 부를 수 있을 텐데"라고 투덜거렸고, 사토시는 "나도. '나나나' 부분뿐이지만" 하고 바닥에 드러누웠다. 하기와라 겐이치*** 노래도 하나 해 봐. 그 마카로니 형사.

그러는 사이 삶은 문어처럼 얼굴이 벌게진 교수가 민요를 부르

* 일본의 대표적인 현악기.

** 일본의 대표적인 가면 음악극.

*** 일본의 인기 드라마 <태양을 향해 짖어라!>의 마카로니 형사 역으로 유명해진 가수이자 배우.

기 시작했다. 자, 미스터 척 베리, 잘 맞춰 줘 봐. 하지만 취한 집주인에게는 록스타도 맞설 수 없었다. 고쇼가 기타로 대충 반주를 넣자 그러지 않아도 서툰 교수의 노래가 더 엉망이 됐다. 세상의 끝, 제7의 나팔. 귀가 썩겠다! 지유리 씨, 준코 노래를 불러 줘요. 하루코, 너도 노래할 수 있어! 아냐. 하루코는 앞으로 10년은 더 실력을 갈고닦고…….

고기가 떨어지고 술병이 비고 불까지 꺼지자 교수가 비틀거리기 시작했다. 후카는 꾸벅꾸벅 조는 하루코의 어깨를 흔들며 데려다주겠다고 했다. 히사노리는 멍하니 있다가 등짝을 걷어차였다. 야, 너네. 여자애들끼리 밤길을 걷게 할 셈이야? 히사노리가 마지못해 일어서려는 순간 후카는 "절대 떨어뜨리면 안 돼" 하고 하루코를 떠밀었다. 말도 안 돼. 정말로? 결국 히사노리는 잠자는 공주를 등에 업고 몸을 일으켰다. 뒷정리를 시작한 지유리 씨를 돕겠다며 사토시와 고쇼가 서로 다투는 걸 뒤로하고 히사노리와 후카, 하루코는 밭을 지나 녹슨 다리를 건넜다.

어느덧 완전히 밤이 깊어져 서늘한 공기가 기분 좋았다. 하루코의 숨소리가 귓가를 간질였다. 후카의 몸을 오른팔 피부로 느끼며 자갈길을 걸었다. 사방에서 벌레 울음소리가 들렸다.

후카가 콧노래를 불렀다. <태양을 향해 짖어라!>에서 마카로니가 등장하는 장면에 나오는 '블루진의 자장가'라고 했다. 지금 날 괴롭히려는 거야? 우리 집에서 형사 드라마 못 보게 하는 거 알면서. 그런 너한테 특별히 가르쳐 주려는 거야. 흥, 필요 없어. 난 겐 씨*가 더 좋아. 분타**가 아니라? 응, 왜냐면 겐 씨가 더 믿음직스러운 느낌이잖아.

후카에게 "구식이네"라는 놀림을 듣고 히사노리는 속으로 쳇 하고 혀를 찼다.

세 사람은 국도 144호선을 따라 내려갔다. 초등학교를 지나 우체국 근처에 도착해서 사거리에서 오른쪽으로 꺾었다. 하루코의 집은 교수의 집과 마찬가지로 간가와 강변의 저지대에 있지만, 직접 연결되지는 않아서 일단 강을 건너 국도로 나가 잠시 걷다가 다시 다리를 건너야 했다.

정면에 겐가산의 그림자가 다가왔다. 창고로 이어지는 입구를 지나쳐 민가가 늘어선 좁은 골목길을 강을 따라 걸었다. 집들에는 불이 켜져 있지만 마주 오는 사람은 없다. 확실히 여자아이들만 다니기에는 위험할 것이다. 왼편 강과 국도 너머에 솟아 있는 산은 혼조 성터라 불리는 사나다의 산성이 있던 자리다. 멀리 앞쪽에 비치는 능선은 돗코산. 밤의 어둠에 잠겨 있어도 신기하게 형태가 보인다. 하늘보다 산은 한 단계 더 어둡다고 히사노리는 문

* 일본 배우 마쓰다이라 겐. 인기 드라마 <태양을 향해 짖어라!>에서 신입 형사역할의 후보 중 한 명이었다.

** 일본 배우 스가와라 분타. 1972년부터 1986년까지 인기 드라마 <태양을 향해 짖어라!>의 주연을 맡았다.

득 생각했다. 사람들은 스키니 온천이니 하며 호들갑을 떨지만, 산은 어디까지나 야생이었다.

"가끔은 괴물 같다고 느껴."

"괴물?"

후카의 시선이 이쪽으로 향하는 걸 느꼈다.

"산 말이야. 저것 봐. 왠지 엄청나게 큰 거인이 웅크리고 있는 것처럼 보이지 않아? 특히 밤에 계속 보고 있으면 우리가 점점 이놈에게 지배당하고 있는 건 아닐까 하는 생각도 들어."

"우리를 내려다보는 건가?"

"글쎄. 어쩌면 우리가 일방적으로 올려다보는 것일 수도 있지. 아마 이 그림자는 거인의 등."

"흐음."

자연스레 두 사람은 겐가산을 바라봤다. 하늘의 절반을 채우는 검은 덩어리는 미동도 않은 채 내부에 무수한 생명을 품고 있다. 지금 이 순간에도 셀 수 없이 많은 생명이 태어나고, 또 서로를 죽이고 있을 것이다.

"히사노리. 너 생각보다 로맨티스트네."

순간 당황한 히사노리는 앞을 보며 혀를 찼다. 분명 낭독회에서 이상한 이야기를 들은 탓이다.

"거대한 검정 도깨비. 쪼그려 앉은 거인. 후훗."

"야, 너, 절대 사토시나 다른 아이들한테는 말하면 안 돼."

"글쎄. 그건 네가 하기 나름 아닐까?"

이미 꽤 먼 거리를 걸었다. 아무리 작은 체구라지만 사람을 업고 가는 건 중노동인데 속으로 '뭐, 괜찮겠지'라고 생각하는 스스로가 왠지 기분 좋은 것 같기도, 손해를 보는 것 같기도 한, 그런 불명확한 감정을 주체할 수 없었다.

숲으로 착각할 만한 나무들의 무리가 보이면 목적지는 이제 눈앞이다. 골목에서 벗어나 세 사람은 조심스럽게 경사로를 내려갔다. 평지에 도착하자 어둠 속에 난간도 없는 작은 나무다리가 걸려 있다. 모르고 온 사람의 다리를 잡아챌 것 같은 배수로가 마치 함정처럼 보인다. 다리 너머 트인 땅은 모양이나 크기 모두 교수의 집이 있는 곳과 크게 다르지 않지만, 밭 같은 건 보이지 않는다. 그런 게 납득될 정도로 땅이 단단했다. 불모지. 그런 단어가 들어맞았다.

안쪽으로 허름한 단층집이 보였다. 창문에서 희미한 불빛이 새어 나온다. 마침 나무들 사이에 틈이 있어 겐가산이 잘 보였다.

"하루코, 도착했어. 일어나렴."

하루코가 웅얼거리며 눈을 뜨자 마침내 히사노리의 등이 가벼워졌다. 하루코의 작은 손을 잡고 후카가 현관 앞에 섰다.

"아저씨, 아줌마, 후카예요."

잠시 기다리자 집 안에서 인기척이 있었다. 불이 켜지고 반투명한 유리 너머로 사람 그림자가 비쳤다.

미닫이문이 열렸다. 볼이 홀쭉한 여자가 불쑥 나와 우리를 내려다봤다.

"안녕하세요."

후카가 밝은 목소리로 인사했다.

"하루코를 데려왔어요."

"아아, 그렇구나."

여자의 얼굴에 미소가 번졌다.

"고맙다, 후카. 일부러 여기까지. 자, 들어오렴. 차 끓여 줄게."

"아뇨, 괜찮아요."

"그러지 말고. 어서, 어서."

하루코의 어머니는 '사토코 씨'라 불렸고 현지 발음으로는 '리자'라 읽는다고 했다. 키가 크고 마른 체형에 머리도 부스스한 편이라 밤길에 마주치면 깜짝 놀랄 수 있지만 결코 불친절한 사람은 아니다. 오히려 남을 돌보기 좋아하는 성격이라 동네 아이들이 집을 찾아오는 날에는 과자를 먹이지 않고서는 돌려보내 주지 않을 정도였다.

"어머니オモニ……."

하루코가 잠꼬대처럼 중얼거리며 사토코 씨의 옷자락을 잡았다. 사토코 씨도 약간 날카로운 소리로 뭔가를 말했지만 조선어라 히사노리는 알아들을 수 없었다. 하루코가 고개를 끄덕이며 마루에 올라가 비실비실 걸어갔다. 잠에 취한 딸을 신경 쓰지 않고 사토코 씨가 "어서, 어서" 하고 손짓했다. '역시 이렇게 됐구나' 하고 히사노리는 쓴웃음을 지으며 후카와 함께 신발을 벗었다. 특별히 과자를 싫어하는 것도 아니었다.

어두운 복도를 지나 말린 생선 냄새가 나는 부엌으로 향했다. 가는 길에 오른쪽에 있는 거실 문틈에서 책상다리를 하고 텔레비전을 보는 하루코의 아버지 히데키 씨와 눈이 마주쳤다. 그는 땅딸막한 체구에 러닝셔츠 한 장만 걸치고, 잘 보이지 않지만 아마 속옷 차림으로 앉아 있었다. 깔끔하게 짧게 깎은 머리, 쭉 찢어진 뱁새눈, 굽은 등. 사토코 씨와는 분위기가 정반대였다.

"안녕하세요."

후카가 멈춰 서서 인사했다. 히데키 씨는 고개를 끄덕이며 이쪽을 쳐다봤다.

"실례 좀 할게요."

"그래."

"과자 먹으러 왔어요."

"그래."

"그럼."

가볍게 인사하고 씩씩하게 걸어가는 후카와 달리 히사노리는 이 과묵한 남자가 아직도 익숙하지 않았다. 히데키 씨의 나이는 40대. 사토코 씨와 그리 차이 나지 않을 텐데도 늘 무뚝뚝하고 어두운 표정을 짓고 있어서 몇 배는 더 나이 들고 피곤해 보였다. 소문으로는 일본어 발음이 서툴러서 과묵한 것이라고 한다. 사토시의 부모님이 하는 운송 회사에서 일하고 있지만 친구가 한 명도 없다고 들었다.

두 사람 다 한국 전쟁이 끝날 무렵 그리 바람직하지 않은 방법을 통해 일본에 돈을 벌러 왔다고 한다. 확실하지는 않지만 마쓰모토의 건설 현장인가 어딘가의 식당에서 만나 결혼했다는 이야기도 들었다.

히사노리는 부엌 앞에서 사토코 씨에게 "후미오 형 좀 만나고 와도 될까요?"라고 양해를 구하고 안쪽으로 들어갔다. 집 안 복도는 욕실과 화장실이 있는 막다른 곳에서 좌우로 나뉘어 오른쪽으로 가면 후미오의 방, 그보다 더 안쪽에는 히데키 씨보다 일본어가 서툰 할머니가 기거하는 방이 있었다. 고향에서 갖은 고생을 하고 아들인 히데키 씨에게 의지해 바다를 건너왔다는 이 할머니의 방을 히사노리는 딱 한 번 들여다본 적이 있었다. 먼지 한 톨 없는 다다미 위에 깨끗해 보이는 꽃무늬 이불이 깔려 있었다. 그래서 '집안에서 이와무라 할머니는 소중한 존재구나' 하고 살짝 부러워했던 기억이 났다.

후미오의 방 앞에 서서 "형. 히사노리야" 하고 소리쳤다. 대답을 기다리기 귀찮아 곧장 미닫이문을 열었다.

땀 냄새가 물씬 풍기는 후끈한 공기가 히사노리를 맞이했다. 다다미 여섯 장이 깔린 일본식 방은 어두웠고, 작은 스탠드가 희미한 빛을 내고 있었다. 그 불빛 앞에서 책상다리를 하고 앉은 후미오가 어색하게 고개를 돌렸다. 아버지처럼 굽은 등에 체형도 비슷했다.

"아, 안녕, 히사노리. 어서 와."

말솜씨가 서툰 것도 닮았다. 굳이 다른 걸 꼽자면 긴 머리카락과 여드름투성이 얼굴. 여름에도 긴소매 티셔츠와 긴 바지를 입고 있다는 것. 그리고 일정한 직업이 없다는 것 정도일까.

인사도 하는 둥 마는 둥 하고 히사노리는 방을 둘러봤다. 창문이 있는 안쪽 벽과 좌우 벽 앞에 빈틈없이 책의 탑이 쌓여 있다. 단행본, 문고본, 신서……. 다양한 형태의 책이 옆으로 눕혀진 채 빽빽이 깔려 있었다. 소설부터 학술서까지 종류도 다양하다. 양만 따지면 교수의 장서에 뒤지지 않을 정도였다.

그리고 이곳은 깔끔하게 정돈돼 있다. 책장이 없고 크기도 제각각인 책이 그대로 쌓여 있는데도 왠지 그렇게 느껴졌다. 후미오의 신기한 재능이라고 히사노리는 생각했다.

"혹시 더 늘었어?"

"아, 응. 얼마 전에, 세이 씨가 와서 놓고 갔거든."

"어? 언제?"

"지난달. 지난번 그 '류' 책도 그때."

속으로 '그렇구나' 하고 납득했다. 그건 7월에 발매된 신간이다. 이곳에는 헌책이 많지만 그만큼 신간도 갖춰져 있다. 하지만 교수의 장서는 온통 헌책뿐이었다. 빌려 달라고 하면 기꺼이 몇 권이든 빌려주지만 아무래도 너무 오래된 책이 많았다. 최신간이 이즈미 교카의 책이라는 시대착오에 더해 애초에 오락 소설도 거의 없었다. 마음에 들지 않는다는 이유로 다자이 오사무나 사카구치 안고, 미시마 유키오의 책도 없었다.

그래서 히사노리는 책을 읽고 싶을 때는 운 나쁘게 교수의 기분에 맞춰 줄 필요가 없는 한 보통 후미오의 도서관을 이용했다. 에도가와 란포와 요코미조 세이시가 쓴 괴기물, 마쓰모토 세이초의 영화 원작 소설이나 모리무라 세이이치의 화제작, 이케나미 쇼타로의 신간도 많았다. 무엇보다 원하는 책을 말하면 후미오가 도서관장에 걸맞은 지식을 뽐내며 추천작을 골라 줬다.

물론 정확히는 '후미오의 도서관'이 아니라 '세이 씨의 도서관'이다. 여기 있는 책은 모두 세이 씨가 물려준 것이고 후미오는 관리를 맡고 있을 뿐이었다.

칫. 그나저나 세이 씨가 왔다는 건 처음 듣는 이야기였다. 무심코 입술이 비뚤어졌다.

"추천 책 있어?"

"어떤 걸, 읽고 싶은데?"

"방금 읽던 그 책은 뭐야?"

"다카하시 가즈미. 『사종문』."

"재미있어?"

"어려워."

그렇다면 히사노리에게는 무리일 것이다. 후미오는 내성적이고 사람들과의 소통에 서툴지만 독서에 관해서만큼은 남달랐다.

"뭐든 좋은데 류 같은 건 말고. 그런 건 이제 됐어."

"난 좋았는데."

"뭐, 읽어 본 사람들 평판도 그럭저럭 괜찮기는 하더라."

"색, 보였어?"

—이야기의, 가장 마지막에, 세계가, 화려해져. 확 하고, 색이, 깃드는 거야. 투명한, 블루로. 내 눈에는, 책 제목이 그대로, 선명하게 보였어.

"아니, 전혀."

히사노리는 과장되게 고개를 흔들었다.

"솔직히 말해서 역겨운 소설이었어. 주인공은 건방지고, 한심하고, 그 주변 인물들도 아주 형편없어. 난 그런 태양족* 같은 무리들을 용서할 수 없어. 그런 녀석들의 색깔 같은 건 하나도 보고 싶지도 않아."

"아, 그래……."

후미오는 아쉬운 것처럼 고개를 숙이더니 잠시 후 중얼거리기

* 1950, 60년대에 나타난 일본의 반항적이고 자유로운 젊은 세대를 가리키는 문화적 용어.

시작했다. 그건, 그 소설은, 전쟁, 즉 전쟁에서 진 것, 승패가 아닌 패전이, 이미 확고하게 정해진 시대에 태어난 세대의, 작품이라고, 난 생각하는데…….

필사적으로 자신의 생각을 전하려는 모습이 안쓰러우면서도 묘하게 불편했다.

"그것보다 형. 왜 하루코한테 우리의 습격 계획을 말했어? 그건 하루코랑 우리한테도 비겁한 거 아니야? 도와주지도 않았으면서."

"어, 아, 그, 그게……."

후미오는 당황한 것처럼 고개를 들었다.

"나……."

"뭐 상관은 없지만."

등을 돌리는 순간, 손목을 붙잡혔다. 깜짝 놀라 후미오를 보니 시선이 마주쳤다.

"난……."

후미오가 침을 튀기며 말했다.

"난, 알아. 그 녀석들, 위험해."

"뭐?"

"위험해. 히사노리."

"뭐야, 무슨 소리야?"

"나, 제대로 할게. 다음번엔."

"이거 놔!"

히사노리가 손을 뿌리치며 "아프잖아" 하고 후미오를 째려보자 후미오는 "미안" 하고 나직이 사과했다.

"히사노리, 나, 제대로 할게."

"됐어. 그만해."

"새로운 거, 있어. 소설, 추천."

"그러니까 필요 없다고."

"있어. 추천."

"이제 됐다고 했잖아!"

열기가 이성을 불태웠다.

"추천은 무슨 놈의 추천이야! 하루코 하나도 못 지키는 주제에 책 같은 건 아무리 읽어 봐야 소용없어!"

후미오는 아무 말도 하지 않았다. 히사노리는 자신이 내뱉은 말에 스스로 상처받은 기분이 들어 우두커니 선 나이 많은 친구에게서 시선을 돌렸다. 후미오에게 뭔가 더 심한 말을 해 버릴 것 같은 예감에 결국 참지 못하고 방을 뛰쳐나갔다. 마침 화장실에서 파자마로 갈아입은 하루코가 나타났다. 어둠 속에 선 둥근 볼 소녀의 묘하게 공허한 눈빛을 보며 흠칫 놀라 히사노리는 달아오른 몸이 순식간에 식었다.

부엌 쪽에서 "과자, 내가 다 먹는다"라는 후카의 목소리가 들렸다. 하루코는 졸린 얼굴로 안쪽 복도로 걸어갔다.

"후미오 오빠랑 무슨 일 있었어?"

후카의 예리한 직감에 속으로 놀라면서 입으로는 "아니, 별거 아니야" 하고 퉁명스럽게 내뱉었다. 후카는 "흐음" 하고 상체를 숙여 의미심장하게 얼굴을 들여다봤다.

"……너, 그렇게 걷다가는 배수로에 발 빠질 거야."

"그 정도로 덜렁이는 아니야. 그리고 빠져도 네가 날 구해 줄 거잖아."

"배수로에 빠진 사람을 구해 줄 만큼 한가하지 않아."

"그게 아니라, 발목을 삐끗하면 날 업고 갈 거 아니야?"

히사노리는 무심코 눈을 돌렸다. 실처럼 가는 달이 밤하늘에 빛나고 있었다.

"그래서, 무슨 일인데?"

"별거 아니라니까. 아무 일 없었어."

"흐음. 그러면 다행이지만" 하고 왠지 믿지 못하는 듯한 말투.

"뭐, 후미오 오빠도 좀 더 사람이 야무져질 필요는 있어."

"어차피 너랑은 상관없잖아."

"그건 그렇지만, 지금은 너무 어중간해. 야쿠자가 될 거면 하루빨리 야쿠자가 되든 해서 자리를 잡아야지. 그게 아니면 하루코가 불쌍해."

"뭐? 왜 하루코가."

"여자니까."

히사노리는 이해가 안 돼서 미간을 찌푸렸지만 후카는 그 이상 말하지 않았다.

후카는 기분을 전환하려는 듯 두 팔을 크게 흔들며 "히사노리, 넌 어떡할 거야? 고등학교 졸업하면" 하고 물었다.

"어떡할 거냐니……. 딱히 계획은 없어. 긴타처럼 머리가 좋은 것도 아니고."

학군에 까다로운 이 동네에서 긴타는 굳이 나가노시에 있는 고등학교를 선택했다. 그곳에 좋은 학원이 있다며 나가노시 출신인 어머니가 갖은 수단을 다 동원했다고 했다. 목표는 일본 최고의 대학. 긴타가 자기 입으로 전에 태연하게 말했다.

"공부가 다는 아닐 텐데."

"공부 말고 다른 것도 마찬가지야. 그림을 잘 그리는 것도 아니고, 운동 신경도 그저 그렇고."

"검도도 나한테 지지."

시끄러워.

"사토시는 회사를 이어받겠지. 한심한 녀석이긴 해도 우리 동네에서는 가장 좋은 집안의 후계자니까. 그리고 고쇼한테는 음악이 있어. 그 녀석은 도쿄로 갈 생각인 것 같아."

"뭐? 집에서 허락했대?"

"설마. 뭐, 야반도주라도 하겠지. 음악을 가르쳐 주는 선배가 먼저 도쿄에 있어서 그 사람이랑 밴드를 할 거래."

헤에, 그렇구나. 도쿄라. 후카의 목소리에서 부러움이 느껴져 히사노리는 순간 가슴이 찌릿했다.

"아무튼 나한테는 없어. 그런 재미있는 일 같은 건, 하나도."

"대학은?"

"……대학은 뭐, 갈 수도 있겠지만 도쿄는 아니야. 고쇼네처럼 형이라도 있으면 모를까, 우리 집은 누나들이 다 나가고 나밖에 없으니까."

누나 두 명이 최근 잇따라 결혼해서 한 명은 남쪽, 한 명은 다른 현으로 이사를 갔다.

"식구들을 못 본 척할 수는 없잖아."

"아버지가 계시잖아."

"할아버지가……."

히사노리는 바지 주머니에 손을 넣었다.

"할아버지가 치매에 걸리셨어. 요새는 상태가 꽤 심각해. 아버지는…… 그 사람은 오로지 일과 자이언츠*에만 관심이 있으니까. 그래서 맨날 엄마만 고생해. 가끔 맞기도 하고, 욕도 듣고……."

요강을 집어던질 때도 있었다.

"그런 상황에 어떻게 나 혼자 집을 나가겠어."

* 일본의 인기 야구팀 요미우리 자이언츠를 뜻하는 말.

자갈을 걷어차자 돌멩이가 간가와강에 떨어졌다.

"난 아마, 경찰관이 될 것 같아."

누군가에게 털어놓는 건 처음이었다. 지방 경찰은 2세를 환영한다고 하니 조금만 공부해도 채용될 가능성이 커. 히사노리는 그렇게 설명했다.

"물론 마카로니나 지팡* 같은 형사는 무리고 아버지 같은 내근직도 싫지만, 그래도 파출소 순경은 될 수 있을 것 같아서."

"흐음……."

후카는 한숨 섞인 목소리로 말했다.

"뭔가 너답네."

"넌? 너도 어디 다른 데로 가고 싶은 거야?"

"아니, 아니. 말도 안 돼. 난 내 분수를 누구보다 잘 아니까."

"지유리 씨처럼 여기서 일하려고?"

지유리 씨는 고등학교를 졸업 후 우에다시의 회사에서 사무원으로 일한다고 들었다.

후카가 의미심장하게 고개를 살짝 기울였다. 그러더니 "히사노리" 하고 묘하게 끈적거리는 목소리로 말했다.

"지유리 언니가 회사에서 일하는 걸 본 적 있어?"

* 일본 인기 드라마 <태양을 향해 짖어라!>에서 마카로니 형사와 함께 등장하는 인기 형사 캐릭터.

"뭐?"

"사무 일을 하는 걸. 장부 쓰고 영수증을 정리하고 차를 끓이는 모습 말이야."

"아니……. 본 적은 없지. 그런데 맞지 않아?"

"응. 맞겠지."

"뭐?"

히사노리의 당혹감을 뒤로한 채 후카는 하늘을 올려다봤다. 뭐야, 대체……. 목구멍까지 차오른 말은 후카의 귀에서 턱으로 흐르는 매끄러운 선에 빨려들어 아련하게 사라졌다. 지유리 씨와는 전혀 닮지 않았다. 그쪽이 높은 산에 핀 꽃이라면 이쪽은 야생의 작은 동물. 얼마 전까지만 해도 그렇게 생각했다. 하지만 해가 갈수록 종잡을 수 없어졌다. 다만 중학교 3학년 때 많은 남자아이들이 후카에게 고백한 것만은 사실이다. 도전자들의 이야기를 들을 때마다 히사노리는 안절부절못했고, 그들이 퇴짜를 맞았다는 소식을 들으면 안도했다.

"넌 좋은 경찰이 될 것 같아."

"……왜?"

"글쎄. 이유는 모르겠어. 그냥 왠지 그런 느낌이 들어. 아까 아빠가 말했지? 사회라든가 세간이라든가, 세상에는 그렇게 세상을 이루어 온 뭔가가 있다고."

"알 것 같으면서도 잘 모르겠던데."

"나도 전혀 모르겠어. 하지만 그건 분명 좋은 일일 거야. 그리고 넌 그걸 할 수 있는 사람이라고 생각해."

좋은 일. 그 평범한 말이 놀라울 만큼 신선하게 울렸다.

"'그렇게 합시다'."

후카가 부드럽게 말했다. 하늘을 보며 마치 달을 향해 말을 건네는 것처럼.

"'어리석은 사람들이나 악의적인 사람들은 우리의 행복을 시기하고 비아냥거리겠지만, 우리는 가능한 한 높은 곳에서 항상 관용을 베풉시다'."

갑자기 히사노리를 보며 싱긋 웃는다.

그리고 또다시 하늘을 향해 읊조리기 시작했다.

> 그렇게 합시다. '희망'이 미소 지으며 보여 주는 그 소박한 길을,
> 즐겁게, 천천히 우리 걸어갑시다.
> 남들이 보건 말건, 그런 건 신경 쓰지 말고요.
>
> 어두운 숲속처럼 사랑에 빠져 세상을 잊은 채,
> 우리 둘의 마음이 사랑의 달콤함과 즐거움을 노래하면,
> 황혼의 두 꾀꼬리의 울음처럼 아름답게 울려 퍼지겠지요.

후카는 계속해서 읊어 내려갔다. 음표처럼 튀어 오르는 말들, 그

한마디 한마디가 의미보다 더 빠르게 히사노리의 마음에 스며들었다.

> 운명이 미래의 우리를 위해 무엇을 준비했을지,
> 그런 수수께끼는 풀지 말고 발걸음을 맞춰 걸어갑시다.
> 손에 손을 맞잡고, 꾸밈없는 마음으로 서로 사랑하며,
>
> 오직 인간만이 지닌 순수한 마음으로, 그렇게 합시다.

후카는 아리아를 마친 오페라 가수처럼 포즈를 취하고는 "어때?" 하고 히사노리를 봤다.

"폴 베를렌. 쇼와 시대 문학청년들에게 인기가 많았다는 프랑스 시인이야. 가후도 이 사람의 시를 번역했어."

후카는 "방금 건 호리구치 다이가쿠가 번역한 본이지만" 하고 장난스럽게 덧붙이며 웃었다.

"두근거렸지?"

대답할 수 없었다. 지금 후카와 눈을 마주치면 왠지 무슨 일이 벌어질 것만 같았다.

후카는 마치 춤을 추듯 경쾌하게 걸었다. 또 콧노래를 불렀다. 이번에도 히사노리는 모르는 노래였다. 아무것도 알 수 없었다. 그래서 말없이, 나란히 걸었다. 다만 후카가 등 뒤에서 모은 손가

락이 부끄러울 정도로 가깝게 느껴졌다. 달은 참으로 가늘고 하늘은 캄캄했지만, 이 순간 마지막 불꽃이 터져도 전혀 이상하지 않을 밤이었다.

"이봐요. 로맨티스트 히사노리 군."

녹슨 붉은 다리와 2층짜리 가옥이 눈앞에 다가왔을 때 후카가 입을 열었다. 그러더니 숨결이 닿을 듯한 거리에서 눈을 가늘게 뜨고, 말했다. 우리 그렇게 합시다, 라고.

또 놀림받았다. 그렇게 되뇌면서도 여전히 붕 뜬 기분으로 히사노리는 후카의 가벼운 발걸음에 맞춰 현관에 들어섰다.

바비큐 정리는 끝나 있었고 설거지나 텔레비전 소리도 들리지 않았다. 교수는 침실에서 코를 골고 있는 듯했다. 1층 안쪽에 있는 넓은 방이 평소 히사노리와 친구들이 자는 곳이었고, 오늘 밤은 다섯 명이 눈꺼풀이 한계에 달할 때까지 카드 게임을 하기로 했다. 긴타가 가져온 '대부호'라는 게임은 사흘 밤낮을 해도 질리지 않을 만큼 재미있었다. 과자를 가져오겠다며 부엌으로 향한 후카와 헤어져 넓은 방으로 다가가자 사토시의 노래가 들렸다. 그에 맞춰 고쇼와 긴타가 웃고 있다. 외설스러운 노래 가사다. 후카가 오기 전에 부르려는 속셈일까.

"아, 히사노리."

미닫이문에 손을 대기 직전, 지유리 씨가 히사노리를 불러 세웠다. 복도 구석에서 그녀는 검은 전화기를 들고 있었다.

"전화 왔어. 세이 씨야."

"네?"

히사노리는 부리나케 수화기를 받아 들었다.

"네, 여보세요."

—여, 히사노리. 목소리가 좋네.

약간 느릿한 말투, 콧소리 섞인 목소리. 듣기만 해도 세이 씨의 모습이 떠올랐다. 깔끔한 검은 머리에 빳빳한 검정 셔츠. 코트가 잘 어울리는 날씬한 팔다리, 탄탄한 어깨. 그러면서도 몸은 호리호리하고 얼굴도 갸름한 편이다. 고쇼가 선글라스를 자주 쓰게 된 것도 록스타보다는 세이 씨의 영향이 컸다. 본명은 이와무라 기요타카이며, 후미오와 하루코의 가족이 이와무라 성을 쓰게 된 것도 일자리와 사는 곳 모두 세이 씨에게 신세를 진 덕분이라고 했다. 히데키 씨보다 나이는 어리지만 관록이나 위엄만은 지지 않았다.

—올해도 합숙을 했다더군. 나도 얼굴을 비추고 싶었는데.

"지난달에 여기 오셨다면서요? 왜 안 알려 주셨어요? 저, 그거 읽었어요. 류 소설. 그래서 감상을 말씀드리고 싶었는데."

—오, 무라카미 류 말인가.

세이 씨는 기분 좋은 듯 말했다.

—대단한 작품이지. 뭔가 퉁명스럽고 자포자기하는 것처럼 읽히지만, 사실은 아주 뜨거운 소설이야.

"그래요? 전 뭔가 바보 같다고 생각했는데."

—너답네. 근데 뭐, 괜찮아. 원래 소설 같은 건 내키는 대로 칭찬하고 욕하면서 돈 낸 만큼만 즐기면 되는 거니까.

세이 씨가 특별히 우스운 말을 한 것도 아닌데 자연스레 입꼬리가 올라갔다.

"다음에는 또 언제 오세요?"

—글쎄. 그리 멀지는 않을걸. 아마 올해 안에, 그러니까 눈이 내릴 때쯤? 12월 네 생일이 지날 즈음이겠지.

"그럼 그때 또 여러 가지 이야기를 들려주세요. 소설 이야기, 영화 이야기도."

세이 씨는 소설을 좋아하고 영화광인 데다 도쿄에 살아서 최신 정보를 뭐든 잘 알았다.

—내 얘기도 좋지만 네 얘기도 많이 들려줘야겠어. 이제 슬슬 진로를 정해야 할 때잖아.

또 그 이야기인가.

"괜찮아요, 그건. 어차피 제 진로 같은 건 뻔하잖아요."

—뻔할 리 없지. 뭐, 아무튼 나중에 천천히 들려줘. 너희는 같은 스승에게 배운 내 동생들이나 마찬가지니까.

"교수가 스승이라고요? 에이, 싫어요. 촌스러워요."

—하하. 그러지 마. 나도 문어 선생한테 신세를 많이 졌는데.

세이 씨는 교수의 매끈하고 둥근 이마에 친근감을 담아 교수를 문어 선생이라고 불렀다.

—어렸을 때 가후를 배워서 지금은 훌륭한 활자 중독자가 됐지. 너희도 마찬가지 아니야? 귀여움을 받고 있잖아. 그렇지? 그래서 말이지만, 히사노리. 앞으로도 절대 그 사람의 체면을 구겨서는 안 돼.

갑자기 등줄기가 얼어붙었다.

—듣고 있나? 히사노리.

"아, 네."

—너도 참 다루기 힘든 녀석이야.

"세이 씨……."

—내 이야기 아직 안 끝났어.

히사노리는 말을 집어삼켰다.

—그렇다고 오해하지는 마. 화난 건 아니니까. 오히려 잘했다고 칭찬하고 싶을 정도지. 이와무라 집안은 내가 뒤를 봐주고 있으니까. 히데키 씨, 사토코 씨, 후미오와 하루코 모두 내 친척이나 마찬가지야. 즉, 하루코를 상처 입히는 건 날 상처 입히는 거나 다름없다는 말. 무슨 뜻인지 알지?

히사노리는 간신히 "네……" 하고 대답했다.

—좋아, 착하네. 그래서 말인데, 난 너희가 저지른 그 일에 대해 딱히 불만은 없어. 다만 너희가 그날 때린 녀석들 중에 조금 골치 아픈 녀석이 하나 있거든. 그리고 그 녀석 아버지의 형님뻘 되는

사람을 통해 이런저런 이야기가 내 귀에까지 들어왔지. 한마디로, 그날의 일은 너희가 스스로 확실히 마무리 지으라는 거야.

조금 전 후미오도 말한 바 있다. '그 녀석들, 위험해'라고.

수화기 너머에서 킥킥 웃는 소리가 들렸다.

—웃긴 이야기지. 솔직히 내 알 바도 아니고. 그리고 정말 억울하면 너희끼리 다시 맞붙어서 끝장을 보든가 하면 될 텐데, 문제는 그 녀석이 너희한테 당하고 나서 완전히 정신줄을 놓아 버렸다는 거야.

식은땀이 멈추지 않고 흘러내렸다.

—몸은 멀쩡한데 하루 종일 방에 틀어박혀 밖에 나오지 않는다더라. 고작 애들 싸움으로 어떻게 그렇게까지 됐는지 모르겠네.

"세이 씨……."

—걱정하지 마라. 이 일은 이쪽에서 알아서 잘 처리할게. 다만 너희도 알아야 하는 게, 문어 선생은 절대 끌어들이면 안 돼. 너희가 다툰 상대가 골치 아픈 놈들인 걸 알게 되면 제멋대로 나설 수도 있으니까. 자칫 잘못하다가는 최악의 상황이 벌어질 수도 있어. 불똥이 지유리에게까지 튈 수도 있고.

끝없이 분출되던 땀이 이번에는 얼어붙었다.

—뭐, 다른 사람은 몰라도 히사노리, 너만은 겁먹고 울며 매달리는 짓은 절대 안 할 거라 믿지만. 아무튼 히사노리, 네가 잘해야 해. 하루코한테도, 후미오한테도. 난 널 믿고 있어.

"……네, 알겠어요."

—좋아. 지유리 좀 다시 바꿔 줄래?

그가 시키는 대로 히사노리는 옆에서 기다리던 지유리 씨에게 수화기를 건넸다. 동요 때문인지, 안도감에 긴장이 풀린 탓인지 방으로 돌아가는 발걸음이 비틀거렸다. 벽에 손을 짚었을 때 뒤에서 "히사노리" 하고 부르는 소리가 들렸다.

수화기를 든 지유리가 이쪽을 보고 있었다. 그 눈빛에서 가슴을 찌르는 듯한 힘이 느껴져 히사노리는 무의식적으로 허리를 곧게 폈다.

"남들이 뭐라고 하든 넌 너만의 길을 가렴."

히사노리는 지유리 씨를 멍하니 바라봤다. 하얀 피부의 왼쪽 눈 아래 점이 유난히 선명하게 보였다.

"공부해야 해. 부끄럽지 않은 길을 걷고 싶다면."

지유리 씨는 평소와 다름없이 미소 지으며 수화기를 귀에 대고 통화를 시작했다. 더 이상 히사노리에게 눈길을 주지 않았다. 방금 말이 무슨 뜻인지 잘 이해가 가지 않았다. 다만 지유리 씨가 나를 걱정한다는 것만은 확실히 느껴졌다. 가슴이 살짝 뜨거워졌다. 이 일은 다른 아이들한테는 비밀로 하자. 히사노리는 허리를 곧게 편 채 친구들이 기다리는 넓은 방으로 돌아갔다.

크리스마스보다 기온이 5도나 떨어진 12월 27일 월요일. 영하의 날씨 속에서 히사노리는 종업식 아침을 맞이했다. 점심이 지나고 들뜬 반 친구들의 유혹을 피해 교실을 나섰다. 오늘만큼은 눈이 오지 않기를 바랐는데. 히사노리는 힘들게 끌고 온 자전거에 올라타 눈을 노려봤다. 장갑과 점퍼도 매서운 한파를 막지 못해 체온을 유지하기 위해 온 힘을 다해 페달을 밟았다. 사나다 마을은 '우와자이上在'라 불리기도 한다. 우에다시에서 볼 때 더 높은 곳에 있는 지역이라는 뜻이다. 즉, 하굣길은 오르막길이 지옥이라는 뜻이고, 거기에 아침보다 기세를 더한 눈이 지면을 무겁게 만들고 있었다. 그래도 얼어붙어서 미끄러운 것보다는 훨씬 낫다. 들뜬 히사노리는 '뭐 어때' 하는 심정으로 다리에 힘을 주어 곧장 교수의 집을 향해 달렸다.

144번 국도를 북상할수록 날씨가 더 나빠졌다. 스가다이라고원의 스키 객들은 좋아하겠지만, 관광과 무관한 지역 주민들에게는 그저 귀찮을 뿐이다. 우에다 지역은 현 내에서는 그나마 눈이 적게 내리는 편이지만 산간부는 이야기가 다르다. 한번 내릴 때는 가차 없이 퍼붓는다. 히사노리와 친구들이 사는 곳은 사나다 마을의 딱 중간쯤 되는 위치라 눈이 올지 말지는 전적으로 하늘의 변덕에 달려 있었다.

올해는 왠지 눈이 올 것 같은 예감이 들었다. 눈을 보며 들뜰 나이도 아니라 우울함만 느껴졌다. 가와베 집안에서 눈 치우기는 히사노리의 몫이다. 작년과 재작년에도 눈이 너무 많이 쌓여서 치우느라 심한 근육통에 시달렸다.

얼마 지나지 않아 교수의 집이 보이는 곳에서 히사노리는 자전거 속도를 늦췄다. 폐역 정면, 유령 나무가 서 있는 길가에 차 한 대가 세워져 있었다. 적갈색 세드릭*이다.

"세이 씨."

자전거를 옆에 세우고 창문을 두드리자 운전석을 젖혀서 자고 있던 세이 씨가 고개를 돌렸다. 얇은 입술이 씩 벌어지며 "여어" 하고 움직였다.

"왜 이렇게 일찍 와? 설마 친구가 없는 건 아니지?"

열린 창문 너머에서 선글라스를 낀 얼굴로 히사노리를 올려다본다. 목도리와 코트 모두 검은색이다.

"있어요. 오늘은 세이 씨가 오는 날이라 따돌리고 온 거예요."

"듣던 중 기분 좋은 소리네. 가서 그거 두고 와. 문어 선생이 돌아올 때까지 잠깐 드라이브나 다녀오자."

히사노리는 서둘러 언덕을 내려가 교수의 집 앞에 대충 자전거를 세웠다. 그리고 전력으로 되돌아가 세드릭의 조수석에 올라탔다. 히사노리가 타자마자 세이 씨가 시동을 걸었다. 사나운 소리와 진동에 체온이 올라갔다. 아버지가 타고 다니는 서니**에서는

* 일본 자동차 제조사인 닛산 자동차가 1960년부터 2004년까지 제조, 판매한 고급 승용차.

** 일본의 자동차 제조사인 닛산 자동차에서 제조, 판매하는 승용차.

느낄 수 없는 감각이었다.

세이 씨는 "마쓰모토성에라도 가 볼까"라고 혼잣말을 하며 검은 장갑을 낀 손으로 핸들을 경쾌하게 틀었다. 편안한 가죽 시트와 세이 씨의 옆자리를 독차지할 수 있다면 목적지가 오키나와든 후지산의 주카이*든 불평할 게 없었다.

"요새 재미있는 영화 있어요?"

"<이누가미가의 일족>, <감각의 제국>. 둘 다 파격적이긴 하지만, 재미로 따지면 그다음 주에 상영된 <청춘의 살인자>가 꽤 괜찮았어."

"누가 나와요?"

"미즈타니 유타카. <상처투성이 천사>에서 하기와라의 파트너 역을 했던 녀석. 감독은 하세가와라고, 혹시 <악마 같은 녀석> 봤나? 그 영화의 각본을 썼던 신예야."

"우리 집에서는 형사 드라마가 금지예요. 사와다 겐지가 주연이라고 들었는데."

"형사물이라기보단 범죄 드라마지. 사와다가 '3억 엔 사건'**의 범인 역을 맡았는데, 공소시효 직전에 방송됐다는 게 꽤나 파격적이었어."

* 후지산 기슭에 위치한 원시림. 공포 명소로 알려져 있다.

** 1968년 12월 10일 일본 도쿄에서 발생한 미제 사건으로 범인이 경찰로 위장해 현금 수송차에서 약 3억 엔을 탈취한 사건.

말투가 즐거워 보인다. 상당히 마음에 들었나 보다.

"<청춘의 살인자>는 새로웠어."

"어떤 면에서요?"

세이 씨는 핸들을 잡은 채 히사노리를 보며 씩 웃었다.

"요새 영화를 자주 보나?"

"아뇨, 전혀요. 아버지가 용돈도 안 올려 주시고 생일 선물도 케이크뿐이었어요."

"검도 대회에서 이기면 식인 상어 영화를 보러 데려가 준다고 했잖아."

"<조스> 말이죠?"

세이 씨는 해외 영화는 거의 보지 않는다. 이유는 '지루하다'라고 했지만 솔직히 그것만큼은 세이 씨의 감성을 의심하지 않을 수 없었다. <스팅>의 그 통쾌함을 모르다니!

"옛날얘기예요. 시합도 준결승에서 졌고요."

"흐음, 그건 안타깝네."

"현 대회에서 4위였으니 특별히 아쉽진 않아요."

"그래? 에이, 거짓말 같은데."

세이 씨의 말투는 가벼웠고, 그래서 더 가슴이 철렁했다. 아쉽지 않다는 건 거짓말이 아니었다. 베스트 4도 잘한 편이라고 생각한다. 하지만 세이 씨의 기준에서는 만족할 만한 수준이 아닌 듯했다.

"패배자의 이야기야."

"네?"

"<청춘의 살인자> 말이야. 응석받이 애송이가 부모를 살해하는 내용이거든. 못난 아들의 손에 못난 부모가 살해당해. 특히 어머니가 웃긴데, 좀 무섭기는 해."

세이 씨의 입꼬리가 살짝 일그러졌다.

"줄거리는 즉흥적이고 의미가 있는지 없는지도 잘 모르겠지만, 마지막, 그 뭐라 표현하기 힘든 라스트 신이 인상적이었어. 작품 속에서 미즈타니가 떠안은 갈등은 싸구려 같고 나약해. 하지만 그럼 어떻게 해야 하나, 라는 식의 절규가 느껴졌다고나 할까. 갈증이라고 불러도 좋겠네."

히사노리는 이야기의 내용을 잘 이해하지 못하고 물었다.

"그런 갈증을 묘사한 게 새롭다는 거예요?"

"주제가 새로운 건 아니야. 표현 방식이 새롭다는 거지. 히사노리, 이건 너도 꼭 알아야 하는데, 소설이나 영화가 그리는 건 결국 인간이라는 존재야. 그리고 인간은 그렇게 쉽게 새로워지지 않아."

"하지만 도쿄는 날이 갈수록 새로워지고 있잖아요. 아파트가 계속 들어서고, 햄버거 가게가 생기고, 교통도 더 편리해진다고 하고요. 신칸센으로 어디든 금방금방 갈 수 있게 되면 사람들의 생활도 바뀔걸요. 생활이 바뀌면 가치관이 바뀌고, 그건 곧 인간도 바뀐다는 뜻 아닌가요?"

"호오, 문어 선생이 그런 이야기를 하다?"

"아뇨. 긴타가."

자기 생각이라며 허세를 부릴 수도 있었지만 어차피 들통날 거라 생각을 고쳤다. 세이 씨는 "훗, 그 녀석" 하고 얄밉다는 듯이 웃었다.

"그야 표면적인 행동은 바뀌겠지. 백 년 전만 해도 죽는 게 무사도 정신이라 믿었던 민족이야. 내가 태어날 때만 해도 '나라를 위해'라는 핑계로 어리석은 정의가 활개 치기도 했고. 그런데 요새는 공산주의 혁명을 입에 올리는 녀석들이 확 줄었어. 특별히 부자 놈들이 사라진 것도, 자본주의가 마음을 고쳐먹은 것도 아닌데 말이야. 한마디로 싫증과 익숙함이지. 적응이라 부르기도 아까운. 어쨌든 먹을 것을 두고 날마다 생사를 건 살육을 벌이던 시대는 그렇다 쳐도, 어느 정도 배가 부른 인간의 근원적 욕망은 언제까지나 변하지 않을 거라고 난 생각해. 바로 자기 보호와 질투."

어느새 세드릭은 우에다시를 벗어나 돗코산 기슭으로 가늘게 뻗은 가도를 달리고 있었다. 눈이 그칠 기미가 없어 아스팔트가 점점 하얗게 변해 갔다.

"그게 인류에게서 깨끗이 사라지는 날에는 나도 긴타 선생한테 머리 숙여 사과해야겠네."

도로 끝을 멍하니 바라보고 있자 세이 씨는 "납득이 안 가나?"라고 물었다.

"납득이라기보다……."

히사노리는 얼버무리듯 머리 뒤로 두 손을 포갰다.

"자기 보호와 질투라는 게 잘 와닿지 않아요."

세이 씨는 후후 하고 웃었다.

"너, 경찰관이 되고 싶다면서."

무심코 그의 옆모습을 힐끗 노려봤다.

"……후카한테 들었어요?"

"글쎄, 누구한테 들었더라."

지유리 씨나 교수에게 들었을 가능성도 있다. 어쨌든 후카가 다른 사람에게 말한 건 같다.

"……특별히 되고 싶은 건 아니에요. 뭘 하게 된다면 경찰관이 될 것 같다는 거죠."

"나쁘진 않다고 생각하는데. '영광의 5인조'에게 딱 어울리기도 하고."

"……활동가보다는 적성에 맞는다고 생각해요."

세이 씨는 앞 유리창을 보며 툭 내뱉었다.

"10년."

"네?"

"네가 10년만 더 일찍 태어났어도 화염병을 들고 확성기로 구호를 외치고 있었을 것 같은데."

"제가요? 말도 안 돼요! 그런 사람들은 그냥 들떠서 날뛰는 것뿐이잖아요. 불량배나 히피들과 다를 바 없어요."

"냉정하네. 하지만 사상이 요구하는 혁명이라는 이름의 상징이 새로운 표현을 만들어내는 원동력이 된 건 사실이야. 오시마*나 오가와**, 아다치***도."

히사노리는 오시마 나기사 정도밖에 몰랐다.

"후카사쿠****도 전혀 무관하진 않지. 네가 읽은 무라카미 류 소설도 그렇잖아? 패배와 좌절의 사생아. 그건 아마 패전의 그늘에서 자란 세대만이 할 수 있는 표현일 거야. 솔직히 웃기잖아. 태어날 때부터 패배를 강요당하다니. 우리는 싸워 보지도 못했는데."

세이 씨의 옆모습을 보며 후미오도 비슷한 말을 했던 것을 떠올렸다.

"여기서만 하는 이야긴데, 사실 난 가후에 대해서도 애정이 요만큼도 없어. 그는 결국 메이지 시대의 미화된 기억과 환상에 매달리는 편협한 노인네에 불과해. 난 오히려 그의 귀족적인 오만과 회고 취향을 통렬하게 비판한 사카구치 쪽을 지지하지. 사카구치

* 오시마 나기사. <감각의 제국> 등 사회적 금기와 정치적 주제를 다룬 혁신적인 작품들로 일본 뉴웨이브 영화의 선구자로 평가받는 감독.

** 오가와 신스케. <산리즈카 시리즈> 등을 남긴 일본의 저명한 다큐멘터리 감독.

*** 아다치 마사오. <여학생 게릴라> 등을 남긴 일본 뉴웨이브 영화의 주요 감독.

**** 후카사쿠 긴지. <의리 없는 전쟁> 시리즈와 <배틀로얄> 등 액션과 야쿠자 영화를 주로 남기며 거장으로 자리매김한 감독.

는 가후더러 '붓을 든 근본적 태도에 '어떻게 살아야 하는가'가 결여돼 있다'라고 비판했어."

세이 씨는 입술을 살짝 비틀어 웃었다.

"난 도쿄에서 도쿄대와 니혼대의 궐기 집회를 두 눈으로 봤어. 흥분한 대학생들이 만 명, 이만 명 모여서 정말 난리법석이었지. 머리에 피도 안 마른 아이들의 축제라고 하면 그뿐일지 모르지만, 확실히 열정이 넘쳤어. 그리고 그런 소용돌이 속에 가후는 절대 없었을 거야. 기껏해야 길가 한구석에 비스듬히 서 있었겠지."

어느새 세이 씨의 얼굴에서는 미소가 사라져 있었다.

"싸우지도 않고 패배한 채로. 그런 것에 분노하지 않게 되는 순간 남자로서는 끝이야. 안 그래?"

"어려운 건 잘 모르겠지만……."

히사노리는 조심스럽게 입을 열었다.

"새로운 것이든 오래된 것이든 제 눈에는 나쁜 놈들이 멋있어 보이지 않아요. 나쁘다는 건 곧 비겁하다는 뜻이잖아요. 전 비겁한 사람이 정말 싫어요."

세이 씨는 순간 어안이 벙벙해진 듯했다. 그러더니 꼭 용수철 인형처럼 핸들을 탁 쳤다.

"하하! 그렇구나. 확실하네. 이러다 언젠가 네 손에 붙잡힐 날이 올지도 모르겠는걸."

"어차피 파출소 순경한테 그런 기회는 오지 않아요. 우리 아버지도 계속 내근직이라 아마 체포 같은 건 한 번도 해 본 적이 없을 걸요."

히사노리는 "그래서 형사 드라마를 싫어하시는 거예요"라고 덧붙였다. 틀림없이 질투할 테니.

"그럴지도 모르지. 뭐, 네 아버지는 워낙 과묵한 사람이라 진짜 속마음은 모르겠지만."

세이 씨는 중학교 2학년 때까지는 사나다 마을에서 살았다. 어머니는 안 계셨고 술주정뱅이 아버지가 세상을 뜬 걸 계기로 혼자 도쿄에 상경했다고 한다. 그 기차 삯을 몰래 마련해 준 사람이 교수였다. 세이 씨의 중학교 담임이었는데, 그는 수업을 자주 빼먹는 불량 학생을 여러모로 신경 써 줬다. 그런 국어 선생님을 세이 씨는 지금도 따르고 있어서 도쿄에서 자리 잡은 뒤에도 일 년에 몇 번씩 인사를 하러 찾아오고 있다. 야쿠자가 된 세이 씨에게 교수는 만날 때마다 잔소리를 늘어놓는다고 하지만 그래도 계속 찾아뵙는다고 했다.

히사노리의 아버지와는 나이 차이도 있고 직접적으로 아는 사이는 아닐 것이다. 하지만 이 동네에서는 완전히 남처럼 지내기도 어렵다. 몇 년 전까지 세이 씨는 이곳을 자주 들렀다. 자세히는 모르지만, 댐 건설 현장에 인부를 보내는 일을 맡았다고 했다. 그래도 일단 경찰관이니 아버지의 귀에 여러 가지 들어오는 게 있지 않았을까. 당시 세이 씨를 잘 따르던 히사노리에게 아버지는 이렇게 말했다. 속지 마라. 그 녀석은 결국 3군 코치에 불과한 녀석이야. 그때는 크게 다퉜고, 히사노리는 지금도 그런 아버지를 용서하지 않고 있다.

"네 아버지는 그렇다 치고."

세이 씨가 즐거운 것처럼 말했다.

"넌 네 문제부터 해결해야 할 것 같은데."

드디어 올 게 왔구나 싶어 히사노리는 입술을 굳게 다물었다. 각오는 했어도 간담이 서늘했다.

"네가 때린 그 공고 녀석, 이름이 이자와 노부오라고 하는데."

4개월 전 '너희들'이었던 호칭이 이제는 확실히 '너'로 바뀌었다.

"지금 정신적으로 상당히 중증 같아. 전혀 나아지지 않는다더군. 뭐, 그럴 만도 하지. 지능을 전부 근육으로 바꾼 것 같은 아버지와 약물에 찌든 어머니가 병든 아들을 제대로 돌볼 리 만무하니까. 이 썩어 버린 부부에게 중요한 건 아들을 망친 범인에게서 뜯어낼 합의금뿐이야. 상대 아버지가 경찰관이라는 걸 알게 되면 위축되거나, 아니면 더 악착같이 이용하려 들거나, 둘 중 하나겠지. 확률은 반반. 너희 집에는 예쁜 누나도 둘이나 있고."

"세이 씨."

"일단 들어봐라. 실은 그 근육 아버지의 형님이라는 사람이 바로 내 동생인데, 이 동네에서 일어나는 모든 문제는 나를 통해 처리하기로 했어. 애초에 하루코에게 손을 댄 건 그 녀석들이잖아.

즉, 이와무라 집안의 간판에 침을 뱉은 셈이지. 마음만 먹으면 이자와 같은 양아치 녀석은 온 가족과 함께 다테시나의 깊은 산 속에 묻어 버릴 수도 있지만. 아차, 이건 미래의 경찰관 앞에서 할 말은 아니군. 아무튼 그래서 말인데, 일단 협박을 조금 해서 이자와의 부모는 입 다물게 했어. 그리고 돈을 조금 쥐여 줘서 내 동생 놈이 사는 마쓰모토로 아들과 함께 이사시킬 거야."

"네? 마쓰모토라니……."

"그래. 지금 가는 곳. 이자와네 아들 녀석이 치료 중인 시설이다."

식은땀이 계속 등을 적셨다.

"자, 히사노리. 내가 중요한 걸 하나 알려 주마. 두 번 말하지 않을 테니 잘 들어야 해. 경찰과 야쿠자의 공통점은 둘 다 목숨을 걸고 하는 일이라는 점일 거다. 목숨을 건 녀석들끼리 온갖 수단과 방법을 동원해 서로를 속이고 때려잡는 게 바로 우리의 세계지. 그런 곳에서 살아남고 싶다면 상상해야 해. 상상력을 잃는 순간 바로 지는 거야. 어떤 상황에서도 가장 일어나지 않았으면 하는 일. 그런 걸 상상해라. 일어날 일들은 대체로 일어나게 돼 있어. 그런데 아무리 가능성이 없어 보여도, 가장 일어나지 않았으면 하는 일만은 반드시 일어나지. 기어코 일어난단 말이야. 그리고 거기에 대비하지 않은 사람은 단 한 번의 불행으로 무대에서 퇴장하게 되지."

세이 씨는 맞장구를 치듯 짧게 경적을 울렸다.

"다시 말하지만 난 이번 일로 널 비난할 생각은 없다. 오히려 잘

했다고 안아 주고 싶을 정도야. 하지만 넌 네가 한 일의 결과, 그리고 앞으로 일어날 일을 너 자신의 눈에 똑똑히 새겨 둬야 해. 적어도 그것만큼은 반드시 해야 한다는 말이야."

"……합의금은요?"

그러자 세이 씨는 "멍청한 자식" 하고 히사노리의 머리를 툭 때렸다.

"원래 빚을 지우는 게 야쿠자의 방식이다. 나중에 경찰이 되면 언젠가 속도위반 같은 건 한 번 못 본 척해 줘."

산길 끝에 생긴 지 얼마 안 된 유료 터널이 입을 활짝 벌리고 있었다. 세이 씨는 망설임 없이 돈을 내고 세드릭을 몰았다. 대화는 사라졌다. 히사노리는 손을 맞잡고 조용히 마음의 준비를 했다.

터널을 빠져나간 지 20분도 되지 않아 하얀 건물 앞에 도착했다. 연말이라 그런지 학교와 비슷한 그 시설은 쥐 죽은 듯 고요했다. 세이 씨를 따라 히사노리는 건물 안에 들어갔다. 병실이 늘어선 2층 복도를 걸어 그 방 앞에 도착하자 세이 씨가 혀를 찼다. 안내를 맡은 사람이 갑자기 알 수 없는 변명을 늘어놓았다. 이럴 리가. 분명 아침에는 침대에 있었고, 오늘은 외출 예정이 없을 텐데.

이자와 노부오는 없었다. 걷힌 이불만 남아 있을 뿐이었다. 히사노리는 부인하기 어려운 안도감과, 뭔가를 실수했다는 두려움을 동시에 느꼈다.

밖에서는 눈이 계속 펑펑 내리고 있었다.

예정보다 훨씬 일찍 사나다 마을에 돌아왔다. 아직 저녁 무렵인데도 밖은 어두웠고 세드릭에서 내린 히사노리는 얼음장 같은 바람에 어깨를 떨었다. 아직 돌아오지 않았을 거라고 예상했지만 언덕 아래에는 교수의 코롤라가 주차돼 있었다.

몸짓으로 세이 씨에게 그 사실을 알리고, 그가 차에서 내리기를 기다리는 동안 히사노리는 유령 나무 아래에서 눈 때문에 흐릿해진 교수의 집을 바라봤다. 여기서 보면 일본 가옥이 한눈에 내려다보인다. 정면 2층에는 지유리 씨의 방 창문. 대개 커튼이 쳐져 있고 애초에 불투명 유리라 안은 보이지 않는다. 그런데도 밤마다 수상한 남자들이 이곳에 서서 애절한 한숨을 내쉰다는 소문을 자주 들었다. 괴담 같은 게 아니다. 큰 소리로 말할 수는 없지만 히사노리도 친구들과 함께 유령 나무 그늘에서 눈을 부릅뜨고 창문을 바라본 전과가 있었다.

관심을 보이지 않는 사람은 긴타 정도였다. 그 녀석은 대체 어떤 여자를 좋아하는 걸까.

그런 생각을 하고 있다가 갑자기 뒤에서 등을 밀려 넘어질 뻔했다. 웃는 세이 씨를 향해 투덜거리며 히사노리는 언덕을 달려 내려갔다. 교수는 내년에 정원 밭에 배추를 늘리고 저곳에는 사과나무를 심을 거라고 했다. 세이 씨에게 그런 이야기를 들려줄 때도 머리 한구석에서는 오늘 만나지 못한 이자와가 계속 떠올랐다. 그는 시설을 빠져나가 대체 어디로 갔을까. 얼어 죽어도 이상하지 않을 이 추운 날씨 속에서.

"불량배 우두머리와 그 부하가 왔구나."

현관에 마중 나온 교수는 두툼한 방한 잠옷을 걸치고 있었다. 그래도 미세하게 몸을 떨며 하얀 입김을 뿜었다. 어서 들어오라는 말을 듣고 들어간 집 안도 기온은 바깥과 크게 다르지 않았지만 바람과 눈이 없다는 점에서 천국과 지옥 차이였다.

"미안하지만 밥이나 차를 대접할 수는 없을 것 같아."

"뭡니까, 선생님. 제가 드디어 손님 자격까지 박탈당한 건가요?"

"흥, 네놈은 이미 오래전에…… 라고 하고 싶지만, 곤란한 건 나도 마찬가지지. 우리 집 여자들이 아직 돌아오지 않았거든. 술은 그렇다 쳐도 찻잎 다루는 거나 밥 짓는 건 서툴러서."

"두 사람 다요?"

세이 씨의 질문에 교수가 고개를 끄덕였다. 히사노리와 마찬가지로 오늘 종업식인 후카는 친구들과 놀다 오겠다고 미리 예고했다지만.

"지유리 씨 회사는 아직도 일을 하는 거예요?"

히사노리의 질문에 교수는 복도를 걸으며 "내일이 종무식이라고 들었는데"라고 대답했다.

"마중 갈까요?"

세이 씨에게 묻자 교수는 "괜찮아, 괜찮아" 하고 손사래를 쳤다.

"아직 일하는 시간이고 연말이니까. 송년회라도 하고 있을지 모르지. 그런 쪽에서는 간혹 덜렁댈 때도 있지만, 곤란한 일이 생겼으면 전화했을 거야."

"학교에서도 종무식 뒤풀이가 있지 않았나요?"

이번에는 세이 씨가 물었다.

"그래. 하지만 난 노병이잖아. 사람들과 웃고 떠드는 건 무리가 올 나이야. 얼굴만 비추고 일찍 빠져나왔어."

교수는 "아이고" 하고 자신의 어깨를 주물렀다.

"아무튼 버스가 다니는 한 걱정할 필요 없어. 그때까지 남자들끼리 한잔하세."

시간은 5시가 조금 지났다. 후카도 고등학생이고 지유리 씨는 근무 중이니 확실히 너무 걱정할 필요는 없을 것이다. 마중 갈지를 물은 히사노리도 사실 지유리 씨가 일하는 회사가 어떤 곳인지 살짝 구경하고 싶을 뿐이었다.

세이 씨와 나란히 거실 고타쓰*에 다리를 넣고 녹아내리는 듯한 따스함을 맛보는 동안 지유리 씨 회사에 대한 호기심은 완전히 사라졌다. 교수가 술과 안주를 가져왔다. 세이 씨가 "경찰 일을 하다 보면 앞으로 지겹도록 술을 따라야 해"라고 부추기는 바람에 히사노리도 보고 배운 대로 맥주병을 기울였다. 따른 컵에서 넘치는 거품을 교수가 홀짝였다. 넌 정말 센스라곤 조금도 없구나!

* 일본 전통 난방 기구.

자자무시조림*을 먹으며 교수와 세이 씨는 경쟁하듯 컵을 비웠고, 맥주가 다 떨어지자 사케가 등장했다. 히사노리는 첫 잔을 조금씩 홀짝이며 두 사람이 주고받는 시사 담론을 옆에서 들었다. 내용이 어렵고 말이 빠른 데다가 맥주를 마셔서 머리가 흐려진 탓에 거의 흘려들었지만 지루하지는 않았다. 오히려 이런 자리에 함께하고 있다는 사실에 자부심을 느꼈고, 고타쓰의 포근함까지 더해 집에 돌아가야 한다는 의욕이 녹아내렸다.

대화의 틈을 타 조심스레 물어보니 예상대로 술이 얼큰하게 취한 문어 선생님은 "자고 가거라!"라고 외쳐 주었다. 부모님께 전화하려고 천국 같은 고타쓰에서 나가 몸을 일으켰다. 특별히 의식하지도 않았는데 벽에 걸린 시계로 눈길이 쏠렸다. 예의 그 태엽 시계와 달리 가만히 둬도 멈추지 않는 배터리식인 걸 알면서도 초침이 움직일 때까지 히사노리는 바늘의 위치를 믿지 않았다.

시곗바늘은 8시 5분을 가리키고 있었다.

"저기, 교수. 후카, 그 녀석, 좀 늦는 거 아니에요?"

그러자 두 사람이 벌건 얼굴로 동시에 시계를 봤다. 히사노리는 속으로 '좀'이 아니야' 하고 자기 말에 반박하며 어른들의 반응을 기다렸다.

"어디 보자. 있을 만한 곳에 전화해 볼까?"

* 강 중류에 서식하는 수생 곤충을 간장, 설탕과 함께 조린 나가노현의 향토 음식.

교수가 무거운 몸을 일으켰다. 취한 탓인지 약간 비틀거렸다. 세이 씨가 닿지 않는 손을 내밀었다. 그 어긋나는 동작들이 괜스레 가슴 속 불안감을 부채질했다.

교수가 복도에 있는 검정 전화기로 향하자 히사노리도 뒤를 따랐다. 집에 연락해야 한다는 생각 같은 건 이미 사라져 버렸다.

교수의 앙상한 손이 수화기를 잡으려는 순간.

쾅쾅.

누군가 현관문을 두드리는 소리가 났다.

반사적으로 돌아봤지만 벽 때문에 보이지 않았다. 빠르게 복도로 가니 마침 거실에서 세이 씨가 얼굴을 내밀었다. 불투명 유리 너머에 사람 그림자가 보였다. 쾅쾅 하고 계속 주먹으로 문을 두들기고 있다.

"이런, 이런" 하고 세이 씨가 웃음을 터뜨렸다.

"히사노리, 문은 또 언제 잠갔냐?"

"빨리 열어! 얼어 죽겠어!"

후카가 문을 두드리며 고래고래 소리쳤다. 교수가 한숨을 내쉬며 문을 열자 흰 눈을 뒤집어쓴 후카가 집 안으로 뛰어 들어왔다. "으으으" 하고 덜덜 떨며 "아, 세이 씨. 어서 오세요!" 하고 인사도 대충 하더니 신발을 벗고 "히이익!" 하고 거실의 난로 쪽으로 뛰어갔다.

히사노리는 '아차' 하고 머리를 긁적였다. 방범에 철저한 히사노리의 집과 달리 이 일대에는 문단속에 별로 신경을 쓰지 않는 집이 많았다. 열쇠 없이 외출하는 일도 흔하다고 들었다. 후카가 죄 깊은 문단속 범인을 혼낼 게 불 보듯 뻔했다.

변명을 떠올리며 거실로 돌아가는 도중에 이번에는 전화벨이 울렸다.

"지유리인가?"

교수가 중얼거렸다.

"제가 받을게요."

히사노리가 나섰다.

"겸사겸사 집에도 연락하고요."

후카의 폭력을 조금이라도 미루기 위해 서둘러 검정 전화기로 달려갔다.

"여보세요."

—아, 저 하루코예요.

"응? 하루코?"

떨리는 목소리에 당혹감이 더해졌다.

—히사노리 오빠?

"아, 응. 놀러 왔어. 무슨 일이야? 교수 바꿔 줄까?"

—아…… 아뇨. 혹시 저희 오빠 거기 안 갔어요?

"후미오 형?"

—네…….

기어들어 가는 목소리.

"안 왔는데. 무슨 일 있어?"

—오빠가 집에 없어서요. 점심때부터 계속.

점심때부터? 그 후미오가? 일이 없는 이상 집 밖에 거의 안 나가는 그 사람이?

"부모님은 뭐라셔?"

—아무 말 없이 차를 타고 나가서, 그 뒤로 소식이 없다고…….

불안감이 전해졌다. 하필 이렇게 춥고 눈 오는 날에.

"세이 씨가 있으니 물어볼게."

히사노리는 전화를 끊지 않고 수화기를 내려놓고 거실로 달려갔다.

"세이 씨. 혹시 오늘 후미오 형한테 뭐 부탁한 거라도 있어요?"

"부탁? 아니, 연락도 안 했는데."

"문남이가 왜?"

교수는 어째서인지 그 가족을 조선어 이름으로 불렀다.

후미오가 집을 나가 아직 돌아오지 않았다고 하자 세이 씨가 이맛살을 찌푸렸다. 난로 앞을 점령하고 있는 교복 차림의 후카가 불안한 얼굴로 이쪽을 봤다.

세이 씨가 입을 열었다.

"뭐 괜찮을 거야. 아직 걱정할 시간도 아니고."

검정 전화기로 돌아가 세이 씨의 말을 그대로 전했다. 하루코는 힘없이 “알겠어요. 죄송해요”라고 사과했다. 혹시 모르니 이웃들한테 물어보고 다니는 게 어떻겠냐고 하려다가 다시 집어삼켰다. 이와무라 집안을 향한 이웃들의 텃세. 그래서 하루코도 지푸라기라도 잡는 심정으로 교수의 집에 전화를 걸었을 것이다.

“너무 걱정 마. 곧 아무 일 없이 돌아올 거야.”

스스로 들어도 마음 편해지라고 하는 말에 불과했지만 하루코는 “응. 오빠. 고마워요”라고 했다. 혹시 뭔가 알게 되면 전화하겠다고 약속하고 수화기를 내려놓았다. 가슴 한구석에서 찝찝함이 몰려와 피부를 오싹하게 만들었다. 왠지 불길한 예감이 들었다.

사토시나 긴타에게 물어볼까. 그 녀석들의 집 전화번호는 외우고 있다.

그러나 숫자 다이얼을 돌리던 손가락이 멈췄다. 세이 씨를 독차지하고 있다는 죄책감이 결정을 방해했다. 세이 씨를 좋아하는 사토시, 도쿄 이야기를 듣고 싶어 안달인 고쇼도 새치기를 용납하지 않을 것이다.

“여보세요? 저예요, 히사노리.”

히사노리는 고민 끝에 자기 집으로 전화를 걸었다.

—집에 안 오고 뭐 하냐?

아버지의 감정 없는 목소리에 짜증이 났다.

“교수네 집에서 놀고 있어요. 자고 갈게요.”

대답이 없다. 즉, 화가 난 것이다.

—넌 왜 그렇게 제멋대로냐?

"괜찮잖아요. 하루 정도는."

—엄마가 네 밥을 차리고 있는데.

잊고 있었다. 가슴이 조금 아렸다.

—얼른 와라.

"자고 갈게요."

—히사노리.

아버지의 형식적인 말투.

—아무나 만나고 다니지 마라.

순간 머리끝까지 화가 치밀었다. 동네에서 교수는 대체로 존경받지만 이 괴짜 국어 선생님을 싫어하는 어른도 많았다. 그리고 그 펜션 가족 모임 이후 히사노리의 아버지도 그중 한 명이 되었다.

"자고 갈 거예요. 밥은 내일 아침에 먹겠다고 전해 주세요."

대답을 기다리지 않고 전화를 끊었다. 열기 띤 피가 온몸을 휘감았다. 눈 안쪽이 반짝거렸다. 피가 배어나지 않을까 싶을 정도로 주먹을 꽉 쥐었다.

"히사노리."

말을 건 사람이 세이 씨가 아니었다면 고개를 돌려 노려봤을 것이다.

세이 씨는 검은 장갑을 끼면서 진지한 표정으로 이렇게 말했다.

"지유리를 찾으러 잠깐 나갔다 오마."

세이 씨가 나가자 교수가 지유리 씨의 회사에 전화를 걸었다. 야근 중인 젊은 남자 직원이 다케우치 지유리 씨는 6시에 퇴근했다고 알려 줬다. 후카도 언니의 행선지를 알지 못했다. 짚이는 대로 지유리 씨와 친한 사람들에게 전화를 걸었지만 이렇다 할 정보도 없었다.

나중에 들은 이야기로는 세이 씨는 그날 새벽까지 세드릭을 타고 지유리 씨의 직장이 있는 우에다역 주변을 순찰하며 식당과 술집, 바와 유흥주점 등을 돌아보고 다녔다고 한다.

히사노리와 교수는 마을을 수색했다. 특히 간가와 강변을 주의 깊게 살폈다. 간혹 술 취한 사람이나 노인이 굴러떨어지는 사고가 발생하는 곳이다. 이런 추운 날에는 잠깐 정신을 잃기만 해도 목숨을 잃을 수 있다. 우거진 나무 사이로 10미터 정도 아래 강물을 손전등으로 비출 때마다 히사노리는 지유리 씨의 하얀 피부가 나타나지는 않을까 하는 불안감에 시달렸다.

이윽고 사정을 알게 된 동네 주민들도 수색에 동참했다. 그중에는 사토시의 가족과 고쇼의 형도 있었다. 파출소 순경도 얼굴을 비췄지만 아버지의 모습은 보이지 않았다. 히사노리는 부끄럽고 화가 났다.

밤이 깊어질 무렵에는 마을 남자들이 많이 모여 추위에 지지 않는 묘한 열기가 감돌았다. 히사노리는 사토시, 고쇼와 셋이 강가를 계속 수색했지만 다행인지 불행인지 성과는 없었다. 다른 사람들도 마찬가지였고, 급기야 누군가의 입에서 산을 수색해야 하는 것 아니냐는 의견이 나왔다.

산? 지유리 씨가 왜 산에? 상상하기도 싫었지만 상황이 이렇게 된 이상 어쩔 수 없었다.

시간이 지날수록 초조함이 커지고 발걸음이 무거워졌다. 쉬지 않고 눈이 내렸고 기온은 계속 영하였다. 국도를 질주해 온 흰색 페어레이디가 하마터면 수색 중인 사람을 칠 뻔해 운전자가 욕설을 내뱉었다. 그러자 마을 남자들이 차를 둘러싸서 일촉즉발의 상황이 됐다. 히스테릭한 경적이 여러 번 울렸다. 개자식! 스가다이라고원으로 도망치듯 달려가는 차의 미등을 향해 누군가가 욕설을 내뱉었다. 산에 확 파묻어 버릴까 보다. 도시 놈들.

어느덧 새벽 2시가 지났다. 일단 여기까지 하자, 2차 피해가 생길 수 있다. 나이 든 순경의 제안에 어쩔 수 없이 모두 귀갓길에 올랐다. 교수는 창백한 얼굴로 한 명 한 명에게 고개를 숙였다. 오늘 밤은 정말 감사합니다. 뭔가 알게 되면 연락 부탁드립니다. 모쪼록 내일도 잘 부탁드리겠습니다.

집에서는 전화 당번인 후카가 혼자 기다리고 있었다. 후카 역시 안색이 창백했다. 교수와 히사노리를 보자마자 표정을 일그러뜨리며 어떤 전화가 걸려 왔는지 알려 줬지만 지유리 씨 본인의 연락은 없었다. 의미 있는 소식은 하나뿐이었다.

"바로 조금 전 하루코한테 연락이 왔어. 후미오 오빠가 돌아왔대."

목욕을 하고 나오자 늘 묵는 방에 이불이 깔려 있었다. 취침 인사를 하려고 거실을 들여다보니 교수는 찻잔을 보며 고타쓰 앞에 가만히 앉아 있었다. 차마 말을 걸 수 없었다. 교수는 이대로 계속 앉아 있을 작정인 듯했다. 딸이 돌아올 때까지.

혼자 자기에 너무 넓은 방에서 히사노리도 좀처럼 잠을 이루지 못했다. 몸은 녹초 상태였지만 머릿속이 말똥말똥해 어두운 천장을 바라보며 왜 이렇게 된 건지 자문했다. 도저히 알 수 없었다. 하지만 가슴 속 불안은 이번 일이 예삿일로 끝나지 않을 거라는 예감으로 가득했다.

세이 씨가 돌아온 건 새벽 4시경이었다고 하는데 그때는 히사노리도 잠들어 있었다. 오로지 눈보라 소리만 들리는 캄캄한 꿈을 꿨다.

다음 날, 그다음 날. 연일 영하의 추위가 몰아치는 날씨 속에서도 지유리 씨의 행방은 계속 묘연했다. 경찰과 마을 자원봉사자들이 산을 수색할 계획을 세웠지만 악천후로 지체됐고, 그러는 사이 섣달그믐이 다가왔다. 두 개의 저기압이 열도를 통과하며 홋카이도와 도호쿠, 호쿠리쿠 지역에 기록적인 폭설이 내렸다. 많은 곳에서는 하루에 1미터에 달하는 눈이 쌓였다고 했다. 현 내에서도 내륙은 기껏해야 10센티미터 정도의 적설이었지만, 산간 지역은 그만큼 영향을 크게 받았고 결국 지유리 씨의 행방을 찾지 못한 채 눈과 함께 새해가 지났다. 마을 전체가 무거운 분위기에 뒤덮여 축하 인사나 새해맞이 음식, 박수 소리도 왠지 공허하게 느껴졌다.

교수는 집에 틀어박혔다. 누구를 탓하거나 무엇을 요구하지도 않은 채 오로지 딸에게서 걸려 올지 모를 전화를 기다렸다. 집을 찾는 것조차 꺼려지는 얼어붙은 분위기는 수색이 교착 상태에 빠져 있다는 걸 극명하게 보여 줬다. 지유리 씨가 실종된 지 열흘이 지나자 히사노리와 마을 아이들이 할 수 있는 일은 남아 있지 않았다.

개학식을 하루 앞둔 1월 6일 정오, 세이 씨의 호출을 받은 히사노리는 흩날리는 눈을 맞으며 약속 장소인 산속 창고로 향했다. 그곳에는 이미 세이 씨와 사토시가 와 있었다. 뒤이어 짙은 갈색 코트를 입은 고쇼가 나타났다. 마지막으로 긴타가 교복에 후드가 달린 울 외투 차림으로 도착했다.

처마 밑 깡통에 앉은 세이 씨가 고개를 들어 아이들을 훑어봤다. 편안한 분위기는 전혀 없었다. 지유리 씨가 사라진 후 교수의 집에 머무는 세이 씨는 원래도 마른 얼굴에 광대뼈가 더 튀어나와 보였고 선글라스로 가린 눈빛에서는 유령 같은 기운이 느껴졌다.

"다들 잘 왔다."

아이들은 꼼짝 않고 세이 씨 앞에 나란히 섰다. 사토시는 해병대처럼 손을 뒤로 모았고, 고쇼는 조심스럽게 코트 주머니에 손을 넣고 있었다. 긴타 옆에 선 히사노리는 몸이 굳었다.

"굳이 말할 것도 없겠지만 지유리는 아직 못 찾았다. 단서도 없고. 사고나 사건의 흔적이 없는 이상, 경찰은 지유리가 자기 의지로 어디론가 갔을 거라 보고 있어. 단순 실종이면 그놈들이 성의 있게 일할 리 없지. 설날에 수사관을 부리는 것도 공짜가 아니라며 탐문 수사도 대충대충. 솔직히 거의 방치 상태야. 그렇다고 남 탓만 할 수는 없겠지. 이런 먼지 같은 눈에 겁먹어서 산 수색을 차일피일 미루고 있는 우리도 멍청한 건 마찬가지니까."

그동안 이런저런 소문이 히사노리의 귀에 들어왔다. 지유리 씨는 똑똑한 성인 여성이며 외모도 출중했다. 그러니 시골 생활에 싫증 나서 좋아하는 남자가 있는 곳으로 간 게 아닐까. 말도 없이 사라진 건 그 괴짜 아버지가 반대할 게 뻔해서다. 동네 젊은 남자들에게는 여지만 주고 결국은 도시 남자를 좋아했다. 얼굴은 얌전해 보이지만 사실 오래전부터 남자를 밝히는 의외로 가벼운 여자였다…….

그렇게 악의적인 추측을 입에 올리는 사람이 점차 늘고 있었다. 한가한 사람들이 가십에 들떠 있을 뿐이라는 걸 머리로는 알았지만, 어머니가 동네 아주머니들과 그런 이야기를 수군거리는 걸 봤을 때는 역시나 "시끄러워!" 하고 소리를 질러 버렸다. 놀라는 어머니를 보며 괜한 죄책감만 커졌다.

"후카랑 교수는 어떻게 지내요?"

사토시의 질문에 세이 씨는 창백한 얼굴로 고개를 가로저었다.

"별다른 건 없어. 문어 선생은 계속 거실에 틀어박힌 채 전화기 앞을 떠나려 하지 않아. 고타쓰를 복도로 옮기려고 하길래 전파사 사람을 불러 전화선을 거실까지 늘렸지. 납치 가능성도 있다고 하니 내가 그에 대한 대책을 세워 줬고."

세이 씨가 담배를 물었다. 드문 일이었다. 그는 평소 아이들 앞에서 담배를 피우지 않았다.

"후카도 비슷한 상태야. 밥은 먹고 있지만 거의 병자나 다름없어."

땅을 향해 내뿜는 연기는 눈보다 더 짙은 흰색이었다.

"납치든 야반도주든 증거라곤 하나도 나오지 않고 있지. 실제로 무슨 일이 있었는지 누가 알까. 차에 치였을 수도, 변태에게 납치됐을 수도, 쓰레기 같은 자식의 손에 살해됐을 수도."

살해됐다. 세이 씨의 목소리가 떨렸다. 꼭 추위 때문은 아닐 것이다. 모두 머리 한구석에서 어렴풋이 떠올리는 것이었다. 동네에 떠도는 저속한 추측들도 그런 생각을 감추려는 의미가 있을지 몰랐다.

"범인이 꼭 성인이라 할 수도 없지. 안 그래?"

세이 씨의 날카로운 시선이 히사노리에게 꽂혔다.

"그런데 이제는 나도 슬슬 돌아가야 해서 말이야. 그래서 너희에게 부탁이 있다. 앞으로 학교나 동네에서 뭔가 수상한 걸 보게 되면 크든 작든 가리지 말고 바로 나한테 알려라. 후미오를 통해서. 지유리가 실종되기 전과 조금이라도 다른 행동을 보이는 사람이나, 뭔가 아는 척하는 바보가 있으면 즉시 그 녀석에게 알리는 거야. 알겠지? 절대 놓치면 안 된다. 지유리를 해친 살인마 녀석이 너희 교실이나 동네 식당에 있을지도 모르니까."

팽팽한 긴장감이 감돌았다.

"단, 허튼짓은 하지 마라. 설령 지유리를 해친 범인을 찾아도 절대 손대지 말고 나한테 맡겨."

"하지만……."

"시끄럽다, 사토시."

사토시가 입을 다물자 쥐 죽은 듯이 조용해졌다.

"알겠냐? 너희끼리 어떻게 해 보겠다는 생각은 절대 하지 마. 반드시 날 통해야 해. 약속해라."

"경찰이 아니라요?"

긴타의 목소리는 평소와 다름없이 맥이 빠져 있었다.

"경찰에 신고하는 게 더 빠르지 않나요? 세이 씨가 도쿄에서 돌아오기를 기다리는 것보다."

욕설이 날아올 줄 알았지만 세이 씨는 "그렇지. 맞아. 그건 맞다" 하고 순순히 인정했다.

"그래서 너희한테 이렇게 부탁하는 거다. 나한테 알리라고."

심장이 쿵쾅거렸다. 세이 씨가 풍기는 분위기. 살기.

“흐음.”

하지만 긴타는 어디까지나 느긋했다.

“알겠어요. 그렇게 할게요.”

“좋아. 잘 부탁한다.”

세이 씨는 엉거주춤 몸을 일으켰다.

“다시 한번 말하지만, 절대 불필요한 짓은 하지 마라. 너희는 미래가 창창한 청소년들이야. 거시기에 털이 다 자랄 때까지 공부와 놀이에 열중하는 것만이 너희 일이니까.”

사토시가 “이미 다 자랐는데요” 하고 허세를 부렸고, 고쇼는 “크기는 아직이지만”이라며 농담을 던졌다. 세이 씨는 모두의 손에 용돈을 쥐여 줬다. 그 후 도쿄 이야기를 잠깐 들려주더니 “그럼 난 이만 가야겠다” 하고 언덕을 내려갔다.

세이 씨가 사라지자 분위기가 단숨에 활기를 잃었다. 우리는 농담 한마디 없이 그냥 해산하게 됐다.

언덕을 걸으며 사토시가 “세이 씨, 살이 빠졌던데”라고 중얼거렸다. 고쇼가 “우리 형이 더 말랐어”라고 받아쳤다. 지유리 씨가 해 준 튀김, 맛있었는데. 오코노미야키*도.

그리고 스케이트도.

그래, 정말 즐거웠지. 그때 지유리 씨, 엄청 예뻤어.

* 물에 푼 밀가루에 새우, 오징어, 고기, 야채 등을 섞어 부친 음식.

히사노리도 "그래, 예뻤어" 하고 맞장구를 쳤다.

"세이 씨는 그렇게 말했지만……."

사토시가 조심스럽게 입을 열었다.

"우리가 뭔가 할 수 있는 게 없을까?"

"없어."

긴타가 즉시 대답했다.

"경찰이 수사 중인데도 이 모양이잖아."

사토시가 긴타를 째려봤다.

"하지만……."

"세이 씨를 배신할 거야?"

정곡을 찔린 사토시는 얼버무리듯 바닥에 침을 뱉었다.

"그러고 보니 넌 한 번도 수색에 안 오더라."

"응. 아무도 부르지 않았고, 일단 우리 집은 멀잖아."

"그게 무슨 상관이야."

"상관있어. 그리고 난 둔하니까 분명 도움이 못 됐을 거야. 차라리 집에서 공부나 하는 게……."

"그만해."

히사노리가 두 사람 사이에 끼어들었다.

"됐어, 이제. 그런 이야기는."

모두가 허무함을 씹어 삼키고 있었다. 시골에 피어난 고고한 꽃이 어디론가 사라졌다. 아니면 누군가에 의해 꺾여 버렸다. 차라리 정말 다른 남자와 눈이 맞아 도망쳤기를 바랐다. 내일이라도 편지가 도착했으면 좋겠다고 기원했다.

그러나 열흘 후 발견된 것은 목이 졸려 숨이 끊어진 하얗고 싸늘한 시체였다.

초췌한 교수를 보며 입을 여는 사람은 아무도 없었다. 장례식 날, 상주로 앉은 노인은 눈을 부릅뜬 채 고개를 숙이고 있었지만 허리만은 곧게 펴고 있어서 비정상적인 상태가 더 도드라졌다.

후카는 강인했다. 넋이 나간 아버지 대신 조문객들에게 인사하고, 가끔 언니의 영정을 향해 힘찬 눈빛을 던졌다. 영정 사진 속 지유리 씨는 온화하게 미소 짓고 있었다.

분향만 마치고 히사노리와 친구들은 교수의 집을 나섰다. 부모님과도 헤어져 자연스럽게 사토시, 고쇼와 합류해 간가와강을 따라 내려갔다. 둘은 교복 차림이었고 사토시는 상복이었다. 익숙하지 않은 차림이었지만 이 녀석이 사회인이라는 걸 이상하게 납득할 수 있었다.

말없이 걷다가 우체국 근처 사거리에서 겐가산 쪽으로 향했다. 이번 주 들어 따뜻한 날씨가 계속돼 눈이 녹아 길이 질척거렸다. 지유리 씨의 시신이 발견된 것도 이런 상황과 관련이 있었다.

산기슭에서 아지트 창고로 이어지는 언덕을 올랐다. 여기 온 건 개학식 전에 세이 씨에게 불려 온 이후 처음이었다.

세이 씨는 장례식에 모습을 드러내지 않았다. 야쿠자가 가 봐야 폐만 될 뿐이라고 배려했을 것이다.

얼마 전 그가 앉아 있던 깡통에 먼저 온 사람이 앉아 있었다. 긴타였다.

“제시간에 왔네.”

밝은 말투가 신경을 건드렸다. 사토시와 고쇼도 마찬가지였다. 그래도 짜증을 참을 수 있었던 건 긴타가 숨을 헐떡거리고 있었기 때문이다. 반나절 수업을 마치고 나가노시에서 곧장 달려온 듯했다. 학원을 땡땡이쳤다. 엄한 어머니에게 들키면 혼날 텐데.

“그냥 앉아 있어.”

일어서려는 긴타를 제지하고 히사노리가 그 앞에 섰다. 사토시와 고쇼가 뒤따라 의도치 않게 긴타를 에워싸는 모양새가 됐다. 장례식 소식을 전하자 긴타는 관심 없다는 듯이 “흐음” 하고 대답했다. 무심한 태도가 거슬렸지만 일일이 화낼 상황은 아니었다.

“우리가 범인을 잡자.”

히사노리는 단도직입적으로 말을 꺼냈다.

“아니, 경찰에 맡기는 게 좋아.”

예상대로 긴타가 즉시 반대했다.

“그게 당연하고 그편이 더 효율적이야.”

“나도 알아. 딱히 경찰과 경쟁할 생각은 없어. 그냥 가만히 있을 수 없을 뿐이야.”

긴타가 한숨을 쉬었다. 어처구니없어해도 상관없다. 히사노리는 물러설 마음이 없었다.

"싫으면 넌 빠져도 돼. 사토시와 고쇼도 억지로 참가하라고 하진 않을게. 무엇보다 이번에는 상대가 살인마니까. 밭 서리꾼이나 들개와 차원이 다르지."

하지만.

"난 혼자라도 할 거야. 이제 그것 말고는 다른 선택지가 떠오르지 않아. 다른 방법은, 없어."

감정이 앞선다는 자각은 있었다. 하지만 히사노리는 그것에 저항하지 않았다. 언제나 마음의 명령에 따라왔다. 어떤 이유에서든, 어떤 충동이든.

"다들 하고 싶은 대로 해. 특별히 원망하지 않을 거니까."

"아니. 해 보자. 히짱이 그렇게까지 말한다면 나도 할래."

긴타가 자리에서 일어나 히사노리를 똑바로 쳐다봤다. 정면으로 눈이 마주쳤다. 이렇게 마주 보는 건 여름 합숙 이후 처음인 것을 히사노리는 깨달았다.

다른 두 사람의 표정을 봐도 대답은 뻔했다. 친구들을 보며 히사노리는 가슴 뛰는 것을 느꼈다. 그것은 두 활동가를 쫓은 그 눈 오는 날이나 축구부를 습격한 여름날에 느낀 흥분과 같았고, 그 이상 뜨거웠다. 악惡이 있다. 명확한 악이 존재한다. 그런 사실이 마음을 태우는 연료가 됐다.

끓어오른 기분에 "하지만" 하고 긴타가 찬물을 끼얹었다.

"문제가 있어. 원래라면 제대로 수사를 시작해서 사건을 해결하는 게 가장 좋고, 그러지 못할 때 우리가 나서야 하잖아. 경찰보다 지유리 씨를 잘 안다는 강점을 살려서 뭔가 할 수 있을지도 모르고. 하지만 그렇다고 맨손으로 무작정 덤비면 시간 낭비야. 수사 정보는 반드시 필요해. 그런데 경찰에게 우리는 그저 제삼자일 뿐이고, 더 나아가 방해꾼 혹은 용의자일지도 모르는 우리한테 정보를 알려 줄 리 없어."

"세이 씨와 상의해 보는 건 어떨까?"

"안 돼. 반대할 게 뻔해."

히사노리는 사토시의 제안을 일축했다.

"이번 일은 세이 씨한테도 비밀이야."

우리끼리 할 수밖에 없지만 긴타 말도 맞다. 어디서부터 손을 대야 할지 감이 잡히지 않는다. 적어도 아버지가 형사라면 방법이 있었을 텐데.

"정보라면 내가 줄게."

깜짝 놀라 뒤돌아보니 검정 세일러복을 입은 여자가 언덕길을 올라오고 있었다. "네가 어떻게……" 하고 중얼거리는 히사노리를 후카는 한 번 노려보는 것으로 조용히 시키고는 "정보라면 내가 줄게"라고 반복했다.

"난 관계자니까. 가족이니까. 아빠가 그런 상태라 형사님들한테 직접 이것저것 듣고 있으니까."

슬픔은 보이지 않았다. 다만, 분노가 있었다. 눈물 대신 넘쳐흐를 것 같은 그 감정을 후카는 필사적으로 억누르고 있었다. 어깨에 힘을 주고, 주먹을 꽉 쥐고, 입술을 깨물면서.

"전부 말해 줄 테니, 그러니 지유리 언니를 죽인 자식을 내가 처리하게 해줘."

시신이 발견된 시간은 1월 16일 점심 무렵이었다. 장소는 스가다이라구치 교차로 바로 옆. 교차로라고 해도 평지 교차로와는 사뭇 다르다. 교수의 집에서 144번 국도를 따라 북쪽으로 6킬로미터 정도 올라간 산속에 있으며 이 지점에서 북서쪽으로 또 다른 국도가 분기한다. 교통량과는 무관한, 존재 이유가 오로지 그것뿐인 교차로인 것이다.

경트럭이 절벽을 마주한 도로 갓길에 멈춰 섰다. 히사노리는 덮고 있던 파란 시트를 치우고 차갑게 식은 몸을 문지르며 화물칸에서 뛰어내렸다. 뒤이어 긴타도 내렸다. 조수석에서 후카, 운전석에서 사토시가 나왔다. 후카의 안내로 네 사람은 스가다이라구치 교차로에서 분기하는 406번 국도를 올랐다.

풍경은 완전히 산속 그대로였다. 민가는 한 채도 보이지 않았다. 이 눈길을 6킬로미터 정도 더 걸어가면 스가다이라고원이다. 작년에 겨울 스포츠로 유명한 스위스의 어느 리조트 도시와 자매결연을 맺었다고 들었는데 그 효과인지 몰라도 이번 시즌에도 방문객이 꾸준하다고 했다.

지유리 씨가 발견된 곳은 도로가 굽기 시작한 직후, 거의 직각으로 꺾이는 급커브의 돌출부 부근이었다.

"여기야."

후카가 내리막 차선 끝에 펼쳐진 공터를 가리켰다. 도로와 산비탈 사이에 생긴 덤불은 무릎 높이의 잡초로 뒤덮여 있고 너무 넓거나 좁지 않아 뭔가를 버리기에 안성맞춤이라 할 만했다. 머리 위로 눈 덮인 나무들이 빽빽이 들어차 있어 압박감이 느껴졌다. 밤이었으면 어땠을지를 상상하니 몸서리가 쳐졌다.

"언니가 왜 이곳에 버려졌는지, 어떻게 여기까지 끌려왔는지도 전혀 모른대."

퉁명스러운 말투가 더 가슴 아프게 들렸고, 꽉 다문 입술에서는 무능한 어른들을 향한 실망과 분노가 배어났다.

시신 발견일로부터 2주가 흐른 1월 30일 일요일. 고쇼를 제외한 멤버들이 모여 시신 발견 현장을 찾기로 한 것은 그때까지도 경찰이 사건의 진상에 조금도 가까워지지 못했기 때문이었다.

그동안 틈날 때마다 사건을 검토해 왔다. 후카가 입수한 정보를 바탕으로 이러쿵저러쿵 의견을 나눴다. 하지만 그 정도에 불과했다. 굳게 마음먹는다고 해도 결국 고등학생이 하는 일이다. 소화해야 하는 일상이 사라지는 것도 아니고, 그렇게 지내다 보니 늘

그러듯 평소와 다름없는 생활 속에서 때때로 밀려오는 갈 곳 없는 감정만 사건의 상흔으로 남았다.

하지만 그 역시 경찰을 믿었기 때문이었다. 살인 사건으로 밝혀지고 본격적인 수사가 시작되면 틀림없이 범인이 곧 붙잡힐 거라고.

그러나 일은 그렇게 순조롭게 풀리지 않았다. 지유리 씨가 실종된 지 벌써 한 달. 그런데도 진실 규명은 후카의 말대로 아무것도 진전이 없었다.

"경찰은 스가다이라고원의 스키객들을 주시하고 있어. 돌아가는 길에 누군가가 언니를 꼬셔서 납치해 죽였을 거라고."

실종 당일, 우에다역 근처에서 스포츠카에 탄 운전자가 여자에게 추파를 던지는 모습을 봤다는 증언이 나왔다고 했다. 마을 수색대와 마찰을 빚은 페어레이디 운전자도 용의선상에 올랐다. 경찰도 지역 주민을 의심하는 것보다 부담이 없겠지만 유력한 단서라고 볼 수 있을지는 의문이었다.

"낭떠러지네."

어느새 도로를 건넌 긴타가 오르막 차선 가드레일에 몸을 기대고 있었다. 긴타의 운동 신경을 아는 히사노리는 깜짝 놀랐다.

"떨어지면 죽어."

"발견될 수 있을지 모르겠다."

그 말에 이끌려 히사노리도 도로 건너 아래를 내려다봤다. 눈 아래로 바닥없는 늪처럼 깊은 숲이 펼쳐져 있었다. 확실히 시체 하나둘쯤은 영원히 방치돼 있어도 이상하지 않을 것 같았다.

긴타는 "눈이 있으면 더 그렇겠지" 하고 몸을 일으켰다. 돌아서서 후카와 친구들이 있는 시신 발견 현장의 덤불을 바라봤다.

"지유리 씨도 눈이 녹으면서 발견된 거였지?"

노출된 시신을 스가다이라고원을 오가던 식품 회사 직원이 발견했다.

지유리 씨가 실종된 12월 27일부터 연초까지는 한파가 가시지 않았고 눈도 계속 내렸다. 도호쿠나 니혼카이 쪽 지역에 비하면 폭설이라 할 정도는 아니었지만 산간 지역에서 적설량이 20센티미터를 넘었다. 바닥에 누운 시신을 감추기에 충분했을 것이다. 특히 지유리 씨처럼 가녀린 여자라면 더욱.

"정말?"

마음을 읽힌 것 같아 히사노리는 순간 움찔했다. 그런 히사노리를 아랑곳하지 않고 긴타는 후카에게 지유리 씨의 옷차림을 확인했다. 실종 당일 그녀는 검정 바지에 오프화이트의 꼭 맞는 스웨터를 입고 있었다. 겉옷은 짙은 녹색 롱코트. 흰 목도리와 흰 운동화. 발견된 시신도 차림새는 같았고, 없어진 것은 숄더백뿐이었다. 경찰은 그 안에 아직 발견되지 않은 지갑과 버스 정기권, 면허증 등이 들어 있을 것으로 추측하고 있다.

"확실히 눈과 잡초에 섞이면 잘 안 보이는 색이긴 하지만……."

긴타가 고개를 갸웃거렸다.

“그런데 애초에 이 근처에 차를 세울 일이 있을까?”

“노상 방뇨 정도겠지.”

사토시가 말했다.

“굳이 이런 급커브길에 설 것 같지는 않은데.”

“운전자다운 의견이네.”

긴타는 살짝 웃고 다시 덤불이 있는 내리막 차선으로 도로를 건넜다. 그 와중에 승용차 한 대가 도로를 내려왔다. 차가 커브를 돌며 경적을 울렸다. 눈 때문에 속도는 느렸지만 놀라서 심장이 덜컥했다.

긴타는 아무렇지 않은 듯이 덤불을 밟았다.

“풀도 꽤 자라서 눈에 잘 띄지 않았겠지만, 그래도 이렇게 왕래가 잦은 곳 바로 옆에서 시신이 한 달 가까이 발견되지 않은 건 기적 아닐까?”

히사노리는 좌우를 살피며 앞장선 긴타를 따라갔다.

“눈이 쌓여서 그런 거 아니야? 그러니 다들 알아채지 못했겠지.”

“응. 하지만 매년 이렇게 많이 내리는 건 아니잖아.”

“무슨 뜻이야?”

후카가 몸을 앞으로 기울였다.

“우선 시신의 상태를 확인해 보자. 사인은 경부 압박…… 즉 목이 졸린 거야.”

범행 도구는 지유리 씨가 하고 있던 목도리로 추정됐다. 하지만 그곳에 지문 등 범인을 특정할 만한 증거는 남아 있지 않았다.

옷도 흐트러짐이 없었다. 폭행당한 흔적도 없었다고 후카가 전에 떨리는 목소리로 알려 줬다.

"오후 6시, 정시에 퇴근하는 언니를 회사 사람들이 봤어. 그게 마지막 목격 증언이래."

이상한 낌새 같은 건 없었다고 모두 입을 모아 말했다고 한다. 근무지가 대기업 같은 곳도 아니고 지유리 씨와 다른 직원들이 좁은 사무실에서 거의 어깨를 맞대고 일했다고 하니 이상 징후를 놓쳤다고 보기도 어렵다. 굳이 꼽자면 그날 점심시간에 돌아오는 게 조금 늦었다. 하지만 그것도 10분 정도였다고 했다.

"흐음."

긴타가 신음했다.

"이거 하나만은…… 좀 이해가 안 되는데."

"이거 하나?"

"근로자의 도덕성이라고 할까. 아니면 단순히 어떤 사정이 있었을지도 모르지만."

전혀 의미를 알 수 없었다.

아니, 그걸 떠나.

"근데 '이거 하나만은'이라니, 혹시 뭔가 알아낸 거야?"

무의식중에 추궁하는 말투로 묻는 히사노리를 긴타는 시치미

떼는 표정으로 피했다.

"일단 돌아가자. 여기는 바람이 너무 차."

트럭 운전석과 조수석에 네 사람이 억지로 끼어 앉았다. 운전석에 있는 사토시 옆에 쪼그려 앉아 장갑을 벗은 손으로 볼을 감싼 긴타에게 히사노리는 "제대로 설명해" 하고 다그쳤다. 사이에 있는 후카도 긴타를 노려봤다.

"그럼 우선……."

긴타가 하얀 입김을 뿜으며 입을 열었다.

"지유리 씨는 저곳까지 어떻게 옮겨졌다고 생각해?"

"차겠지. 그건 틀림없어."

사토시가 단언했고 모두 고개를 끄덕였다. 실종 당일에는 눈이 내렸다. 전날인 26일과 달리 기온도 영하였다.

"우에다시에 있는 회사에서 저곳까지 걸어왔을 리는 없고, 사나다 마을의 집에서도 스가다이라구치까지 걸어가는 건 자살 행위나 다름없어."

"응, 나도 그렇게 생각해. 저곳까지 지유리 씨가 강제로 끌려왔든 자기 의지로 왔든 교통수단은 꼭 필요했을 거야."

자기 의지로. 히사노리에게는 그것이 맹점이었다.

긴타가 말을 이었다.

"하지만 버스로 출퇴근하던 지유리 씨가 그날 퇴근할 때 뭘 탔는지는 아직 밝혀지지 않았잖아. 승용차인지 트럭인지 택시인지……. 경찰이 살인 사건으로 수사를 시작했는데도."

"목격담은 있잖아. 스포츠카를 탄 운전자가 여자에게 추파를 던지는 걸 봤다는."

"하지만 확실한 증언은 아니지 않아?"

기억이 흐릿해서 그 여자가 지유리 씨가 맞는지조차 확실하지 않고 옷차림에 대한 설명도 계속 바뀌고 있다고 했다.

"시간이 흘렀으니 어쩔 수 없지."

"아니, 한 달 정도면 기억할 수 있을 거야. 인상적인 사건이었다면, 틀림없이."

"……그건."

후카가 입술에 손가락을 대며 말했다.

"그건 언니가 특별히 눈에 띄는 행동을 하지 않았다는 뜻일까?"

긴타는 손을 비비며 "그래" 하고 대답했다.

"얼마 전 학원을 마치고 돌아가는 길에 우에다역을 걸어 봤어. 그리고 지유리 씨가 일하던 인쇄 회사에도 가 봤고. 정말 가깝더라. 바로 옆에 버스 정류장이 있고 역도 그리 멀지 않았어. 전부 큰길로 갈 수 있기도 했고. 예를 들어 만약 누군가가 지유리 씨를 강제로 차에 태웠다면 소란이 일어났어야 해."

"지유리 씨가 그런 가벼운 남자를 순순히 따라갔을 리도 없고."

사토시의 의견에 이의를 제기하는 사람은 없었다.

"하지만 늘 하던 대로 버스를 타고 귀가했다면 목격자가 나와야 할 텐데 아직 한 명도 나오지 않았어. 그렇다면 지유리 씨는 직접 차를 몰고 갔을까? 면허가 있으니 불가능한 건 아니지만 차는 평소 교수만 타고 다니지?"

후카가 고개를 끄덕였다. 다케우치 집안의 차는 코롤라 한 대뿐이다. 그것으로 출퇴근하는 건 교수뿐이라고 했다.

"렌터카라면 이용 기록을 조사했을 텐데 그런 이야기도 못 들었어. 현실성이 없는 것 같아."

"그럼……."

후카가 불안한 표정으로 물었다.

"언니가 회사에서 나오자마자 아는 사람의 차에 자발적으로 탔다는 거야?"

"어디까지나 가능성일 뿐이지만 그게 가장 그럴싸한 것 같아. 상대는 아마 남자겠지."

후카가 입술을 굳게 다물었다. 이미 경찰이 수없이 찾아와 언니의 인간관계를 묻지 않았을까. 하지만 새삼 다시 직면하니 마음이 또 흔들릴 것이다.

"난 언니한테 남자 친구 이야기는 못 들었는데."

"바로 그거야. 지유리 씨에게 몰래 만나는 남자 친구가 있었다면 그걸 가족에게 숨기는 건 어렵지 않아. 그런데 사건성이 인정된 지금, 경찰이 지유리 씨의 수첩이나 편지 같은 걸 전부 조사한 상황에서도 상대가 밝혀지지 않은 건 좀 이해하기 어려워. 남자 친구설이 틀렸거나 지유리 씨가 스스로 남자 친구의 존재를 숨기려고 했거나, 둘 중 하나야."

"잠깐만. 그 숨긴다는 게 경찰한테도 숨긴다는 말이야?"

히사노리의 질문에 "응"이라는 대답이 돌아왔다.

"즉, 지유리 씨는 처음부터 실종될 계획이었던 거야. 사라지고 난 뒤에는 사람들이 자기를 찾지 않았으면 해서 힌트도 전부 없앴어. 그럼 일단 지금처럼 아무것도 밝혀지지 않은 상황을 설명할 수 있겠지. 예를 들어 실종일을 종업식 날로 정한 것도."

눈빛으로 묻는 후카에게 긴타가 대답했다.

"여러 소문이 도는 상황에서 학교에 다니는 건 힘들 테니까."

동생을 향한 배려. 아니면 중학교 교사인 아버지를 향한 배려.

"상상력이 너무 풍부한 거 아니야?"

"그래. 그 말도 맞아. 하지만 우리가 할 수 있는 건 상상의 나래를 펼치는 것뿐이야. 경찰도 애먹는 사건에 우리가 맞설 무기는 그것밖에 없으니까."

한 마디 한 마디가 너무 정곡을 찔러서 거슬릴 정도였다.

"하지만 우에다시와 스가다이라구치 사이에는 교수의 집이 있잖아?"

일부러 자택 근처를 지나 시신을 버리러 가다니. 야반도주라면 최대한 멀리 떨어지려 하는 게 자연스럽다. 우에다시에서 만나서 집으로 데려다 줄 생각이었다면 이해가 되지만.

긴타가 만족스럽게 미소 지었다.

"그래. 네 의문도 일리가 있어. 하지만 그전에 그 도로에 대해 다시 생각해 보자. 지유리 씨가 발견된 장소 말이야. 거기는 좀 이상하지 않아?"

"시신이 뒤늦게 발견된 거 말이야? 하지만 그건 눈이……."

"정말 시신을 숨기고 싶었다면 말이지. 계속 내릴 거라는 보장도 없는 눈에 기대하는 것보다 절벽에서 던져 버리는 게 더 빠르지 않을까?"

"앗!" 하는 탄성이 새어 나왔다.

"그런데도 범인은 굳이 덤불을 택했어. 절벽을 선택하지 않은 건 처음부터 시신을 숨길 생각이 없었기 때문일까? 그럴 수도 있겠지만, 조금 더 단순하게 생각하면 이렇게 돼. 범인은 절벽보다 덤불이 더 편했다."

무심코 조금 전까지 서 있던 급커브길 쪽으로 시선이 향했다. 트럭은 교수의 집에서 스가다이라산 정상으로 이어지는 국도의 오르막 차선을 달리다가 지금은 절벽 쪽 갓길에 세워져 있다.

히사노리는 순간 자신이 착각했다는 걸 깨닫고 흥분했다.

"반대였구나."

"그래. 우에다시에서 차에 탄 지유리 씨는 집이 있는 사나다 마을을 지나 거기까지 간 게 아니라, 스가다이라고원 쪽에서 산 쪽 하행선을 타고 오다가 차 안에서 그 덤불로 버려진 거야."

덤불이든 절벽이든 시신을 안고 도로를 건너고 싶지 않다면 최대한 가까운 곳에 버릴 것이다. 히사노리는 당연히 사나다 마을에서 산에 올라갔다고 단정 지었지만, 그럴 경우 차는 절벽 쪽을 달렸을 테니 덤불에 시신이 있는 건 이상하다.

"물론 내리막 차선을 달려도 절벽에서 버릴 수는 있었겠지. 간선도로가 아니니까. 시신을 짊어지는 게 싫다면 역주행해서 반대편에 차를 세우면 해결돼. 하지만 평소라면 모를까, 살인범이 될지 말지 갈림길에 서 있었다면 어땠을까. 연말에 스키객들이 많이 오가는 시기라 비록 한밤중이라고 해도 무서울 거야. 게다가 반대차선에 차를 세우면 눈에 잘 띄기까지 하니 목격되면 끝장이야. 그런 위험은 감수할 수 없어. 나라면 그렇게 생각할 거야."

그래서 덤불을 택한 걸까.

단 1초라도 빨리 시신과 작별하고 싶어서.

"너, 대단하다."

사토시가 내뱉은 감탄은 히사노리와 후카의 마음이기도 했다.

"고마워. 근데 뭐, 아직 범인을 특정한 건 아니야. 이 정도는 경찰도 알아차렸을 거고."

"설령 그렇다고 해도 지유리 씨를 그렇게 만든 사람이 단순히 길거리에서 여자를 꼬시는 가벼운 남자가 아니라고 확신하는 건 우리뿐일 거야."

히사노리는 자신의 말에 왠지 모를 확신을 느꼈다.

할 수 있지 않을까. 악당을 붙잡는다. 그건 분명 좋은 일이다.

후카의 목덜미가 눈앞에 있었다. 전보다 더 창백해 보인다. 교수는 학교를 계속 쉬며 지금도 고타쓰 앞에 앉아서 검정 전화기만 바라보고 있다고 한다.

범인을 처단한다. 우리는 점점 그에게 다가가고 있다.

"다음에는 뭘 하면 좋을까? 긴타, 너라면 이미 아이디어가 있지 않아?"

그러자 긴타가 검지를 세우며 말했다.

"우선은 고쇼의 보고를 기대하자."

고쇼와는 그날 밤 마을 회관 근처에 있는 버스 정류장 대기실에서 만났다. 막차가 올 시간이 다 돼서 기다리는 다른 승객은 아무도 없었다. 긴타의 집까지 걸어서 5분. 귀가 시간에 엄격한 어머니를 설득할 변명을 이미 준비해 뒀다고 하니 걱정하지 않아도 됐다.

대기실에 들어온 고쇼는 미닫이문을 닫고 하얀 입김을 뿜으며 "어휴, 추워" 하고 투덜거렸다.

"형들한테 이야기를 듣고 왔어."

바로 조금 전까지 지역 청년단이 관청의 집회소를 빌려 술자리를 가졌다고 했다. 지유리 씨를 추모하는 모임이라는 명목으로 열린 그 모임에 고쇼는 형의 인맥을 이용해 잠입했다.

"솔직히 말하자면 청년단들 중에 지유리 씨의 남자 친구는 없는 것 같아."

술자리에는 청년단 외에도 지유리 씨의 학교 동창과 직장 동료 등 다양한 사람이 참석했지만, 지유리 씨의 연인의 존재를 구체적으로 아는 사람은 없었다고 한다. 고쇼의 형을 비롯한 모두 이 끔찍한 사건을 어떻게 받아들일지 고민하며 어딘가에 있을 범인을 향해 술의 힘을 빌려 저주의 말을 퍼부었다고 했다.

굳이 수확을 꼽자면 지유리 씨의 고등학교 동창이자 지금은 우에다시에서 주부로 사는 여자와 친해진 것이었다. 혹시 그 사람한테 관심 있는 건 아니지? 무슨 소리야. 나보다 덩치가 두 배는 큰 여자였다고.

외모는 그렇다 치고 그녀가 해 준 이야기는 흥미로웠다.

"지유리 씨와 친해서 졸업 이후에도 가끔 연락을 주고받았다고 해. 그리고 이런 말을 했어."

고쇼는 걱정 섞인 눈빛으로 후카를 한 번 보고는 잠시 후 결심한 듯 입을 열었다.

"지유리 씨가 그다지 좋지 않은 연애를 하고 있었던 게 아니냐고."

"좋지 않은 연애라니?"

긴타가 물었다. 정말로 무슨 뜻인지 모르겠다는 표정이었다.

"임자가 있는 사람을 좋아했다거나, 아니면 상대가 건달이라거나. 그런 거 아닐까?"

"로큰롤러도 포함되겠네."

사토시가 농담을 던졌다.

"부정할 순 없겠군. 라이크 어 롤링 스톤. 구르는 돌의 영혼은 길들일 수 없으니까. ……아니, 그런 건 됐고, 아무튼 지유리 씨에게 그런 사람이 있었던 건 사실 같아. 만나는 사람의 이름이나 직업 같은 것도 안 알려 줬대."

그게 '좋지 않은 연애'의 근거일까.

"그런데 6년 전 이야기라고는 해."

6년 전이면 지유리 씨가 고등학교를 졸업한 해다. 그때 둘의 관계가 괜찮았다면 진전 아니면 파국이 있었을 텐데 그 결말을 아무도 모르는 건 생각하기 어렵다. 동네 남자들의 뜨거운 시선을 한몸에 받았던 여자다. 숨기는 데도 한계가 있었을 것이다.

그리고 무엇보다.

"난 그런 이야기 전혀 못 들었어."

동생인 후카에게 상의는 고사하고 불평 한마디 털어놓지 않은 게 가능할까.

"네 추리가 맞을지도 모르겠어."

히사노리는 긴타에게 말했다. 지유리 씨에게 조심스럽게 존재를 숨겨 온 연인이 있고 그 관계는 얼마 전까지 은밀히 계속되고 있었다.

"그 주부라는 친구 말인데."

고소가 말을 이었다.

"학교에서 함께 신문부에 있었대. 그때 여러 곳을 취재하러 다니면서 재미있는 사람을 만나고 무서운 사람도 만났다고."

"무서운 사람이라니?"

"아이 돈 노우. 어쩌면 세이 씨일 수도."

내심 '그럴 수도 있겠다' 하고 생각한 순간, 후카가 "앗!" 하고 내뱉었다.

"그러고 보니 언니가 그만뒀었어. 아빠 때문에."

"뭘?"

"신문부."

"뭐? 왜?"

"……모르겠어. 하지만 그것 때문에 싸웠어. 언니가 아빠한테 반항하는 건 드문 일이라 기억에 남아 있어."

모두 고개를 갸웃거렸다. 교수가 오히려 신문부를 권했다면 모를까, 그만두라고 하는 건 그의 평소 이미지와 맞지 않았다.

"처음에는 진지하게 대화를 나눴는데 언니가 계속 고집을 부리니까 아빠가 크게 화를 냈어. 그 뒤로 언니는 큰소리치는 아빠를 그냥 말없이 노려보기만 하고……."

결국 교수가 강압적으로 신문부에서 딸을 퇴부시켰고, 얼마 후 지유리 씨도 평소 모습으로 되돌아왔다고 한다.

고등학교를 졸업하기 직전에 그녀의 일자리를 알아봐 준 사람도 교수였다는 걸 히사노리와 친구들은 이때 처음 알게 됐다. 그 인쇄소는 평소 교수를 잘 따르던 제자의 회사였다.

"그때 두 사람의 다툼을 지켜본 나로서는 언니가 아빠가 시키는 대로 얌전히 그 회사에 들어가서 일한다는 게 도무지 믿기지 않아서……."

후카가 입을 다물자 당혹감이 퍼졌다. 그 지유리 씨와 교수가 대판 싸웠다고? 어리둥절해하는 사토시와 고쇼 옆에서 히사노리는 왠지 모르게 납득이 되는 느낌도 받았다.

하지만 후카의 이야기가 지유리 씨가 집을 버리고 다른 남자와 야반도주를 결심한 이유 중 하나를 설명할 수는 있어도, 살인 사건 해결에 도움 될지를 묻는다면 아직 와닿지 않았다.

그때 대기실에 빛이 들어왔다. 버스의 전조등 불빛이다. 그것을 신호로 아이들은 이만 해산하기로 했다. 밖은 여전히 극한의 추위라 순식간에 피부가 얼어붙었다.

"또 보자. 바이바이" 하고 떠나는 긴타를 배웅하고 아이들은 주차된 경트럭을 향해 느릿느릿 걸어갔다. 트럭 옆에는 고쇼의 자전거가 세워져 있었다.

한밤의 추위 속을 달리는 트럭의 짐칸에 있는 건 고문이나 다름없었다. 억지로라도 조수석에 태워 달라고 하려고 후카 쪽을 보니 후카는 제자리에 가만히 서 있었다.

"둘이 가. 난 하루코네 집에 들렀다 갈게."

"지금?"

청소년 야간 통행 단속에 걸릴 수 있는 시간이다.

"무슨 일 있어?"

"병문안. 감기 때문에 계속 누워 있대."

"하루코가?"

"아니, 후미오 오빠. 저번에 하루코한테 전화했을 때 들었어."

후미오가 감기라고? 지유리 씨가 실종된 이후부터 얼굴을 못 봤지만.

잠깐, 그러고 보니.

"그날 밤."

"그러고 보니."

고쇼가 더 빨랐다.

"기억나네. 술자리에서 범인이 누굴까 하는 이야기가 나왔는데."

"너희 형이 범인으로 지목됐어?"

사토시가 농담을 던졌다.

"뭐 아예 가당찮은 건 아니지. 그 거구에 그 파워에 정말 바이얼런트하고 불쉬트한 녀석이니까. 하지만 유감스럽게도 그때 거론된 건 후미오 형이야."

"뭐? 후미오 형? 방에만 틀어박혀 사는 사람이 어떻게 지유리 씨를 꼬셨다는 거야?"

"꼬셨다고 결론 난 건 아니고, 술자리 이야기에 근거가 필요한 것도 아니잖아. 다만 실종 당일에 후미오 형을 밖에서 봤다는 사람이 있어."

"거짓말. 그 형은 집에 불이 나도 나가지 않을 사람이야."

가벼운 농담으로 흘러가는 두 사람의 대화를 들으며 히사노리는 심장이 쿵쾅거렸다. 눈에 띄지 않게 숨을 고르고 후카에게 "저기, 있잖아" 하고 말을 걸었다.

"살인범이 돌아다닐지도 모르니까 나도 같이 갈게."

반달이 뜬 밤이었다. 나무다리 너머로 평평한 가옥이 달빛을 받아 푸르스름하게 빛나고 있었다. "실례합니다. 후카예요" 하고 외치는 후카 뒤에서 히사노리는 뭘 어떻게 할지 결정 못 하고 있었다. 후미오를 만나 뭘 물어봐야 할까. 과연 나는 뭘 확인하고 싶은 걸까.

잠시 후 키가 큰 사토코 씨가 모습을 드러냈다.

"아…… 후카구나. 안녕."

현관 불빛을 등지고 있느라 얼굴이 그늘져서 잘 보이지 않았다.

"후미오 오빠가 감기라고 들었는데요."

"아…… 응, 맞아. 감기."

"병문안 왔어요."

"그렇구나. 고맙다."

그렇게 말하면서도 사토코 씨는 좀처럼 길을 비켜 주지 않았다.

"후카."

그녀는 어두운 목소리로 다시 입을 열었다.

"얼마 전 일은 정말 유감이야. 힘내렴."

"아뇨. 이제는 괜찮아요."

"얼마나 힘들고 슬플까. 애통하기도 하지."

눈물짓는 기색이 느껴졌다. 후카는 쓴웃음 지으며 슬그머니 집 안에 들어가려고 했다.

"미안하다."

하지만 사토코 씨는 비켜서지 않았다.

"알다시피 감기에 걸려서 만나게 해 주기 좀 그래. 옮을 수도 있으니까. 미안하다."

"저."

히사노리가 앞으로 나섰다.

"전 하루코를 만나고 싶은데요."

그러자 사토코 씨가 허를 찔린 표정을 지었다.

"얼마 전 퀴즈를 냈거든요. 그 답을 알려 주기로 약속해서."

그러자 사토코 씨는 "그렇구나……" 하고 마지못한 듯이 살짝 돌아섰다.

"춘자!"

그녀는 복도를 걸으며 안을 향해 외쳤다.

간신히 처마 밑을 통과한 히사노리와 후카가 신발을 벗으려고 할 때 오른쪽 미닫이문에서 히데키 씨가 나타났다. 그는 보풀이 일어난 스웨터를 입고 있었다.

"아" 하고 목소리를 내는 히데키 씨에게 후카는 "안녕하세요" 하고 인사를 건넸다.

"그래."

"후미오 오빠 상태만 보고 금방 돌아갈게요."

그러자 히데키 씨의 눈빛이 갑자기 날카롭게 변했다. 굵은 손가락이 후카에게 향했고 어깨를 붙잡힌 후카가 깜짝 놀라 몸을 움츠렸다. 히데키 씨의 손에 힘이 들어가는 것을 보고 히사노리는 무심코 그의 손목을 잡았다.

"그만하세요."

강한 어조에 자신도 당황했다.

"……후카가 놀라잖아요."

"아, 그래."

히데키 씨가 정신을 차리고 손을 놓으려는 바로 그 순간.

"아버지アボジっ!"

복도 안쪽에서 화내는 목소리가 들렸다. 복도 끝에 후미오가 서 있었다. 소란을 듣고 나온 듯하다. 늘 그러듯 긴소매 티셔츠와 부스스한 머리가 보였다.

하지만 다른 점도 있었다. 오른팔에 낯설고 하얀 뭔가가 감겨 있었다. 붕대. 그리고 어깨에 매단 깁스.

"후미오 형."

히사노리와 후카를 바라보는 여드름 난 얼굴에는, 여드름으로 설명할 수 없는 흉터 자국도 보였다.

"그건……."

"돌아가렴."

목소리의 주인공은 사토코 씨였다. 후미오와 반대편 복도에서 허둥지둥 다가와 히사노리와 후카를 내려다보며 말했다.

"부탁할게. 돌아가 줘."

"하루코는……."

"춘자는 지금 자고 있으니 깨우면 안 돼."

"하지만……."

"히사노리!"

생전 처음 듣는 후미오의 고함 소리였다.

"히사노리. 나……."

그때 사토코 씨가 날카롭게 조선말로 뭐라고 꾸짖으며 후미오를 조용히 시켰다.

"돌아가."

거부할 수 없는 태도였다. 후미오가 당황하는 게 보였다. 하지만 사토코 씨가 복도 한가운데를 가로막고 서자 그 모습도 가려졌다. 사토코 씨 옆을 굳게 지키듯 히데키 씨도 구부정하게 서 있다. 방에서는 텔레비전 소리가 들렸다.

"제발 부탁이야."

결국 따를 수밖에 없었다.

의혹은 점점 커져 갔다. 지유리 씨가 실종된 12월 27일, 세이 씨와 함께 교수의 집에서 밤을 보낼 때 히사노리는 하루코의 전화를 받았다.

—혹시 저희 오빠 거기 안 갔어요?

—오빠가 집에 없어서요. 점심때부터 계속.

그리고 늦은 밤에는 후카가 전화를 받았다.

—후미오 오빠가 돌아왔대.

은둔형 외톨이인 후미오가 가족에게 말도 없이 외출한 날 밤에 우연히 지유리 씨가 실종됐다? 그런 일은 복권에 당첨되는 것보다 더 어렵지 않을까.

하지만 고소가 들었다는 '후미오를 밖에서 봤다'라는 소문은 점점 신빙성을 띠기 시작했다. 게다가 그는 팔에 깁스를 했고 그 팔이 골절된 시점이 한 달 전이어도 이상하지 않다. 지유리 씨에게 반격을 당해 그렇게 됐다고 해도 이상하지 않다.

"그 전화는 확실해?"

"확실해. 나도 기억해. 오빠가 돌아왔다고 하는데도 하루코의 목소리가 왠지 불안했어."

긴타의 질문에 후카가 대답했다. 2월의 첫 번째 일요일, 히사노리와 친구들은 후카의 방에 모여 회의를 하고 있었다. 아담하고 소박한 방 안에서 소녀다움이 느껴지는 건 기껏해야 귀여운 쿠션과 벽에 늘어진 작은 인형들, 즉, 공중에 매달린 히나 인형*뿐이었다.

"감기라고 처음 들었을 때도 잘 생각해 보니 이상해. 놀러 가도 되냐고 물었더니 뭔가 변명하듯 오빠가 감기라 안 된다고 해서."

결국 그건 거짓말이었을 가능성이 크다.

"후미오 형이 차를 운전했나?"

긴타의 질문에 사토시가 대답했다.

"그야 당연하지. 비록 말단이긴 해도 세이 씨를 돕고 있으니까."

"근데 그 집에 차가 있기는 해?"

"차 없이 우리 동네에서 어떻게 살아. 아마 오래된 스바루**였던 것 같은데."

"R-2, 하늘색 2인승일 거야" 하고 고쇼가 덧붙였다.

긴타는 그대로 양반다리를 하고 앉아 있었다.

"점심때부터 계속……"

그렇게 중얼거리더니.

"돌아온 건 한밤중……."

* 일본의 3월 3일 히나마쓰리 축제에 장식하는 전통 인형. 여자아이의 건강과 행복을 기원하는 의미를 담고 있다.

** 일본의 자동차 제조사인 후지중공업의 승용차 브랜드.

허공을 바라본다.

그런 긴타를 곁눈질하며 히사노리가 물었다.

"고쇼, 그 건은?"

"낫 옛. 아직 못 들었어. 미안하지만 누가 말했는지도 잘 기억나지 않아서."

후미오를 밖에서 봤다는 증언의 확인. 하지만 고쇼의 형은 그렇다 쳐도 처음 보는 사람들로 가득했던 술자리에서 고쇼가 그를 찾는 건 어려울 것이다. 별로 기대할 수 없을 듯했다.

"하지만 애초에 둘 사이에 접점이 있었나?"

히사노리는 솔직한 의문을 던졌다. 교수의 가족이 이 동네에서 이와무라 집안에 가장 호의적이었던 건 틀림없다. 하지만 그건 어디까지나 이웃의 수준이라고 히사노리는 생각했다.

"뭔가가 있다면……."

후카가 볼에 손을 댔다.

"언니가 배우고 있었을 때일지도."

"배운다고? 뭘?"

"조선어."

처음 듣는 이야기였다. 후카에 따르면 지유리 씨는 지난 1년 정도 퇴근길에 이와무라 집안에 들러 조선어를 배웠다고 한다. 배우기로 한 이유까지는 듣지 못했지만.

"그렇다고 후미오 오빠를 좋아했다거나 그런 건 아닐 거야. 하물며 둘이 눈이 맞아서 도망친다는 건…….”
“배운 은혜가 있으니 드라이브 정도는 함께할 수 있지 않을까?”
사토시가 흥분한 목소리로 물었다.
“그래서 언니를? 그 오빠가? 상상이 안 돼.”
“모르는 거야. 무엇보다 지유리 씨는 예뻤으니까. 아무리 성인군자인 척해도 갑자기 이상한 마음이 들 수도 있는 거잖아.”
“그렇다고 해서 살인까지 하는 건 미친 짓이야. 특히 그 형은 뼛속까지 소심한 인간이기도 하고.”
“원래 겁쟁이일수록 갑자기 폭발해 무서운 짓을 벌일 수도 있는 법이지.”
사토시의 의견에 고쇼는 반박하지 않았다. 히사노리는 말없이 주먹에 힘을 줬다. ‘히사노리!’ 하고 불렀던 고함 소리가 귓가에 남아 있다. 비통해하는, 왠지 도움을 청하는 듯한 그 울림…….
“그렇다고 해도 약해. 증거가 전혀 없으니까.”
긴타가 백일몽에서 돌아왔다.
“그리고 애초에 우리가 증거를 모으는 것 자체가 불가능하지.”
“그렇게 생각하면 할 수 있는 게 없지 않아? 이럴 때일수록 방어보다 공격이 좋아. 어떻게 하면 범인을 특정할 수 있을지 일단 상대를 후미오 형으로 좁혀서 방법을 궁리해 보자.”
“확실히 후미오 형이 무죄인 게 밝혀지면 그건 그것대로 프로그레시브니까.”

프로그레시브가 뭐야? 진보라는 뜻이야. 쳇, 그건 또 뭐야. 이 빌어먹을 사대주의 자식!

옆에서 들리는 잡음을 무시하고 긴타는 또다시 백일몽에 빠져들었다.

후카 쪽을 보니 후카는 벽에 걸린 히나 인형을 바라보고 있었다. 귀엽게 캐릭터화된 주먹만 한 히나 인형이 끈에 묶여 매달려 있다. 값비싼 히나 인형이 없는 가정에서 대신 장식하는 수제 인형이다. 이웃끼리 여자아이들에게 선물하기도 한다.

교수의 집에는 이미 훌륭한 이치마쓰 히나 인형*이 있었다. 그러니 이건 아마 하루코에게 줄 인형일 것이다.

히사노리의 시선을 알아차린 후카가 힘없이 몸을 움츠렸다.

"언니가 만든 거야. 바느질에 재능 없는 난 옆에서 가끔 도와주는 정도였고."

인형들은 남자인 히사노리가 봐도 잘 만들어진 것 같았다. 얼핏 보니 숫자도 다 갖춰진 듯하다.

"올해는 속도가 빠르다고는 생각했는데, 설마 집을 나갈 계획이었을 줄은……."

"정말 아는 게 하나도 없는 거야?"

* 에도 시대 후기부터 유행한 일본의 전통 인형으로 기모노를 입은 소녀나 소년의 모습을 정교하게 표현한 장식용 인형.

후카는 고개를 숙인 채 대답하지 않았다. 며칠 전부터 왠지 분위기가 달라졌다. 후미오의 집을 함께 찾았을 때, 아니 정확히는 버스 정류장 대기실에서 언니의 신문부 이야기를 했을 때부터 맑고 투명하던 후카의 눈동자에 끈적한 그림자가 드리워졌다. 슬픔도 아닌 분노도 아닌, 얼룩 같은 그림자가.

침묵하는 후카의 대답을 듣는 걸 포기하고 히나 인형으로 시선을 돌렸다. 여자 황후 인형과 남자 황제 인형으로 나뉜 두 줄에 인형이 몇 개씩 묶여 있다. 여자 인형 줄에는 신난 간조*로 보이는 것들이, 남자 인형의 줄에는 고닌 바야시**가 미소 짓고 있다. 의상은 다채롭고 인형과 인형 사이에 히나 도구***들을 본뜬 작은 장식이 끼워진 것도 눈을 즐겁게 했다.

다만 한 가지 부족한 것도 있었다.

"……여자 인형은?"

남자 인형 옆에 여자 인형이 없었다. 가장 중요해서 보통 제일 먼저 만들 인형이.

후카가 괴로운 것처럼 중얼거렸다.

"언니가 발견된 날부터 아빠가 계속 쥐고 계셔."

* 히나 인형 중 황후 인형 아래에 놓이는 세 명의 궁녀 인형.
** 황제 인형 아래에 놓이는 다섯 명의 궁중 악사 인형.
*** 히나 인형과 함께 전시되는 미니어처 도구로 주로 명가의 혼수품을 모방해 정교하게 제작된 장식용 소품.

문득 외풍이 불었다. 왠지 교수의 체온이 느껴진 것 같아 히사노리는 인형에서 눈을 돌렸다. 말 없는 지유리 씨의 유품에서.

그때 갑자기 떠오르는 생각이 있었다.

"긴타. 내 얘기 좀 들어봐. 범인은 12월 27일 오후 6시가 지나 우에다역 근처에서 퇴근한 지유리 씨를 태웠어. 그건 미리 계획한 일이었고, 지유리 씨는 처음부터 비밀리에 그를 만나 도주할 생각이었을 거야. 그런데 중간에 뭔가 다툼이 생겨서 지유리 씨는 그만 살해되고 말았어. 시신이 버려진 상황을 고려하면 이쪽에서 산에 올라간 게 아니라 스가다이라고원 쪽에서 차로 산을 내려왔을 가능성이 커. 여기까지는 맞지?"

"응. 완벽하게 요약한 것 같네."

"그럼 궁금한 게 있는데 맨 처음, 그러니까 아직 아무 문제도 발생하지 않았을 때 두 사람은 대체 어디로 가려고 한 걸까? 적어도 시신을 버릴 때는 스가다이라고원에서 내려왔잖아? 우에다시에서 그런 곳에 갈 이유는 스키 말고는……."

"나가노시."

긴타는 그렇게 대답하자마자 스스로 "그런가" 하고 눈을 크게 떴다.

"그래. 나가노시야. 스가다이라고원은 사나다 마을과 나가노시 사이에 있으니까."

406번 국도로 산을 넘으면 스자카시가 나오지만 감각적으로는 나가노시라고 해도 틀리지 않고, 현도 34번 선을 이용하면 더 빨리 나가노시에 도착해 거기서 지쿠마강만 건너면 시가지가 나오고, 내가 다니는 학교도 바로 옆에 있고 우에다역과는, 그래. 약 40킬로미터 정도의 거리가…….

"잠깐만, 긴타. 진정해 봐. 난 그냥 문득 신경 쓰였을 뿐이야. 사실 지유리 씨의 목적지는 사건 해결과 별 관계도 없잖아."

"무슨 소리야! 그래. 두 사람이 어디 가려고 했는지는 중요하지 않을지도 몰라. 그건 가능성이 너무 많으니 떠올려 봐야 소용도 없어. 문제는, 도망치기로 한 그날 당일 지유리 씨가 회사에서 정시까지 일했다는 거야."

듣고 보니 그렇다. 이상했다. 특별히 월급날인 것도 아니니 집에서 나와 곧장 모습을 감춰도 됐을 텐데.

"갑자기 사라지는 데 따른 죄책감 같은 도덕적인 문제였다면 그날 바로 사직을 통보했겠지. 그러니 난 그게 그 상대방 남자 때문이라고 생각해. 지유리 씨는 아침부터 오후 6시경까지 회사에 있을 수밖에 없었던 거야. 그래서 어쩔 수 없이 평소처럼 일했어. 괜히 이상한 행동을 해서 의심받고 싶지 않았을 테니까."

긴타의 말이 점점 빨라졌다.

"잘 생각해 보면 목적지만 정해져 있다면 따로 움직여도 되는데도 말이야. 하지만 뭐, 난 잘 모르는 일이지만 야반도주하기로 계획한 커플은 굳이 함께 행동하고 싶어 하는 걸까 하고 지금껏 억지로 납득하고 있었어. 그런데 지금 또 다른 가능성이 떠올랐어. 단순해. 지유리 씨는 시간이 오기만을 기다리고 있었던 거야."

"밤이 되기를? 왜?"

"야간열차."

히사노리는 "아" 하고 입을 열었다.

"우에다역에는 멈추지 않고 나가노역에 멈추는, 예를 들면 오사카행 '지쿠마' 같은."

"아니, 잠깐……. 하지만 차가 있었다면."

"오사카까지 운전해서 간다고? 경찰에 신고돼 언제 발견될지 모를 차로?"

그렇다. 차를 준비한 남자 쪽에도 사정이 있었을 것이다. 가족이 실종 신고를 해서 차량 번호가 수배되는 건 오히려 당연한 일이고, 그러니 두 사람은 나가노역에서 차를 버리고 기차로 갈아탈 계획을…….

"잠깐만. 그것도 이상하지 않아? 그럼 역시 낮 특급 열차를 타면 되잖아. 야간열차를 타서 얻는 게 뭐가 있……."

"있어. 딱 하나. 그날이 종업식이었으니까."

"뭐?"

"낮에는 역에 학생들이 많았을 거야. 나처럼 나가노시로 통학하는 학생이나 어디론가 놀러 가는 학생들이. 물론 우에다역에도 많았겠지. 우리는 수업에서 해방돼 각자 마음대로 이곳저곳을 돌아다니고 있었고 즉, 지유리 씨는 언제 어디서 아는 사람을 만날지 모르는 상황이었어."

아는 사람을 만나면 그 사람이 목적지를 기억할 수도 있다.

"그런 불안 요소를 줄이기 위해 밤까지 기다려야 했던 거야. 물론 모든 게 합리적으로 계산된 행동은 아니었을지 몰라. 더 좋은 방법도 있었을 테고, 애초에 야반도주나 살인 전부 비합리적인 행동이니."

히사노리는 문득 두려움을 느꼈다. 눈앞에 있는 천진난만한 소년의 냉담한 말투에.

"하지만 어쨌든 지유리 씨와 상대 남자는 그런 순서로 야반도주를 계획했어. 그렇게 가정하면 이렇게 돼. 범인은 그날 밤 퇴근한 지유리 씨를 우에다역에서 태워서 나가노역으로 이동했다."

그 후 문제가 발생해 살인이 일어났고, 시신을 버리기 위해 서둘러 스가다이라고원으로 달렸다.

"서둘렀다는 근거는?"

"여유가 있었다면 절벽에서 시신을 떨어뜨리는 쪽을 선택했을 테니까."

그리고 꼭 절벽이 아니어도 길가 덤불보다는 발견되기 어려운 장소가 있었을 것이다.

긴타가 짝 하고 손뼉을 쳤다.

"자, 지금껏 나온 이야기를 종합하면 이번 일이 계획적인 범행

일 가능성은 매우 작아. 아니면 범인의 지능이 매우 낮거나. 그렇다면 기회는 있어. 경찰이 아닌 우리에게도."

긴타가 웃으며 "분명 할 수 있을 거야" 하고 단언했다.

"앞으로 무기가 될 만한 증거가 딱 하나만 더 있으면 돼. 그럼 내가 이 문제를 해결할게."

돌아가는 길에 사토시가 말을 걸어 둘이 함께 근처 구멍가게에 들렀다. 사토시는 캔 코코아를 사 주겠다며 함께 걸어가자고 했다. 경사진 주택가를 올라 야마가 신사로 향했다. 조금 더 초등학교 쪽으로 가면 사토시의 집이 나온다. 사토시가 "긴타 녀석, 정말 똑똑하더라. 좀 무서울 정도였어"라고 해서 히사노리도 "그래, 맞아" 하고 인정했다. 하지만 그 녀석, 성격은 좀 이상해. 그래, 그것도 인정.

그런 대화를 나누며 히사노리는 속으로 '이상한 걸로 치면 사토시, 너도 만만치 않아'라고 생각했다. 지나치는 집들의 처마에 짚에 매단 얼린 두부가 걸려 있었다.

얕게 눈이 쌓인 신사 경내는 조용했다. 사토시는 아무렇지 않게 계단을 올라 돌길을 따라 새전함 옆에 가서 고마이누* 아래에 털썩 앉았다. 그 옆에 서서 히사노리는 속으로 무슨 일일까 하고 안

* 일본의 신사나 절 입구에 세워진 사자와 개를 닮은 상상의 동물 조각상.

절부절못했다.

사토시가 천천히 입을 열었다.

"히사노리, 너, 졸업하면 뭐 할 거야?"

"어?"

예상치 못한 질문에 당황했다.

"아, 음……. 글쎄, 어떻게 되려나. 일단 우리 집은 날 대학에 보낼 돈이 없을 테니."

경찰관이 될 것이다. 하지만 왠지 그 말을 입에 담기가 꺼려졌다.

사토시는 "그렇구나" 하고 중얼거렸다. 어떤 의미의 '그렇구나'일까. 왠지 기분이 찜찜했다.

"고쇼는 도쿄에 가서 선배랑 밴드를 할 거래."

"그런 것 같더라. 바보 같은 짓이지. 그렇게 쉽게 잘될 거면 누가 고생하겠어?"

뭔가 이상했다. 정작 사토시 자신은 기세로 뭐든 돌파하는 타입인 주제에 묘하게 어른스러운 말을 하고 있다.

"야, 사토시. 너 뭔가 이상해. 무슨 일 있어?"

사토시는 "흐음" 하고 어정쩡하게 대답하더니 갑자기 두 손으로 자기 뺨을 찰싹 때렸다.

"고쇼를 따라 하는 건 아니지만, 실은 나도 도쿄로 갈지 몰라."

"뭐? 도쿄라니. 너, 회사는 어떡하고?"

"물론 회사와 함께 가는 거지."

어리둥절한 히사노리를 뒤로한 채 사토시는 말을 이어 갔다. 사실 얼마 전 아버지와 어머니가 밤중에 몰래 대화하는 걸 엿들었어. 자세한 건 모르겠지만 조만간 꽤 큰 돈이 들어올 것 같아. 그래서 도쿄로 사무실을 옮기고 그쪽 아파트로 이사해서 동생들은 사립 중학교에 보낼 거라며 엄마가 들떠 있었어. 나랑 다르게 그 녀석들은 머리가 좋으니까.

사토시는 다 마신 코코아 캔을 지나온 신사 기둥 문을 향해 던졌다. 히사노리는 그런 불경스러운 행동을 질타할 여유도 없었다.

"정말이야?"

"응. 빠르면 너희가 졸업할 때쯤이 될 것 같아. 입시 문제도 있다고 하니."

"중학교를 시험 쳐서 들어간다고?"

"그래. 제정신이 아니지."

결국 자랑하는 이야기인가 싶어 기분 나빠지려 할 때 사토시가 어울리지도 않게 진지한 표정으로 말했다.

"만약 정말 그렇게 된다면 나, 후카한테 털어놓을까 생각 중이야."

순간 머릿속이 하얘졌다.

"뭐?"

간신히 나온 목소리는 커져 있었다.

"그건 또 무슨 소리야?"

"무슨 소리냐니. 말 그대로야. 고백할 거라고."

고백. 의미는 알겠지만.

"……넌 지유리 씨를 좋아한 거 아니었어?"

"좋아한 건 맞지만, 그건 그거고 이건 이거지. 결혼 상대로는 난 기가 센 여자가 좋아."

결혼.

"얼마 전 일 때문에 확실히 여러모로 힘들어졌지만 그래도 진심이야. 그러니 일단 너한테는 말해 주고 싶었어."

'왜?'라고 물을 수는 없었다. 그 말을 꺼내면 승부가 정해질 것 같았기 때문이다. 우리는 이미 그런 관계가 됐다는 걸 비로소 깨달았다.

"너와는 앞으로도 사이좋게 지내고 싶어."

제멋대로다. 아니, 제멋대로인 건 누구일까. 알 수 없다. 혼란스러웠다.

하지만 사토시를 비난할 권리는 없다. 내가 후카와 특별한 관계인 것도 아니다. 적어도 지금은, 아직.

그래, 그럼 나도 열심히 해 볼게. 그런 말을 준비했을 때 사토시가 웃었다.

"내가 '나랑 사귀어 줘'라는 말을 했을 때 후카의 입으로 한 번 더 듣고 싶어. '그렇게 합시다'라는 말을."

감정이 얼어붙었다. 피가 멈췄다. 한 박자 늦게, 파도처럼, 눈사

태처럼, 열기가 밀려왔다.

그렇게 합시다.

후카의 입으로 듣고 싶어.

한 번 더.

히사노리는 손바닥으로 가슴을 문질렀다.

안 돼, 그건.

그건, 그때 그 시간은, 우리 둘만의 것 아니었나? 나와 후카만의.

그게 아니라면…….

용납할 수 없다.

돌계단에 앉은 사토시를 내려다보고 그의 목덜미를 주시하며 마음을 가다듬는 동안 기억의 불꽃이 반짝였다.

여름날 오후. 분노의 함성이 울려 퍼지던 길가의 난투극. 그때 히사노리는 숲속으로 도망치는 자의 뒷모습을 쫓았다. 하루코를 괴롭힌 축구부의 쓰레기 자식. 이자와 노부오라는 이름의 그 쓰레기는 발을 헛디뎌 넘어진 채 고개를 돌려 울상을 지었다. 나는 목검을 고쳐 쥐고 다가갔다. 어깨를 내려치려고 했다. 그걸로 승부가 날 터였다. 하지만 목검을 휘두르려는 순간, 이자와가 오른손을 내밀었다. 이제 와서 목숨 구걸인가 싶었지만, 아니었다. 그건 '살려 달라'는 의미가 아니었다. 녀석은 이렇게 말했다. 5백 엔! 소리치듯 말했다. 5백 엔을 냈다고!

그때도 내 몸은 기계 장치처럼 멈춰 버렸다. 마음은 동상에 걸리기 직전처럼 온도를 잃었다. 생각과 말 모두 눈밭에 선 아지랑이처럼 아른거렸다.

—……한테 확실히 5백 엔을 냈다니까!

들어본 적 없는 이름이었다. 한 박자 늦게 이자와가 지금 착각하고 있다는 걸 깨달았다. 그는 우리의 정체는 물론 이게 하루코의 보복인 줄도 모르고 그저 생각나는 대로 외친 것이다. 아마 여자를, 5백 엔에 순순히 말을 듣는 그런 소녀를, 돈으로 산 기억을.

그렇게 이해한 순간 히사노리는 떠올렸다. 아, 그래. 알겠어. 알겠으니 닥쳐. 이 못된 자식아.

순식간에 몸이 움직였다. 마음의 동상이 폭발적인 열기를 머금으며 할 일이 선명해졌다. 목검을 던지고 이자와의 양어깨를 붙잡아 몸 위에 올라탔다. 겁에 질려 저항하지 않는 이자와의 등을 땅에 눌렀다. 그리고 천천히, 손을 움직였다. 두 손의 엄지를, 떨리는 두 눈에 갖다 댔다. 넌 두 번 다시 아름다운 걸 보면 안 돼…….

히사노리!

"뭐, 걘 아마 나처럼 키 작은 남자보다는 키 크고 똑똑한 남자가 어울릴 거라고 생각은 하지만……."

"마음대로 해."

"뭐?"

"마음대로 하면 되잖아."

히사노리는 손바닥을 점퍼에 문질렀다. 장갑 위로도 땀이 나는 게 느껴졌다.

"네가 오해한 것 같아. 나랑 후카는 아무 사이도 아니야."

그렇다. 착각이다. 이자와가 그랬던 것처럼.

이쪽을 바라보는 사토시의 표정이 울 듯 말 듯 일그러졌다. 그 틈새에는 동정의 기색이 있었다. 주먹을 들고 싶은 심정을 히사노리는 필사적으로 참았다.

"그런 폭력적인 여자의 어디가 그렇게 마음에 들었어?"

"그건, 고백이 제대로 성공하면 알려 줄게."

히사노리는 짜증을 감추려는 듯 돌멩이를 걷어찼다.

"그건 그렇고 회사를 통째로 옮기다니. 어디서 그런 큰돈이 들어온다는 거야?"

"자세히는 모르겠지만 뭔가 대단한 투자처를 특별히 소개받은 것 같아. 맡긴 돈이 몇 배로 불어서 돌아온다더라고."

사토시는 "뭐라고 했더라……" 하고 말을 이었다.

"옛날 육군인지 해군인지가 숨겨 둔 금괴가 엄청나게 발견됐대."

이 이야기는 비밀이야. 동네 사람들한테서 이러쿵저러쿵 말이 나오면 곤란하니까.

히사노리는 속으로 '흐음' 하고 의아해했다. 사토시와 마찬가지로 돈이 불어나는 구조 같은 건 잘 와닿지 않았다. 그러나 한 가지만은 이해했다. 돈은, 있는 곳에 있다. 그리고 그건 처음부터 가진 자들에게 모이게 돼 있다. 지방의 말단 공무원에게는 기회의 기자도 오지 않는다.

"도쿄라……."

"부러워? 고라쿠엔에서 오 사다하루*의 삼진을 실제로 볼 수 있고 경마장에도 갈 수 있으니."

사토시는 장난스럽게 말했다. 배려가 느껴졌지만 그 역시 별로 달갑지 않았다.

"근데 우선 범인 놈을 잡아야지. 그러지 않으면 아무것도 시작 안 돼."

"……그래."

아직 4시를 갓 넘긴 시간인데도 주변은 이미 어스름했다.

다음 주 일요일 저녁, 모두의 집에 교소의 전화가 걸려 왔다. 술자리에서 만난 증언자를 찾았다는 연락이었다. 고쇼의 질문에 그 사람은 이렇게 대답했다고 한다. 그날 자신이 일하는 도시락 가게에 후미오가 도시락을 사러 왔다고. 장소는 나가노역 바로 근처였다.

월요일 수업에는 갈 생각이 없었다. 부모님의 의심을 사지 않기 위해 히사노리는 교복을 입고 식탁에 앉았다.

급하게 밥을 먹고 있을 때 거슬리는 목소리가 들렸다.

"아직도 다케우치네 딸내미랑 놀고 다니냐?"

* 일본에서 태어난 중화민국 국적의 전설적인 프로 야구 선수.

아버지는 신문에서 눈을 떼지 않고 있었다. 융통성 없는 달마 같은 얼굴로 퉁명스럽게 중얼거렸다.

"그 집안 애들이랑 어울리지 말라고 전에도 말했을 텐데."

히사노리는 아버지의 말을 무시하고 연어 살을 발랐다.

"살해된 그 딸도 전부터 이런저런 얘기가 돌았다더라."

그 말에는 역시나 절로 고개가 들렸다. 아버지는 히사노리를 보지도 않고 된장국을 마셨다.

"……지유리 씨가 왜요?"

"아버지가 그 모양이니 자식도 비뚤어지지. 제대로 자랐을 리 없다는 말이야."

아버지는 둘러대듯 말했다.

수사 정보일까, 아니면 단순한 편견일까.

아버지는 짜증스럽게 신문 페이지를 넘겼다.

"한마디로 구시대적인 사람이라는 거다. 딸을 때려서 말을 듣게 하는, 그런 부류의."

후카에게 들은 그 부녀간의 싸움 이야기인 듯했다. 좁은 동네에서는 소문이 금방 퍼진다. 그리고 영원히 험담의 소재가 된다.

히사노리는 고개를 숙이고 무절임을 입에 넣었다. 삭막한 분위기 속에서 시치미를 떼고 있던 어머니가 갑자기 "아, 참" 하고 손뼉을 쳤다.

"할아버지 식사를 깜빡했네."

또인가. 히사노리는 젓가락을 던지고 싶었다. 분명 전날 밤 할아버지가 어머니에게 역정을 냈을 것이다. 그리고 그런 다음 날 아침이면 어머니는 일부러 할아버지의 식사를 잊곤 했다.

"추워서 무릎이 쑤시네. 하지만 안 가면 왜 또 빨리 안 가져오냐고 화를 내시겠지."

한숨을 쉬는 어머니 옆에서 아버지는 무표정한 얼굴로 신문만 읽었다. 아무것도 들리지 않는 척하며.

"부엌에 쟁반이 있는데……."

"알겠어요. 제가 가져갈게요."

대본에 적힌 대사. 지루한 연극을 강요당하는 배우가 이런 기분일지도 모른다.

히사노리는 쟁반을 나르며 속으로 아버지를 욕했다.

당신은 아들한테 관심도 없잖아.

발로 미닫이문을 열고 침실에 들어갔다. 서양식 구조 집에서 이곳만 일본식 방이다.

할아버지는 거친 다다미에 깔린 얇은 이불에 누워 입을 벌린 채 잠들어 있었다. 희미하게 코골이 소리가 들리지 않는다면 말라비틀어진 미라로 착각될 정도였다.

무릎을 꿇고 얼굴을 가까이 대며 "할아버지, 식사예요" 하고 말을 걸었지만 반응이 없다. 왠지 얼마 남지 않은 게 느껴졌다. 조금만 더 살아 계셨으면 하는 마음도 있지만, 흐르는 오물 악취와 기저귀 처리를 자신이나 어머니가 언제까지 도맡아야 하는지 지긋지긋한 것도 사실이었다.

식사가 담긴 쟁반을 베개 옆에 놓고 일어섰다. 지금은 이런 모습이지만 할아버지에게는 귀여움을 받았다. 할아버지의 옛날이야기를 듣는 날만을 손꼽아 기다리기도 했다.

이불에 놓인 할아버지의 두 손에 시선이 갔다. 손가락이 부족한 손. 전쟁에서 아마 사람을 죽였을 손. 동료를 구하기도 했을 것이다. 할아버지는 무용담을 거의 들려주지 않았지만, 손자의 머리를 쓰다듬기까지 이루 말할 수 없는 역사가 있다는 걸 상상할 수 있었다.

부끄럽지 않게 살아야 해.

몸 깊숙한 곳에서 맥박이 뛰는 걸 느꼈다. 히사노리는 식탁으로 돌아가지 않고 그대로 외투를 걸치고 "다녀오겠습니다!" 하고 외치고 신발을 신었다.

하얀 목화솜 같은 눈이 내리고 있었다. 무거운 구름이 하늘을 덮고 있는 걸 보니 눈은 오래 내릴 기세였다.

우체국 옆 교차로에도 눈이 쏟아졌다. 강해지거나 약해지지도 않고, 조용히.

우체국 안에서 몸을 녹이고 있던 사토시가 뛰쳐나왔다. 한눈에 봐도 짜증이 난 것 같다. 사토시는 히사노리를 보자마자 목소리를 높였다.

야, 너도 들었어? 이걸로 결론 났어. 후미오 형이, 그 자식이 저지른 짓 맞지? 하얀 입김이 들끓고 있다. 그 자식이 죽인 거라고! 제기랄…….

고쇼가 도착했다. "긴타는?" 하고 물어서 아직 안 왔다고 했다. 혹시 부모님께 들킨 건 아닐까. 나도 위험해. 요새 일을 하도 빼먹어서. 사토시가 눈을 향해 짜증을 내뱉었다.

긴타 없이는 이야기가 안 된다. 날씨에 비해 기온은 따뜻한 편이라 밖에서 기다리기로 했다. 후미오를 향해 한바탕 분노를 쏟아낸 사토시가 갑자기 텔레비전 드라마 이야기를 꺼냈고, 고쇼는 드라마의 주제곡을 비난했다. 넌 정말 미국의 앞잡이구나! 아니, 일본에도 멋진 뮤지션은 있어. 요새는 고다이고라는 밴드가 괜찮더라. 누구야, 그게. 웃긴 이름이네. 영어로 노래하는데 일본인이야. 혹시 세이 씨한테 못 들었어? <청춘의 살인자>라는 영화의 삽입곡인 '옐로 센터 라인'을 불렀어. 차를 타고 안개가 자욱한 산속을 달리다가 피로와 졸음 때문에 핸들을 놓칠 뻔했을 때 도로 중앙에 있는 노란 선 하나가 이정표가 되어 나를 인도해 준다는, 그런 가사야. 흠, 그거라면 나도 이해해. 나도 몇 번 죽을 뻔했거든. 야, 사토시, 너 술 먹고 운전하지 말랬지. 맨정신으로 그런 일을 어떻게 하냐!

그러다가 또다시 후미오 이야기가 나왔다.

설마 그 자식이 범인일 줄이야. 내 손으로 확 죽여 버릴까.

사토시의 분노를 들으며 히사노리는 문득 세이 씨도 이 사실을 알고 있을까 생각했다. 그날 밤 하루코에게 전화가 왔다는 건 세이 씨도 알고 있다. 후미오가 다친 것도 모를 리 없다. 그렇다면 세이 씨는 후미오가 수상한 걸 알면서도 침묵했다는 말이 된다.

"늦어서 미안."

긴타가 뛰어오는 모습이 보였다. 뛰는데도 팔이 흔들리지 않으니 꼭 인형이 다가오는 것 같아 섬뜩했다.

"눈, 쌓일 것 같네."

"괜찮아. 기껏해야 발목 정도겠지, 이 정도면."

사토시는 거칠게 단정 짓고 발걸음을 뗐다. 간가와강을 따라 144번 국도를 걷기 시작했다.

잠시 걷다 보니 길 앞에서 기이한 차림의 남자가 다가왔다.

"어라?"

사토시가 가장 먼저 알아차리고 깜짝 놀라 외쳤다. 모두 그 자리에 멈춰 섰다.

"오오, 여러분."

남자가 중절모를 살짝 들어 올렸다. 둥근 안경을 낀 얼굴로 싱긋 웃는다. 교수였다.

"뭐예요? 그 옷은?"

교수의 옷은 평소 자주 입는 작업복이나 도테라*가 아니었다. 값싸고 구깃구깃한 출근용 옷이 아닌 잘 재단된 양복에 검은 재킷, 목도리를 걸쳤고 손에 지팡이를 들었다. 발은 버선에 나막신. 그마저 멋스럽게 느껴지는 차림새였다.

"흐음, 글쎄. 뭐랄까. 꼭 이렇게 딱 맞춘 것처럼 눈이 내려서 말이다."

교수는 미소 지으며 알 수 없는 말을 중얼거렸다.

"우리, 지금 교수 집에 후카를 만나러 가는 중인데."

그렇게 말하면서 히사노리는 왠지 이상한 기분이 들었다. 교수가 이대로 지나치지 말아 주기를 내심 바랐다. 학교에나 가라고 꾸짖어 달라고.

하지만 교수는 "그렇구나!" 하고 활기차게 말했다.

"나도 설마 그 애가 감기에 걸릴 리 없다고는 생각했는데."

너희는 정말 장난꾸러기들이야.

지유리 씨 장례식 이후 변해 버린 교수와 대화하는 건 처음이었다. 지난번 후카의 방에서 모였을 때도 교수는 인사를 건네도 목소리가 들리는지 안 들리는지 우리를 전혀 상대해 주지 않았다. 꼭 고장 난 양철 인형 같았다. 그리고 동네 사람들도 비슷한 이야기를 수군거렸다.

* 소매가 벌어진 방한 솜 잠옷.

그런데 지금은 완전히 딴사람이 됐다. 덥수룩했던 수염을 말끔히 깎았고 표정도 풍부해진 게 생기를 되찾은 듯했다. 딸의 죽음이 없었던 사람처럼.

아이들이 품은 '그런 표정 지어도 돼요?'라는 의문을 교수는 손쉽게 꿰뚫어 봤다.

"걱정하지 마라, 걱정하지 마라. 유감스럽게도 난 성인군자가 아니고 괴물도 아니다. 너희와 다를 바 없는 평범한 인간이지. 온몸에 피가 흐르고, 감정을 주체 못 하고, 시간의 흐름을 거스를 수 없는 유기 생명체에 불과하다는 게다. 앞으로도 계속 살아가야 해. 전쟁과 지진 역시 난 그렇게 생각하며 극복해 왔다. 언제나 옆에서 누군가가 죽어 가는데도 살아남았던 거다. 난 그렇게 쉽게 썩지 않는다. 씩씩하게 살아갈 거다. 인간다운, 올바른 길을 갈 거다."

"교수……."

사토시가 목소리를 짜냈다. 그러고는 참을 수 없다는 듯이 호소했다.

"우리는…… 우리는…… 지유리 씨를 죽인 범인을, 도저히 용서할 수 없어서……."

"그만."

부드러운 목소리였다.

"나도 안다. 너희도 힘들었겠지. 하지만 영광의 5인조여. 약속해다오. 아무리 괴로워도, 무자비한 부조리에 희망을 빼앗겼다고 하더라도 너희는 결코 포기해서는 안 된다. 아름다운 미래를 포기해서는 안 된다."

교수는 "자" 하고 하늘을 올려다봤다.

"난 학교에 다녀오마. 살기 위해서는 먹어야 하고, 먹기 위해서는 일해야 하고, 일하기 위해서는 허리를 꼿꼿이 펴야 하지. 정말이지 이 세상은 참 잘 만들어졌어."

교수는 "그럼 이만"이라는 말을 남기고 천천히 발걸음을 뗐다. 히사노리와 친구들은 말없이 그의 뒷모습을 배웅했다. 고쇼가 중얼거렸다. 꼭 잡자, 범인을. 대답은 없었다. 그런 건 이미 다 알고 있었다. 교수가 말하는 아름다운 미래라는 게 정말 있다면 그건 지유리 씨를 죽인 범인을 붙잡은 이후에나 존재할 수 있다. 틀림없이 그럴 터였다.

그런데도 히사노리는 솟구치는 고양감의 한구석에 들러붙은 희미한 불안을 떨칠 수 없었다. 가자. 후카를 만나러 가자. 그럼 해결될 것이다. 아니, 후카는 사토시와. 아니, 그런 건 상관없다. 젠장. 학교, 취직, 도쿄. 제기랄.

"가자."

긴타가 입을 떼자 모두 움직이기 시작했다. 히사노리도 따라갔다. 불안감. 눈이 내리고 있다. 이제는 돌이킬 수 없다.

낡은 역사 건물. 유령 나무가 보이기 시작했다. 언덕을 내려간다. 간가와강에 걸린 붉은 녹슨 다리를 건넌다. 교수가 가꾸는 밭이 하얀 베일을 쓰고 있다. 오래된 일본 가옥. 시야에 들어오는 2층 창문은 지유리 씨의 방. 매년 우리를 맞이해 준 현관. 바비큐, 통기타. 언젠가 사과나무를 심겠다고 한 정원 구석…….

후카가 얼굴을 내밀고 안에 들어오라고 했다. 교수를 만났어. 그래, 갑자기 나가겠다고 해서……. 거실에는 아무도 없었다. 검정 전화기를 끌어당긴 고타쓰 앞에 항상 앉아 있던 교수가 없다. 자리에 앉자마자 어떻게 후미오를 추궁할지 상의를 시작했다. 야, 긴타. 뭐 좋은 방법 없어? 응, 우선 진짜 범인인지 아닌지부터 확실히 확인해야 해. 아직 결정된 건 아니니까. 후미오 형이 그날 왜 나가노역에 있었는지, 그걸 제대로 설명한다면 의혹을 벗을 수도 있으니까. 팔 골절도 설명이 필요하지 않을까? 사토코 씨의 태도도 수상했어. 하루코는 괜찮으려나……. 그때 전화벨이 울려서 모두 깜짝 놀랐다. 요새는 장난 전화도 많아. 언니 시신이 발견된 이후부터. 후카가 분한 듯 말하며 수화기를 들었다. 여보세요. 네? 세이 씨? 다섯 명은 또 놀랐다. 네, 네. 아버지는 방금 나가셨는데……. 네? 아, 네. 지금 옆에 있어요. 히사노리가 지목돼 수화기를 건네받았다. 네. 히사노리예요. 무슨 일이세요? 그리고 여기에 저희가 있는 걸 어떻게 아셨어요? 오늘은 수업이 있는 평일인데.

세이 씨는 모두의 집에 전화를 걸었다고 했다. 목소리가 굳어 있다. 히사노리, 너, 쓸데없는 짓을 했더구나. 화가 나 있다. 탐정 놀이가 들통난 걸까. 숨겨도 왠지 소용없을 것 같았다. 늦었지만 지금이라도 긴타의 추리를 들려주면 세이 씨도 납득할 거라고 확신했다.

하지만 그전에 세이 씨가 소리쳤다.

문어 선생한테 왜 이자와 이야기를 한 거냐!

어? 이자와? 지금 왜 그 이름이?

조금 전 전화가 왔다. 후미오의 골절을 진찰한 의사에게서. 문어 선생이 자세한 이야기를 들려 달라고 재촉했다고.

잠깐만요, 세이 씨, 무슨 말씀인지 전혀 모르겠어요. 조금 더 설명을…….

그러자 세이 씨가 빠르게 말했다. 후미오에게 이자와를 돌보라고 시켰다. 그래서 녀석은 마쓰모토시의 시설에 다녔다. 너한테는 비밀로 했다. 네가 괜히 이상한 걱정을 하지 않았으면 해서.

그런데 거기에 왜 교수가 관련되는 거예요?

멍청한 자식! 너희가 말했잖아! 후미오의 팔을 부러뜨린 게 이자와라고!

정보가 뒤엉켜서 이해할 수 없었다.

이자와가 후미오의 팔을 부러뜨렸다고? 12월 27일에?

아아앗!

그때 수화기에 귀를 갖다 대고 있던 긴타가 외쳤다. 알고 지낸 이래 처음 듣는 큰 목소리였다.

그래, 그랬던 거구나! 그 녀석이 이자와였어. 그 축구부, 숲속에서…….

내가 두 눈을 찌르려 한 남자. 5백 엔이라는 말을 지껄인 그 쓰레기 자식.

뭐야, 대체 어떻게 된 거야? 이번에는 세이 씨가 물었다. 문어 선생은 이자와 일 때문에 골절의 이유를 조사한 게 아니야?

아니에요. 아니에요. 그게 아니에요! 긴타가 소리쳤다. 아아, 틀렸어. 히짱, 내가 틀렸어. 후미오 형이 그날 나가노역에 있었던 건 그게 이유였어. 이자와에게 부탁받아 함께 간 거야. 왜? 이자와가 왜 나가노역에? 긴타가 대답했다. 복수! 여름방학 그 일에 대한 복수. 종업식이었으니까. 27일을 놓치면 겨울방학이 시작되니까. 그래서 일부러 학교가 끝나는 시간을 노려서…….

잠깐, 내가 다니는 학교는 우에다시…….

아니야. 히짱, 네가 아니라 나야. 내가 표적이 된 거야. 나가노시의 고등학교에 다니는 내가 표적이 됐고, 그걸 눈치챈 후미오 형이 이자와를 막으려다가 화가 난 이자와에게 얻어맞아 팔이 부러진 거야…….

내가 아니라 왜 네가?

그때 나도 봤으니까. 엉엉 우는 이자와의 비참한 모습을. 그렇게 이자와는 첫 번째 복수 대상으로 날 선택했어. 우선 쉽게 해치울 수 있는 쪽을.

당연히 세이 씨는 그 전말을 보고받았다. 그래서 후미오를 의심하지 않았다. 후미오의 외출과 부상이 지유리 씨 사건과 무관하다는 걸 알고 있었으니까.

대체 뭐라고 지껄이는 거야? 세이 씨가 짜증을 부려도 긴타는 아랑곳하지 않고 이번에는 후카에게 다가갔다. 혹시 교수한테 내 추리를 들려줬어? 범인이 나가노역에 있었다는 그 추리. 아니, 그런 걸 말할 리 없잖아. 하지만 어제 고쇼의 전화를 받았을 때 사건 이야기를 했을 거 아냐. 그때 교수도 여기 있었던 거 아니야? 아니, 전화를 받고 얼마 안 돼 아빠가 나가 버려서……. 저, 세이 씨. 결국 긴타가 수화기를 빼어 들었다. 세이 씨가 그랬죠? 지유리 씨 일이 납치일 경우에 대비해 세이 씨가 대책을 세워 줬다고.

히사노리는 통화의 결말을 예측하고 말문이 막혔다.

그렇구나. 그랬던 거구나.

그래. 그래서 해 줬지. 조직 사무실에서 쓰는 녹음기를 설치했어. 버튼 하나로 통화를 테이프에 기록할 수 있는 기계.

그때 사토시가 "이거!" 하고 고타쓰 안에서 상자 모양 기계를 꺼내 들었다. 굵은 선이 검정 전화기와 연결돼 있다.

교수는 알고 있었다. 아이들이 범인을 찾는다는 것을. 그리고 그게 진전을 보이기 시작했다는 것을. 그래서 후카에게 걸려 온 전화를 몰래 녹음했다. 긴타의 추리를 전해 듣고 후미오가 나가노역에 있었다는 것도 알게 됐다. 하지만 교수는 모른다. 이자와 노부오의 존재를.

누군가가 "말려야 해" 하고 중얼거렸다. 다섯 명 모두 순식간에 그 생각을 공유했다. 이 집에는 통기타와 샤미센, 일본도가 있다. 전쟁 중의 골동품, 즉 군속 시절 교수가 차고 다녔다는 마우저 권총도.

누가 먼저랄 것 없이 몸을 일으켰다. 검정 전화기 너머로 세이 씨가 부르는 소리가 들려도 아랑곳하지 않고 전부 현관으로 뛰어갔다. 신발에 발을 집어넣으며 문을 열었다. 가장 먼저 뛰쳐나간 긴타의 발에는 후카의 운동화가 신겨져 있었다. 눈이 여전히 끝없이 내렸다.

히사노리는 얼음장 같은 공기를 가르며 달렸다. 곧 모두가 긴타를 앞질렀다. 히사노리 앞에서 사토시가 달렸고 옆에 후카가 따라왔다. 고쇼와 긴타의 숨소리. 붉은 녹슨 다리를 건너고 언덕을 뛰어 144번 국도를 전력으로 내려갔다. 초등학교를 지났다. 우체국을 지났다. 다리를 건너 강을 넘고 더 나아갔다. 폐가 욱신거렸다. 영하의 작은 바늘들이 피부를 찔러댔다. 미끄러지지 않으려고 다리에 불필요한 힘이 들어갔다. 땀인지 눈 녹은 물인지 알 수 없는 액체가 흘렀다. 열기를 내뿜는 체온.

탕.

골목에 들어섰을 때 앞쪽에서 폭발음이 울려 퍼졌다. 다리가 멈췄다. 곧장 머릿속에 떠올랐다. 총소리다. 뒤이은 희미한 사람 목소리. 비명 같은 외침. 억지로 다리를 움직였다. 이와무라 가의 집은 골목 바로 옆에 있지만, 숲처럼 무성한 나뭇잎 무리가 앞을 막아 잘 보이지 않았다.

"교수!"

누가 외쳤을까. 아니, 모두가 외쳤을까.

포장도로에서 흙투성이 경사로를 뛰어 내려가 우거진 나무 아래에 도착하자 비로소 시야가 트였다. 도랑 위에 걸린 나무다리 너머에 사람이 서 있었다. 하얗게 칠해진 대지에 붉은 얼룩이 점점이 찍혀 있다. 그 뒤에 있는 평평한 가옥 앞 현관 근처에는 사람이 엎드린 채 쓰러져 있다. 바닥에 누워 꼼짝하지 않는 그 사람은, 키가 큰 사토코 씨였다.

"교수……."

서 있는 사람은 중절모를 쓰고 있었다. 오른손에 마우저 권총을 쥐고 있다. 총구 앞에서는 땅바닥에 주저앉은 노파가 조선어로 뭔가를 외치고 있었다. 노파의 품 안에서 사람이 축 늘어져 있다. 가슴이 붉게 물들어 있다. 후미오였다. 교수의 지팡이가 눈 쌓인 땅에 떨어져 있었다.

탕.

총구에서 연기가 물씬 피어올랐다. 후미오의 몸이 허공에 떴다. 노파가 비명을 질렀다.

"교수."

교수가 아이들을 알아차렸다. 차분하기 그지없는 표정. 어렴풋이 미소 짓는 것처럼 보이기도 했다. 눈이 마주쳤다.

"아니야. 아니에요."

히사노리는 그렇게 외쳤다. 소리가 났는지는 알 수 없지만 입이 움직였다.

다음 순간, 심장을 찔린 것처럼 교수가 불현듯 숨을 멈췄다. 하얀 입김이 사라졌다. 권총이 아래로 축 늘어졌다. 눈을 부릅뜬 얼굴이, 조금 전 그토록 생기가 넘치던 피부가, 순식간에 수십 년 동안 감옥에 갇혀 지낸 죄인의 그것으로 변했다. 교수가 입술을 움직이려다 멈추고, 웃으려다 실패하고, 경련하듯 고개를 흔들다가 다시 떨구고 입술을 덜덜 떠는 그 모든 모습이 히사노리의 눈에 각인됐다.

하얀 무대에 깔린 시신들, 선혈의 무늬.

교수의 왼손 주먹이 열렸다. 눈 위에 선명한 색채가 떨어진다. 지유리가 남긴, 작은 여자 히나 인형.

탕.

교수가 노파를 쐈다. 꼭 기계로 된 장난감이 정해진 시간에 움직이는 것처럼. 노파는 움직임을 멈췄고, 교수는 하늘을 올려다봤다. 뭔가를 묻는 것 같기도, 기도하는 것 같기도 했다.

그의 둥근 머리가 문득 아래로 꺾였고 그때 드리워진 구름 사이에서 천천히 황금빛 광선이 비쳤다. 소박한 하얀 무대와 시신과 선혈이 만드는 미술이 반짝반짝 빛났지만, 그 빛의 각도는 오직 교수를 검게 칠하는 데 그쳤다.

그것은 그림자였다. 한 남자의 검고 짙은 그림자였다. 아득히 먼 곳에 산이 우뚝 솟아 있다. 인간은 결코 대적할 수 없는 웅크린 거인.

교수가 다시 한번 아이들 쪽을 봤다. 그늘져서 표정을 알 수 없지만 뭔가 말을 걸어야 할 것 같았다.

—난 그렇게 쉽게 썩지 않는다. 씩씩하게 살아갈 거다. 인간다운, 올바른 길을 갈 거다.

교수의 그림자가 천천히 움직이는 게 눈에 들어왔다. 권총을 입에 무는 모습이 보였다. 탕, 하는 소리가 울렸을 것이다. 터졌을 것이다. 그 모든 게 너무도 선명하고 아름다워서, 히사노리는 눈앞의 모든 광경을 환상이라고 느낄 수밖에 없었다.

며칠 후. 수상한 차가 주차돼 있다는 익명의 신고를 받고 군마현 경찰이 눈 덮인 산속에서 회색 세단을 발견했다. 장소는 지유리 씨의 시신이 버려져 있던 스가다이라구치 교차로 부근에서 동쪽으로 30킬로미터 남짓 떨어진, 인적이 드문 폐가 근처였다. 눈에 반쯤 파묻힌 차체 운전석에는 건장한 남성의 시신이 있었다. 가슴에 꽂힌 서바이벌 나이프의 손잡이를 직접 두 손으로 쥐고 있었다. 그리고 조수석에서 지유리 씨의 숄더백이 발견됐다. 남자의 이름은 곤도 마사토, 30세. 상해 및 파괴 행위로 체포돼 올가을 출소한 지 얼마 되지 않았다. 학창 시절부터 좌익 운동에 심취해 있던 그는 과거 히사노리와 아이들의 기지로 산에서 붙잡힌 두 사람 중 한 명이었다.

3장

추억의 하이웨이-2019년

"정신을 차린 사토시가 구급차를 부르라고 소리치자 고쇼가 근처 집으로 달려갔어. 이와무라 씨 집에 있는 전화를 쓰는 발상 자체를 하지 못했지."

그 후 사토시는 멍하니 선 후카를 살며시 끌어안았다. 그러나 이건 이 노란 머리 양아치에게는 알려 줄 필요 없는 기억이다.

"난 모두를 남겨 두고 시신 곁으로 향했어. 특별히 뭔가를 하려던 건 아니야. 그저 눈앞에서 일어난 일을 믿을 수 없어서, 뭐든 좋으니 확실한 증거를 얻고 싶었던 거겠지. 아직 살아 있다면 응급처치를 해야 한다. 어쩌면 그 정도는 머릿속에 있었을지 모르지만……."

히사노리는 나무다리를 건넜다. 아무도 말리지 않았다. 쌓이기 시작한 눈을 밟으며 세 사람이 쓰러진 곳까지 걸어갔다. 교수와, 교수가 쏜 총에 맞은 후미오, 그리고 후미오를 끌어안은 채 숨이 끊긴 후미오의 할머니. 교수는 옆으로 쓰러져 있었고 지팡이가 눈에 파묻혀 있었다. 바닥에 떨어진 중절모가 보였다. 권총을 쥔 오른손, 딸이 직접 만든 히나 인형을 쥔 왼손. 입에서 뒤통수로 관통한 총알이 하얀 캔버스에 검붉은 꽃을 피웠다. 둥근 안경 너머에서 부릅뜬 두 눈은 허공을 응시하고 있었고, 그 위로도 눈이 계속 흩날리고 있었다.

"교수는 즉사했어. 후미오의 할머니도 마찬가지고. 정수리에 한 발 맞았거든. 후미오는 배와 가슴에 한 발씩. 내가 봤을 때는 이미 죽어 있었지."

한쪽 무릎을 세운 시게타가 왼손 엄지를 깨물었다. 온천 이름이 적힌 실내복 단추가 풀려 마른 가슴팍이 보였다.

"그리고 현관 옆에 쓰러져 있던 사토코 씨. 그녀는 등과 얼굴을 맞았지. 코가 날아갔다더라."

직접 보지는 못했다. 거기까지 갈 수 없었다. 눈밭에 누운 시신들. 백일몽처럼 느껴지는 정적 때문에 현실감을 잃은 한편, 본능은 겁에 질려 있었다. 구급차와 경찰이 올 때까지 한 발짝도 움직일 수 없었다.

"다른 사람은?"

시게타가 물었다.

"집 안은 어땠는데? 하루코와 그 애 아버지는."

하루코. 가와베는 내심 쓴웃음을 지으며 고개를 흔들었다.

"말도 안 돼."

시게타가 몸을 앞으로 내밀었다.

"설마 애까지 죽였다고?"

"목소리가 크다."

가와베는 시게타에게 얼굴을 갖다 대며 말했다.

"그 일에 휘말리지 않았다는 뜻이야."

잠시 후 시게타가 "제기랄! 그런 건 일찍 좀 말하라고!" 하고 악다구니를 썼다.

"평일이었으니까. 하루코는 학교, 히데키 씨는 일하러 나가 있었지. 그날 집에 있었던 건 세 사람뿐이었어."

생존자는 물론이고 다른 민가와 떨어진 탓에 목격자도 없었기 때문에 정확히 무슨 일이 일어났는지는 알 수 없었다. 오로지 상황 증거를 바탕으로 한 가능성 큰 추측만 있을 뿐.

오전 8시경, 교수가 이와무라 가를 찾아간다. 숨겨 둔 권총으로 집 밖으로 나온 사토코를 위협하며 후미오를 데리고 나오라고 지시한다. 그 말에 순순히 따른 사토코는 정작 후미오의 방 앞에 도착하자마자 반격에 나섰다. 총을 든 남자를 상대한다고 해도 체격은 사토코가 우세했다. 몸싸움을 하며 사토코가 방 안을 향해 "도망쳐!" 하고 외치자 후미오가 복도에 얼굴을 내밀었다. 안전하게 도망치려면 방 창문을 통해 나가야 했지만, 창문 앞은 책으로 가득 차 있었다. 그러니 그보다 어머니를 돕는 게 낫다고 판단했을까.

하지만 불행히도 소란을 듣고 옆방에서 할머니가 나와 버린다. 결국 사토코의 지시였는지 아니면 자신의 판단이었는지 몰라도 후미오는 할머니를 탈출시키는 걸 우선해 노파를 안고 현관으로 향했다.

얼마 지나지 않아 교수가 사토코를 뿌리쳤다. 현관으로 도망치는 사토코를 쫓았다. 권총을 발사한다. 총알이 현관 유리를 깼다. 맨발로 밖으로 뛰쳐나간 사토코에게 한 발 더. 이게 그녀의 등을 관통했다. 사토코는 웅크리면서도 교수의 다리에 매달렸다. 근접거리에서 얼굴에 총을 맞기 전까지.

다리가 불편한 노파와 함께 눈 속을 멀리 도망칠 수는 없었다. 후미오는 금세 교수에게 따라잡혀 배에 총을 맞는다. 쓰러진 손자를 안고 노파가 울부짖었다. 그리고 그때 다리 건너편에 히사노리를 비롯한 아이들이 도착했다.

"그 뒤로는 아까 말한 그대로다."

지유리의 실종과 죽음 소식을 들었을 때 이와무라 집안사람들은 당황했을 것이다. 하필 실종된 그날 후미오가 외출한 것으로 모자라 몸을 다쳐 집에 돌아왔으니까. 엉뚱한 의심을 받을까 봐 두려워했을 게 당연하다. 그래서 히사노리를 비롯한 아이들을 멀리했다. 그들은 믿지 않았다. 아이들을, 동네 사람들을, 어쩌면 후미오까지.

가와베는 빈 컵을 들고 몸을 일으켰다. 벌써 한 시간이나 물 한 모금 마시지 않고 계속 떠들었다. 취조실에서 서너 시간 연속 범인을 취조하던 때와는 체력이 다르다.

넓은 식당 구역에는 띄엄띄엄 손님이 있었다. 아직 낮이라 그런지 은퇴 조로 보이는 사람들이 눈에 띄었다. 주로 혼자 온 남자 손님들이다. 메밀국수를 먹는 사람, 밥을 먹지 않고 그저 멍하니 있는 사람. 가와베는 정수기에서 물을 받아 마셨다. 어차피 나도 이들과 비슷한 처지일까. 물을 뜨러 가는 것조차 귀찮아 컵 두 개에 물을 가득 채워 테이블이 있는 좌석으로 돌아갔다.

시게타는 여전히 엄지를 깨물고 있었다.

"그래서?"

가와베가 앉기도 전에 재촉한다.

"결국 그 지유리 씨 일은 어떻게 된 거야?"

"네가 알 필요는 없지. 그 사건은 무관하니까. 사토시가 살해된 것, 남겨진 금괴, 그리고 오행시의 암호와도."

"헛소리하지 마. 다 말해 주기로 약속했잖아."

"그래. 우리의 이야기만. 정말 전부 다 알고 싶다면 록히드 사건*이 사회에 끼친 영향부터 설명해야 할 것 같은데."

시게타가 주먹으로 테이블을 내려쳤다.

* 미국 록히드사가 대형 제트 항공기 판매를 위해 일본 정부의 고위 관리에게 뇌물을 준 사건.

"시끄러워! 당신의 그 궤변은 지긋지긋해. 관계가 있는지 없는지는 내가 결정해."

"오, 기세가 돌아왔군. 창백했던 얼굴은 목욕하며 씻어냈나?"

"뭐?"

"살인 용의자로 의심받아서 겁먹은 그 얼굴 말이야. 아니면 배 속에 밥이 들어오니 잊어버렸나? 훌륭한 집안에서 자란 도련님인가 본데."

시게타의 체온이 눈에 띄게 오르는 게 보였다. 그가 테이블 위에 있는 주먹으로 볶음밥 숟가락을 쥐었을 때 가와베는 자기 자신에게 혐오감을 느꼈다.

숟가락이 날아오기 전에 입을 열었다.

"됐어. 악의는 없으니까."

"악의?"

"그래. 오래된 버릇이다."

"사람을 무시하는 게?"

"그래."

의아해하는 시게타를 보며 가와베는 고개를 흔들었다.

"미안하다. 하지만 정말이야."

시게타는 한참을 노려보더니 잠시 후 숟가락을 다시 접시에 내려놨다.

"그럼 말해 봐. 전부."

가와베는 컵에 담긴 물로 혀를 적시며 이야기의 실마리를 찾았다.

"……조금 복잡한 것부터 설명하기로 하지. 이건 그 시대 특유의 사정이야. 너, 혹시 전공투*나 혁명적 마르크스주의자 동맹에 대해 아나? 아니, 좀 더 단순하게, 반체제 운동이 어떤 건지 알긴 하나?"

"국회 앞에서 데모하는 놈들 말하는 거 아니야? 스피커로 고래 고래 소리 지르고, 랩 같은 거 부르고."

"그런 걸 더 조직화해서 대규모로 과격하게 펼친 게 60년의 안보 소동이지. 그리고 그 뒤를 이은 학생 중심의 전공투 운동. 그 시절 좌익 운동은 말 그대로 사회 현상이었어. 열기가 있었고 대의도 있었지."

그래서 작가나 학자, 회사원부터 동네 이발소 아주머니에 이르기까지 수많은 시민이 이상에 불타는 운동가들을 응원하며 모금을 아끼지 않았다. 대미 종속에 대한 이의 제기, 반베트남 전쟁, 반자본주의, 대학 부패 척결, 노동자 대중의 자치 쟁취, 마르크스주의 세계 동시 혁명……. 명분은 얼마든 있었다. 그 수만큼의 종파가 있었고, 종파 수만큼의 방법론이 있었고, 대립과 내부 항쟁이 있었다. 하지만 도쿄대 야스다 강당 함락을 기점으로 운동의 열기

* 전학 공투 회의. 1960년대 일본 학생 운동 시기 각 대학에서 결성된 공동 투쟁 조직과 운동체를 뜻한다.

는 급속히 식기 시작했고, 대중의 지지를 잃고도 운동을 계속하려는 자들은 결국 극단화의 길을 택할 수밖에 없었다. 그리고 그것이 또 비난을 모아 고립이 더 깊어졌다. 악순환이었다.

우체국 강도, 파출소 습격, 총기 강탈. 자금과 무기를 얻기 위한 행동은 폭력성을 더해 갔고, 당국의 단속도 엄격해졌다. 점점 궁지에 몰린 활동가들은 활동 거점을 도시에서 산으로 옮겼다. 오쿠타마, 군마에 산악 기지를 만들고 경찰의 추적을 피하며 무력 투쟁을 준비했지만 그 과정에서 동료들 간의 린치가 횡행했다. 시신의 수가 늘수록 이상을 실현하기 위해 청춘을 불태운 혁명가들은 단순한 폭력 집단으로 전락해 갔다.

"'총괄總括'이라는 말도 안 되는 규칙이 있었어. 마음대로 술을 마셨다거나, 여자에게 욕정을 느꼈다거나, 마음가짐이 안 됐다거나. 그런 문제점을 들며 왜 죄를 지었는지 자기비판을 강요하는 거야. 그게 충분히 이뤄질 때까지 벌을 받는데 심하면 팔다리를 묶이거나 온종일 눈 덮인 산속 나무에 묶이기도 했지. 다른 구성원이 번갈아 가며 대상자를 때리기도 하고. 각성을 촉구하기 위한 시련이라는 명분이었다지만, 애초에 총괄의 기준은 리더의 변덕으로 결정되니 허술하기 그지없었어. 그렇게 몇 사람이 죽고 나니 점점 더 제동이 풀리지 않았을까? 남녀 합쳐 열 명 이상이 죽었다고 해."

"컬럼비아의 마약 전쟁 같잖아."

엉뚱한 감상이었지만 비웃을 수 없었다. 지금 이렇게 거창하게 설명하는 가와베 자신도 운동의 전성기에는 초등학생이었다. 데모와 슈프레히코르*, '딸기 백서'**, '복복시계'***도 결국 먼 곳에서 일어난 어른들의 활동이었고, 자신은 나중에 얻은 지식을 뽐낼 뿐이다. 하물며 시게타에게는 아사마 산장 사건조차 '역사'나 '시대극'의 일종일 것이다.

교수가 지유리 사건의 종지부를 찍은 1977년 9월, 일본항공(JAL) 여객기가 일본 적군****에 의해 납치됐다. 바로 '인명은 지구보다 무겁다'라는 후쿠다 다케오 총리의 말로 유명해진 다카 사건*****이다. 그때 가와베는 고등학교 3학년이라 슬슬 진로를 결정해야 하는 시기였다.

"좌익만 그랬던 건 아니야. 우익은 우익대로 게이단렌****** 건물을 습격하며 전후 체제 타파를 외쳤지. 정치 운동 자체가 과격파의 대명사로 자리 잡은 시기라고 해도 과언이 아닐 거야. 그

* 집회에서 일제히 같은 구호를 반복해서 외치는 집단 발성 행위.

** 1968년 미국 대학 학생운동을 배경으로 한 제임스 쿠넨의 논픽션 소설과 이를 원작으로 한 1970년 영화.

*** 1970년대 일본의 극좌 운동권 단체가 발행한 폭탄 제조법과 게릴라 전 등을 담은 간행물.

**** 1971년부터 2001년까지 존재했던 일본의 극좌 무장 게릴라 조직.

***** 1977년 9월 일본 적군이 일본항공 여객기를 납치해 방글라데시 다카 공항에서 인질극을 벌인 사건.

****** 일본의 대기업들로 구성된 대표적 경제 단체.

래도 동조자들은 여전히 남아 있었어. 지명 수배된 활동가를 숨겨 주거나 돈을 지원하는 사람들이."

의리와 인정이 있었을 것이다. 물론 당시 시대 상황에 대한 불만과 분노도. 하지만 그뿐만은 아니었다. 그들은 잊지 못했던 것이다. 아름다운 대의와 강력한 혁명을 향한 열정. 불평등하고 불공정한 사회의 변혁. 그것을 좋은 일이라고 믿고 헌신한 이들이 분명히 있었다.

"지유리 씨도 그중 하나였지."

시게타가 눈을 크게 떴다.

계기는 고등학교 신문부였다. 담당 남자 교사가 운동의 열렬한 동조자였다. 지유리는 젊고 학생들을 잘 챙기던 그의 영향을 받아 근처 운동 모임에 취재 명목으로 나가기 시작했다. 그 미모와 성격이었으니 틀림없이 귀여움을 받았을 것이다. 담당 교사의 활동을 눈치챈 학교 측에서 그 사실을 교수에게 알릴 때까지 지유리와 운동가들의 교류는 계속됐다. 단순히 주변에 휩쓸려서 그런 것은 아니었을 거라고 가와베는 짐작하고 있다. 지유리 자신도 진심으로 운동의 이념에 매료되지 않았을까.

이런 활동을 통해 지유리는 곤도 마사토를 만났다.

"딸을 신문부에서 퇴부시킨 교수도 몰랐던 것 같지만, 그때 두 사람은 이미 돈독한 사이였다고 해."

둘의 사망 이후 예전 신문부 담당 교사가 밝힌 이야기였다.

곤도가 속한 곳은 산악 기지와 관련이 있던 신좌익 단체였다. 그곳은 총기로 이루는 혁명, 즉 목적을 달성하기 위해서는 폭력 행사도 불사한다는 방침을 내세웠다고 한다. 간부급은 아니었지만 180센티미터, 백 킬로그램의 거구를 자랑하고 무도 실력도 있었다는 곤도는 공무집행방해, 상해, 절도, 흉기 준비 집회죄 같은 죄목을 줄줄이 쌓은 단체 내 거물이었다.

"지유리 씨가 왜 그런 남자에게 끌렸는지는 앞으로도 영원히 풀리지 않는 수수께끼겠지."

문득 떠올랐다. 지유리의 얼굴, 표정, 몸짓, 말투, 눈물점. 마을 남자들이 동경하던 고고한 꽃, 선녀. 그러나 이 나이가 되어 돌이켜보니 그 모든 것이 왠지 만들어진 것 같다는 느낌도 들었다. 완벽하게 통제된 행동의 이면에는 본심이 티끌만큼도 없었고 아름답고 성품 좋은 여성이라는 알량한 인상만 남았다. 그 내면에서 솟구쳤을 격정의 한 조각을 아주 잠깐 엿봤을 뿐이었다.

"아는 건 곤도가 군마현 의대를 중퇴한 후 활동에 빠져들었다는 것, 그리고 그의 출신지가 효고현이었다는 것."

대학 진학률이 다섯 명 중 한 명에도 미치지 못하는 시대였다. 무투파 이미지가 강한 곤도조차 의대생이었다는 점은 학생 운동이 마르크스주의의 어려운 논리로 열띤 토론을 할 수 있는 두뇌와 교양을 갖춘 지식인을 주축으로 하는 현실을 보여 줬다. 그런 곳에서 여성에 고졸인 지유리는 이질적인 존재였을 것이다.

"잠깐만. 당신들이 어렸을 때 붙잡았다는 그 남자 중 한 명이 우연히도 지유리 씨의 남자 친구였다고? 그런 건 슬롯머신에서 아침 첫 회전에 대박이 터질 우연 아닌가?"

"물론 그런 기적 같은 일은 상상하기 어렵지. 우리가 초등학교 6학년이던 1972년 1월, 스무 살을 앞둔 지유리 씨는 고등학교를 졸업한 후 일하고 있었어. 곤도는 그때 스물다섯 살이었고. 남녀가 눈이 맞기에는 딱 좋은 나이지만, 신문부 사건만 봐도 당시 교수가 혁명 운동을 어떻게 생각했는지는 분명해. 아마 길길이 화를 내며 둘의 교제를 인정하지 않았을 거야. 그러니 이건 그저 내 추측이지만, 1972년 그날 곤도와 지유리 씨는 몰래 연락을 주고받으며 약속을 했을 거야."

"……도망갈 약속을?"

가와베는 고개를 끄덕였다. 실종되기 약 5년 전에 이미 첫 번째 계획이 있었다. 가족들과 함께 떠난 펜션 가족 모임에서 빈틈을 노려 아버지와 여동생을 버리고 곤도와 함께 도망치려는 계획이. 그것에는 단순한 사랑의 도피가 아닌 운동에 본격적으로 참여하는 의미도 있었을 것이다. 어쩌면 그대로 군마의 산악 기지로 향할 생각이었을지도 모른다. 그래서 곤도는 동지인 남자를 데리고 왔다.

"그날을 노린 건 아마 지유리 씨의 희망이기도 했겠지. 마지막 추억을 만들고 싶었을 테고 자신의 결심이 흔들리지 않는다는 걸 확인하고 싶었을 수도 있어."

눈 내린 펜션 가족 모임 둘째 날, 아이들이 밖에 놀러 나갔을 때 지유리는 창가의 팔걸이의자에 앉아 먼 곳을 바라보고 있었다. 능숙하게 바느질을 하며 그곳에서 보이는 설산 풍경 속에 곤도가 나타나기를 기다리고 있었다. 매끄럽게 바늘을 다루는 하얀 손가락을 가와베는 지금도 생생히 떠올릴 수 있었다.

묵고 있던 펜션 근처에서 만나 종적을 감춘다. 단순 명쾌한 계획이지만 그것은 뜻하지 않은 걸림돌에 걸렸다. 곤도와 동료가 길을 잘못 들어서는 실수를 저지른 것이다. 눈 때문이었는지 두 사람은 펜션 근처까지 갔으면서도 방향을 잘못 잡아 산속을 헤매게 됐다. 그리고 아이들의 눈에 띄었고, 경찰 손에 잡히게 됐다.

"체포된 곤도는 지유리 씨의 이름을 밝히지 않았고, 지유리 씨도 그의 마음을 헤아려 입을 다물었어. 그렇게 5년 동안 두 사람은 숨죽이며 기다렸던 거야."

5년 후 출소한 곤도는 다시 지유리에게 연락을 취했다. 그리고 두 번째 도피를 계획했다.

"대단한 열정이네. 순애라는 건가?"

그 말투는 마치 무심한 재현 드라마의 감상처럼 들렸다. 아니, 어차피 나도 관객일까. 가와베가 그렇게 생각을 고쳤을 때 시게타가 "근데 말이야" 하고 말을 이었다.

"그게 어떻게 하다가 살인으로 이어진 거지? 몇 년 동안 참고 참

다가 이번에야말로 함께 도망치자며 들떠 있었을 거 아니야. 그런데 막상 당일이 되니 목 졸라 죽이다니. 이런 뜬금포가 어딨어?"

"정확한 사정은 알 수 없지. 다만 상황은 곤도에 의한 연인의 무리한 동반 자살 가능성을 부정하지 않아."

시게타가 눈살을 찌푸렸다.

"사랑의 도피가 갑자기 동반 자살이 됐다고?"

"그래."

가와베는 몸을 앞으로 기울였다.

"곤도는 지유리 씨를 우에다에서 태우고 나가노역으로 향하는 도중 문제가 생겨 그녀를 죽였다……. 당시 우리는 그렇게 추측했어. 하지만 잘 생각해 봐. 두 사람이 차를 타고 갈 때 보통이라면 곤도가 운전석, 지유리 씨가 조수석에 앉아 있었겠지. 만약 곤도가 지유리 씨의 목을 그녀의 목도리로 졸라서 죽이려고 했다면, 최소한 차는 세워져 있어야 해. 사람들 눈에 띄는 것도 좋지 않을 테고. 우에다역과 나가노역 모두 범행 장소로는 적합하지 않다는 말이야. 실제로도 시신은 스가다이라고원 근처에서 발견됐어. 즉, 두 사람은 일단 나가노역을 지나 스가다이라고원 쪽으로 차를 몰고 갔을 가능성이 커. 그러지 않았다면 두 사람은 야간열차를 탄 상태에서 싸우거나 서로를 죽여야 했을 테니까."

시게타의 눈썹 사이 주름이 더 깊어졌다.

"출소 후 곤도는 효고현에 있는 본가에 머물고 있었어. 그리고 지유리 씨 실종 당일 그는 부모의 차를 무단으로 빌려 나가노현으로 향했다는 게 밝혀졌지. 아침에 출발해 도착한 시간은 대략 오후 3시경. 곤도의 이런 움직임은 적어도 야간열차로 오사카로 갈 계획이었다는 긴타의 설명과 모순돼. 말이 길어졌는데, 요점은 이거야. 곤도는 처음부터 지유리 씨와 함께 도망칠 생각이 없었다."

가와베는 멍한 표정의 얼굴을 향해 마지막 일격을 가했다.

"덧붙이자면 두 사람의 시신에서 발견된 소지품에서도 기차표 같은 건 없었고."

"……그런 건 처음부터 말하랬지."

"퀴즈 게임을 하는 건 아니니 그럴 필요는 없지."

시게타는 쳇 하고 혀를 차고 가와베를 노려봤다.

"그럼 지유리 씨는 왜 순순히 그놈을 따라갔지? 그 여자도 처음부터 죽을 생각이었던 거야?"

"진실은 알 수 없어. 하지만 결과로 역산해 보면 지유리 씨는 속았을 가능성이 크지. 둘이 함께 도망치자는 말에 넘어갔지만 실제로는 곤도는 그녀와 동반 자살할 계획이었던 거야."

혹은.

"지유리 씨는 다시 한번 운동에 참여하려고 했지만, 곤도에게는 그럴 마음이 없었다."

차에 남겨진 지유리의 숄더백 안에서는 직접 쓴 편지 한 장이 발견됐다. 지유리의 글씨로 쓰여진 혁명가 '인터내셔널'의 일본어 가

사. 그곳에는 부자연스러운 오자가 곳곳에 보여 일종의 암호가 아닐까 하는 의혹을 불러일으켰다. 수사의 손길을 피해 활동을 지속하던 과격파 단체와 연락을 주고받았던 게 아닐까 하고.

진상은 가와베의 귀에 들어오지 않았다. 하지만 어차피 지유리 씨에게 고향을 버릴 의지가 없었다면 곤도와의 관계를 나타낼 증거를 처분한 이유를 이해할 수 없다. 그리고 곤도에게 그럴 마음이 있었다면 적어도 두 사람은 더 멀리 떨어진 곳에서 발견되었어야 했다.

"두 사람은 어긋나고 있었던 거야. 5년이라는 세월 동안."

세상의 흐름도 이런 추론을 뒷받침했다. 72년의 아사마 산장 사건 이후, 운동의 형태와 세간의 온도는 크게 바뀌었다. 곤도가 과연 어떤 사상을 가지고 어느 정도의 열정을 공산주의 혁명에 쏟았는지는 알 수 없지만, 출소 후 쇠퇴일로를 걷는 운동의 잔재를 목격했을 때 그가 받았을 충격은 상상하기 어렵지 않다. 좌절된 이상을 피부로 느끼며 그는 어떤 생각을 했을까. 이 나라에서 혁명은 불가능하다. 그런 실망감이 안긴 충격이 얼마나 컸을까. 사회의 변화, 그리고 잃어버린 시간이 그의 내면에서 일그러진 화학반응을 일으킨 끝에 자살 충동을 폭발시킬 정신의 검은 나이트로글리세린을 만들어냈다고 해도 이상할 게 없지 않을까.

어쨌든 출소한 지 얼마 안 된 곤도에게는 공안의 감시가 붙어 있었을 가능성이 크다. 그런 것도 무릅쓰고 행동에 나선 이상 상당한 각오가 있었던 것만은 틀림없다.

"심정은 이해가 돼."

"여자랑 동반 자살한 놈의 심정이? 흥, 역겨워."

시게타는 침이라도 뱉을 기세로 고개를 홱 돌렸다. 앙상한 가슴을 손톱으로 긁은 탓에 붉은 자국이 생겼다.

"……만약 곤도라는 녀석이 당신만큼이나 역겨운 자식이었다고 쳐. 그래도 뭔가 이상하지 않아? 뭐랄까, 잘 설명하기는 어렵지만."

가와베는 애매하게 고개를 살짝 기울이기만 했다. 감이 나쁘지는 않다. 만약 자신이 본청 형사고, 시게타가 관할서의 젊은 순경이었다면 이름 정도는 기억했을 것이다.

연인의 동반 자살, 혹은 갈등으로 인한 살인이나 자살. 이런 스토리에 대체로 들어맞는다. 당시 곤도가 취했을 행동 속 몇 가지 의문점에만 눈을 감는다면.

하지만 그마저도 사소한 일로 간주되었다. 살인자의 심리는 원래 이해 불능 덩어리, 블랙박스. 경험상 납득할 수밖에 없는 사실이다.

그리고 무엇보다.

"당시 사회적으로 더 큰 충격을 안긴 건 오히려 이와무라 가, 그러니까 최 씨 일가 참살 쪽이었어."

시게타의 표정이 불쾌하게 일그러졌다.

"화제를 빼앗겨서 지유리 씨 쪽 일은 대충 넘어갔다는 거야?"

"부실 수사까지는 아니었을 거다. 지유리 씨 살해와 최 씨 일가 참살도 현 경찰은 제대로 조사했겠지. 하지만 그런 한편으로 지역의 불명예를 하루빨리 마무리 짓고 싶었던 것도 사실일 테고."

'일본의 다보스'라 칭하며 스가다이라고원을 관광지화하는 데 힘을 쏟던 시기였다. 현의 경제를 담당하던 이들이 사건의 조속한 해결을 바랐을 게 틀림없다.

"거기에 지유리 씨의 사상도 영향을 미쳤어. 운동가들 사이에서 일어난 다툼이라고 하면 그 세부 내용이 어떻든 모두가 납득하는 시대였으니까. 거기에 아버지는 그 지역에서 유명한 괴짜였고, 그에게 살해된 최씨 가족도 평판이 좋지 않은 재일 조선인 가족이었지."

"그게 무슨 상관이야."

시게타는 차갑게 미소 지었다.

"평판이 좋든 나쁘든 그 일과 무슨 상관이 있다고?"

가와베는 말없이 시게타를 봤다. 짧은 머리를 노랗게 염색한 청년은 조롱을 숨기지 않는 표정으로 다다미 위로 시선을 떨궜다. 그러다 갑자기 그의 얼굴에서 미소가 사라졌다. 일그러진 입술을 검지와 엄지로 찢듯이 꼬집는다. 잠시 후 "쳇" 하는 소리가 들렸다.

"뭐, 그런 건가."

의미심장하게 중얼거리며 감정에 뚜껑을 덮는다. 가와베의 눈에는 그렇게 보였다. 가와베가 떠 온 물컵 하나를 말도 없이 집어 단숨에 비웠다.

그런 모습을 지켜보며 가와베는 어느새 자신이 주먹을 쥐고 있다는 걸 깨달았다. 비록 아주 잠깐이지만 표면적인 분노나 허세 섞인 위협과 차원이 다른 압박감을 시게타에게서 감지했다. 폭발의 예감. 히사노리는 자신의 그런 직감을 무시하지 않았다. 일어나지 않기를 바라는 일일수록 일어난다. 그 격언은 상처로 새겨져 있다. 그날 교수를 그대로 보내 버린 이후로.

시게타가 빈 컵을 테이블에 탁 내려놨다.

"난 금괴만 손에 넣으면 불만 없어."

"……그래. 그럼 나가자."

시게타는 '어디로?'라는 눈빛으로 몸을 일으키는 가와베를 바라봤다.

"도서관이나 서점."

어리둥절해하는 시게타에게 말했다.

"암호를 풀어야 하잖아."

거리에 비 내리듯
내 산에 눈이 내리네
어린아이는 묻히고, 음악가는 떠나갔네
사냥꾼과 춤추는 새끼 늑대들
진실로 연결된 두 머리의 거인

삶은 문어가 될 것 같아. 조수석에 올라타자마자 시게타는 시트를 눕히고 두 손을 머리 뒤로 깍지 꼈다. 지리를 모른다는 건 알지만 너무도 당당하게 무관심한 태도다. 가와베는 에어컨을 최대로 켜고 카 내비게이션에 손을 뻗었다.

"돈은 얼마나 갖고 있지?"

"갑자기 왜?"

"갑자기가 아니잖아. 목욕탕 요금은 내가 냈어. 기름값도."

"흥. 그렇게 짠돌이였어?"

"7 대 3으로 분배를 흥정하는 사람한테 들을 소리는 아닌 것 같은데."

흥정한 적 없어! 으르렁거리는 시게타를 무시하고 목적지를 나가노시 현립 도서관으로 정했다.

"잠깐. 산속을 가로질러 편도 한 시간 반? 그냥 이 근처 도서관으로는 안 돼?"

"너, 어떡할 생각이지?"

"뭐?"

"오늘 밤에 일하러 가나? 마쓰모토에 돌아가자마자 감옥에 갇힐 수도 있는 상황에서."

형님을 배신할 각오로 여기 와 있으면서.

"잠적할 생각이라면 아즈미노에서 어슬렁거리는 것보다 나가노시로 가는 게 더 낫겠지. 숙소를 찾기도 쉽고 어디로든 도망치기에도 편리하고."

"그리고" 하고 말을 잇는다.

"작은 도서관에 꼭 원하는 책이 있으리란 법은 없어. 없으면 다른 곳을 알아봐야 하는데, 폐관이 7시쯤이라면 앞으로 네 시간도 안 남았잖나. 못 찾으면 서점에 가서 사야 해. 그래서 물은 거다. 돈이 있냐고."

"……정말이지, 당신처럼 빙빙 돌려서 짜증 나게 설명하는 사람도 없을 거야."

"전자책으로 후불 결제하는 방법도 있지만, 난 사양. 살 거면 네가 사라."

시게타가 엄지손톱을 물어뜯는 모습을 가와베는 곁눈질로 관찰했다.

"어떡할래? 아즈미노 도서관에 들러도 돼."

"아니, 됐어. 나가노로 가자."

"그래. 그리고 돌려 말하기 선수가 된 김에 하나 더 묻지."

시동을 걸고 핸들을 잡는다.

"마쓰모토로 돌아갈 생각은 없겠지?"

"……금괴가 먼저야. 그게 없으면 시작도 못 해."

좋아. 프리우스를 주차장에서 출발했다.

"뉴스를 확인해. 사토시의 시신이 발견됐을지도 모르니."

"나한테 명령하지 마!"

시게타가 움직일 기미가 없는 것을 확인하고 가와베는 자신의 스마트폰을 던졌다. 핑크색 알로하셔츠와 청바지 사이에 떨어진 그것을 시게타는 못마땅한 얼굴로 집어 들고 두드렸다. "뭐야, 비밀번호도 설정 안 했어?"라고 비웃듯 물어서 가와베는 "그럴 필요가 없는 삶이라"라고 대답했다. 단순하다. 지금은 그야말로 단순한 일상을 보내고 있다.

"그렇게 사는 게 꼭 나쁘지도 않고."

물론 세상이 뒤집혀도 좋다고 생각하지도 않지만.

시게타는 시시한 것처럼 흘려듣더니 잠시 후 사토시 씨에 대한 뉴스는 보이지 않는다고 알려 줬다.

"그걸 떠나 뉴스에 난다고 해서 뭐 어쩔 수 있는 것도 아니잖아."

"네가 금괴를 원하는 한은 말이지."

시게타는 흥 하고 콧방귀를 뀌고 불쑥 내뱉었다.

"사토시 씨…… 결국 자기가 파놓은 함정에 빠진 꼴이 됐네."

M 자금 사기. 사토시의 가족에게 들러붙어 모든 것을 뿌리째 앗아 간 악몽. 그렇다. 그야말로 악몽이다. 달콤한 꿈의 대가라는 의미에서.

"'아마도'라고밖에 할 수 없겠지. 그때 난 어렸고, 무엇보다 가족이 아닌 남이었어. 교수 사건이 있고 난 이후부터는 만나지도 못했지. 사건의 진상은 차치하고 우리의 경솔한 행동이 마을에 소문으로 쫙 퍼졌으니까. 아버지는 질려 버렸고, 어머니는 무슨 영문인지도 모르고 이웃들에게 사과하고 다니느라 바빴어."

그러는 동안 할아버지가 돌아가셨다. 마지막은 비참했다. 어디에 그런 힘을 숨기고 있었는지 모를 정도로 날뛰며 집 안을 엉망으로 만들어 놓고 멋대로 넘어져 죽어 버렸다. 토사물과 대소변을 흩뿌리며.

"더는 거기 있을 이유가 없었지. 난 졸업과 동시에 친척의 인맥을 통해 하치오지로 이사했어. 부모님도 말리지 않았고."

그리고 경찰이 됐다. 그러나 이를 시게타에게 말할 필요는 없을 것이다.

"다른 친구들은?"

"뿔뿔이 흩어졌지. 아버지가 살인마가 되어서 죽어 버린 후카는 어디론가 맡겨졌어. 그리고 고등학교 졸업을 기점으로 고쇼는 밴드맨을 목표로, 긴타는 대학에 합격해서 각각 상경했지만 연락을 주고받지는 않았고."

휴대폰이 있었다면 달랐을까. 인터넷이 있었다면 SNS로 녀석들을 찾았을까. 모르겠다. 환경은 새로워져도 인간은 그리 쉽게 새로워지지 않는다. 세이 씨라 부르면서 따르던 이와무라 기요타카가 한 말이다.

"하루코와 히데키 씨는 세이 씨가 맡았어. 결국 모두 그 마을을 떠난 셈이야."

두 누나와도 오랫동안 연락이 끊겼다. 장례식이라도 있었으면 좋겠다고 생각하면서도 한편으로는 출장 마사지 업소의 운전기사가 무슨 낯짝으로 그런 곳에 나타나겠냐는 생각도 들었다. 직업의 귀천 의식을 떨치지 못하는 건 가족보다 오히려 자신일지 모른다.

“정말 연락 안 했어? 그래도 다들 도쿄에 있었잖아?”

“……안 했지. 거의.”

가속 페달을 밟았다. 민가와 녹지에 둘러싸인 곧은 길에서 차량이 살짝 튀어 오른다. 옆에서 시게타가 얼굴을 찌푸리며 다리를 꼬았다.

“너.”

가와베의 눈이 그의 발밑으로 향했다.

“샌들은 어떻게 했지?”

“뭐? 샌들? 샌들이라니.”

“그 신발은…….”

“내 거야. 뭐 문제 있어?”

깨끗한 흰색 운동화를 감추듯 다리를 다시 푼다. 가와베는 그 이상 말하지 않고 다시 앞을 봤다.

시게타는 “근데 말이야” 하고 다시 입을 열었다.

“당신 이야기에 나오는 사토시 씨는 책 같은 건 전혀 안 읽을 타입 같은데.”

가와베는 “그래, 그렇지” 하고 대답했다. 그렇다고 할 수밖에 없다. 20년 전에도 사토시는 전혀 그런 타입이 아니었으니까.

"한숨 자라. 도착하면 깨울 테니."

얼마 안 돼 산길의 입구가 보이기 시작했다.

붉은 벽돌 건물의 현관에 들어설 때 시간은 5시를 향해 가고 있었다. 초라한 중년 남자와 머리를 노랗게 염색한 건달의 조합을 보며 데스크 직원이 당황했지만, 신경 쓰지 않고 일반 도서가 있는 2층으로 향했다. 안내도에 그려진 개인 학습실을 찾아 안쪽에 가 봤지만 모든 방이 이용자로 가득 차 있었다. 가까운 방을 들여다보니 중학생 정도로 보이는 남자아이가 고개를 돌려 데스크 직원처럼 깜짝 놀랐다. 서둘러 짐을 챙겨 나가려는 소년에게 시게타가 "미안하다"라고 말을 걸었지만 무시당했다.

책상에 앉은 가와베는 펜과 노트를 펼쳤다. 오는 길에 편의점에서 산 것들이다.

노트를 옆에 놓고 사토시가 남긴 오행시를 다시 썼다.

"정말 이런 걸 풀 수 있는 거야?"

"보통은 불가능하겠지. 이건 우리의 기억과 연결된 암호니까. 전혀 모르는 사람이 풀려면 꽤 많은 지식과 운이 필요할걸."

"당신한테는 그런 게 있다는 말이네."

시를 다 쓰고 나서 다음 페이지를 뜯었다. 펜을 움직이며 시게타에게 되묻는다.

"넌 어떻지? 사토시는 이 암호에 대해 뭐라고 했어? 사소한 거라도 좋아. 푸는 방법에 대한 힌트, 방향성."

"……글쎄. 생각나면 말해 줄게."

흥정할 처지인가. 가와베는 불평을 참고 메모를 끝낸 노트 페이지를 건넸다.

"여기 적힌 책을 찾아 와."

"내가?"

"또 누가 있지? 두뇌 노동을 대신해 줄 거면 도서 위원을 맡아도 좋지만."

시게타는 표정으로 불만을 표현했다.

"서둘러. 시간이 그리 많지 않아."

메모를 들고 서가로 향하는 시게타의 발걸음이 몹시 어색해 보였다. 심부름 정도는 잘해 주기를 바라며 가와베는 스마트폰을 집어 들었다. '샤인 뷰'로 검색하자 홈페이지가 나왔다. 뭔가 반짝이는 화면이 나올 줄 알았지만 의외로 차분하고 수수한 로고가 눈에 들어왔다. 평범한 레이아웃으로 이해하기 쉽게 만들어져 있다. 과연. 10대, 20대 젊은이들이 타깃이 아니라 그보다 조금 더 위, 아마도 50대 이상을 겨냥한 사업인 듯하다. 미용, 건강, 오늘의 운세 같은 카테고리가 있고 물, 화장품, 건강식품, 행운석 등이 나열돼 있다. 흔하다면 흔한 라인업이다.

회사 개요를 눌렀다. 시게타에게 들은 '무서운 선배'가 운영하는 통신판매 회사지만 사장의 이름은 반도가 아니었다. 30대 정도로 보이는, 섬뜩할 정도로 반듯한 얼굴의 여자 사진이 실려 있다. 과연 실제로 존재하는 사람은 맞는 걸까. 만약 내기를 한다면 존재하지 않는다 쪽에 배팅하고 싶었다.

아니면 시게타의 이야기가 처음부터 끝까지 거짓일 가능성도 배제할 수는 없다.

"젠장. 귀찮은 일을 떠넘기다니!"

시게타가 돌아오자 가와베는 스마트폰을 테이블에 엎어놨다. 책 다섯 권이 눈앞에 놓였다.

"이거면 되지?"

"그래. 되겠지. 아마도."

"아마도?"

"너무 기대하지 말라는 거다. 처음부터 말했잖나. 확실하게 풀 거라는 보장은 없다고."

"이 영감탱이가 정말……."

"일단 앉아. 소란 피워서 신고당하면 쪽 팔리니."

분노로 눈을 부라리는 시게타를 무시하고 첫 번째 책에 손을 내밀었다.

이제는 짜증 내기도 질렸는지 시게타는 몸을 앞으로 기울였다.

"이 아저씨는 대체 누구야?"

"혁명가처럼 보이나?"

가와베는 책 표지를 다시 봤다. 『베를렌 시집』.

“당신 이야기에도 나왔으니 알아. 시인이잖아. 어떻게 해야 시인 같은 게 되는지는 잘 모르겠지만…….”

“나도 몰라. 아마 이력서는 필요 없겠지.”

시게타가 흥 하고 코웃음을 쳤다.

“아무튼 이 사람이랑 암호가 무슨 관련이 있는데?”

“첫 번째 행과 두 번째 행.”

거리에 비 내리듯
내 산에 눈이 내리네

“이 두 행은 베를렌의 유명한 시를 패러디한 거야. 원문은 이거다.”

거리에 비 내리듯
내 마음에도 눈물이 흐르네

“호리구치 다이가쿠 번역, 베를렌의 네 번째 시집에 실린 시라고 하지.”

“지금 내가 여기 공부하러 온 줄 알아?”

“일단 들어. 베를렌은 보들레르, 랭보와 함께 프랑스 상징시의 거장으로 쇼와 시대 문학청년들에게 큰 영향을 미쳤어. 이 첫 구절은 특히 유명했지. 가후도 이 시를 번역했고.”

두 번째 책을 집어 든다. 나가이 가후의 『산호집』. 그 마지막 부분에 찾던 번역 시가 있었다.

거리에 비 내리듯, 내 마음에도 비가 내리네.

"가후와 마찬가지로 베를렌도 나와 사토시의 공통된 기억이야. 그리고 베를렌을 단서로 다음 행, 즉 '어린아이는 묻히고, 음악가는 떠나갔네'를 풀 수 있지. 우선은 나카하라 주야."

세 번째 책을 집어 든다.『나카하라 주야 전집 제1권』.

"주야 또한 프랑스 시 번역에 열정적이었지. 주야가 번역한 시는 랭보가 중심이었지만, 베를렌의 시도 몇 작품 있어. 이 전집에 수록된 『지난날의 노래』는 그의 두 번째 시집이자 유작이다. 그 바로 첫 부분에 '밤늦은 비'라는 시가 있고."

부제는 '베를렌의 얼굴'. 시작은 이렇다.

비는 오늘 밤도 옛날처럼, 옛날 그대로의 노래를 부르고 있네.

페이지를 넘긴다. 익숙한 시 한 편에 도달했다. 같은 『지난날의 노래』에 수록된 '겨울날의 기억'이다.

"첫 구절을 읽어 봐."

낮에 찬바람 속에서 참새를 손에 들고 좋아하던 아이가,

밤이 되어 갑자기 죽었다.

"오행시의 '묻힌 어린아이'는 이걸 가리키고 있어."

"뭐? 잠깐만. 아무리 그래도 그건……."

"아니, 이게 맞아. 우선 조용히 연상 게임을 해 봐라. 주야와 같은 시대를 살았고 그와 친분이 있었던 사람이 등장하길 바라며."

네 번째 책. 『현대 일본 문학관 36』. 고바야시 히데오 편, 다자이 오사무.

"다자이의 단편 『다스 게마이네』. 이 소설에도 베를렌이 숨어 있지."

페이지를 펼칠 때마다 20년 전 기억이 되살아났다. 그 녀석의 즐거워하는 말투.

그 문장은 마지막 장 바로 앞에 있었다.

나는 혼자서 비틀거리며 밖에 나갔다. 비가 내리고 있었다. 거리에 비가 내린다. 아아, 이건 아까 다자이가 중얼거린 말이 아닌가.

다자이는 단 가즈오*를 통해 주야를 알게 돼 그와 함께 동인지 『푸른 꽃』을 발행했다. 주야의 괴팍한 성격에 질려하면서도 그의

* 일본의 소설가이자 시인. 『리쓰코, 그 사랑』, 『장한가』 등의 작품을 남겼다.

사후 다자이는 그의 재능을 칭송하는 말을 남겼다고 한다.

"『다스 게마이네』 자체는 읽기에 따라서는 『푸른 꽃』을 만들기 위해 모인 다자이와 주야 등의 청춘 이야기로 읽을 수 있어. 작품 속에 다자이 본인이 조연으로 등장하는 것도 의미심장하지만, 우리의 암호 해독에 중요한 건 '바바'라는 이름의 자칭 바이올리니스트지."

주인공은 바바가 바이올린을 연주하는 모습도 보지 못한 채 그의 재능을 믿고 또 의심하면서 독특한 화술과 분위기에 매료돼 간다.

"이게 바로 '떠나는 음악가'다."

"잠깐. 작작 좀 해. 무슨 말인지 전혀 모르겠다고."

"자, 정리해 보자. 사토시가 남긴 오행시의 첫 두 행은 베를렌을 가리키고 있어. 세 번째 행부터는 베를렌에서 연상되는 주야의 『지난날의 노래』, 주야에서 연상되는 다자이의 『다스 게마이네』를 끌어낼 수 있지. 두 가지에 공통된 키워드는 『푸른 꽃』. 그리고 이 동인지의 이름의 원천은 독일의 낭만파 작가인 노발리스의 환상소설이다."

마지막 한 권의 책등을 두드렸다. 『노발리스 전집 제3권』. 이곳에 미완성 장편소설인 『푸른 꽃』이 수록돼 있다.

"그 낙서를 보고 여기까지 알아챘다고? 정신 나간 문학 마니아라 해도 너무 심한 거 아니야?"

"내가 말하지 않았나? 이 암호는 우리의 기억을 바탕으로 만들어졌다고. 당사자라면 무조건 도달할 수 있게. 즉, 여기까지는 '영광의 5인조'임을 증명하는 통과 의례에 불과해."

달리 말하면 그러지 않은 사람에게는 암호를 풀 자격을 주지 않겠다는 의지이기도 하다.

시게타가 콧방귀를 뀌었다.

"그래서? 당신 주특기인 그 연상 게임에서 『푸른 꽃』 다음은 뭔데?"

"글쎄. 나도 이건 이름만 알고 읽어 본 적이 없어서."

"말도 안 돼."

시게타의 얼굴이 터질 것처럼 벌게졌다.

"이걸 찾는 게 제일 힘들었다고!"

"아직 한 시간 이상 남았어. 네 수고에 감사하며 최대한 즐겨 보도록 하지."

가와베가 『푸른 꽃』을 읽는 동안 시게타는 『다스 게마이네』에 도전했다. 1분마다 혀를 차며 손가락으로 꼬집듯 책장을 넘긴다. 슬그머니 자리에서 일어나거나 다른 책으로 눈을 돌리는 그의 분주한 독서를 곁눈질하며 가와베는 가와베대로 이 고상한 환상 소설에 진절머리를 앓고 있었다. 소설에 오락성 이외의 다른 걸 바란 적은 없다. 그걸 넘어 소설 자체를 최근에는 전혀 읽지 않았다. 시게타가 지금 고전 중인 『다스 게마이네』를 읽은 것도 이미 오래전 일이다.

"끝났어."

시게타가 짜증스럽게 책 표지를 덮었다. 천장을 올려다보며 지겨운 것처럼 한숨을 내쉰다.

스마트폰으로 시간을 확인하니 폐관까지 30분도 채 남지 않았다.

"어땠지? 천재라고 불리는 다자이의 작품이."

"모르겠어. 근데 마지막은…… 뭐, 좀, 괜찮네."

초등학생의 감상문 수준이지만 마음은 이해할 만하다. 다 큰 어른이, 그것도 건달인 척을 하는 남자가 문학을 재미있다고 말하는 건 부끄러운 일일 테니.

"부끄러워하지 마. 호시 신이치*도 최고 걸작으로 꼽는 작품이니."

"시끄러워. 호시라는 작자는 또 누구야?"

호시 신이치도 모를 정도면 가후가 잊히는 것도 무리는 아니지 않을까.

"당신은 어때?"

"난 항복."

"어이!" 하고 소리치는 시게타를 가와베는 손바닥을 들어 제지했다.

"모든 정답을 알고 있다면 여기까지 올 필요도 없겠지. 나도 더

* 일본 SF 문학의 선구자로 불리는 작가. 1천 편이 넘는 엽편 SF 소설을 남겼다.

듬더듬 찾고 있는 중이야. 너도 알지 않나?"

"그렇다고 해도……."

"물론 성과가 제로는 아니야. 구체적으로 딱 맞는 묘사는 없지만, 작품의 성격으로 미루어 짐작할 건 있더군. ……환상과 현실을 오가는 환상 소설의 스타일을 오행시에 적용하면 이 『푸른 꽃』이 은유하는 건 환상에서 현실로의 이동이야."

멍하니 입을 벌린 시게타에게 가와베는 설명을 이어 갔다.

"즉, 시와 소설의 연상과 인용에서 실제 현실 세계로. 뭐, 억지스럽긴 하지만 전혀 근거가 없는 것도 아니지. 아까 난 『다스 게마이네』에 나오는 바이올리니스트를 '떠나는 음악가'라고 했는데, 실제로 읽어 보니 어땠지? 그래, 그 작품에서 그는 떠나지 않아. 그럼 떠난 음악가는 누구? 거기서 친숙한 사람이 한 명 더 떠오르는데, 바로 고쇼야."

시게타가 화들짝 놀란 표정을 지었다.

"자, 이로써 환상과 현실 사이에 다리가 놓였어. 그리고 네 번째 행, 즉 '사냥꾼과 춤추는 새끼 늑대들'. 이건 자명하지. 사냥꾼은 살인범, 새끼 늑대들은 우리를 가리키고 있어."

"우리라면 '영광의 5인조' 말인가?"

가와베가 고개를 끄덕이자 시게타는 "그럼" 하고 이맛살을 찌푸렸다.

"살인범은 곤도? 아니면 교수? 그리고 마지막의 이 '진실로 연결된 두 머리의 거인'은 뭐야?"

"확실한 건 아니지만, 난 전에 친구들한테 교수 집 뒷산을 웅크린 거인의 등이라고 말한 적이 있어. 그리고 또 하나. 사토시의 침대 머리맡에는 가후의 수필집이 있었지."

좋아하는 책들을 나열했을 선반에 꽂혀 있던 『가후 수필집』 상하권.

"거기에 『후카가와 산책』이라는 작품이 있는데, 그 안에 이런 내용이 나올 거야."

사키카와바시라는 지은 지 얼마 안 된 시멘트 다리를 건널 때, 나는 맞은편에 보이는 비슷한 다리를 배경으로 숯처럼 검게 변한 고목 두 그루가 갈대가 조금 자란 물가에서 하늘을 찌를 기세로 우뚝 서 있는 것을 봤다. 지진 때문에 불탄 은행나무나 소나무의 고목일 것이다. 나는 이 거대한 고목이 단조로운 운하의 전망에 활기를 주고, 저 먼 하늘에 희미하게 보이는 공장 건물을 배경으로 이곳에 우울한 새 시대의 그림을 만들어내고 있음을 느꼈다.

"거대한 고목. 우리의 기억 속 나무라면 유령 나무와……."

"사과나무인가."

가와베는 고개를 끄덕였다.

"즉, 범인이 가리키는 건 교수. '거인'은 교수와 관련된 두 그루의 나무를 암시한다고 볼 수 있어."

"뭔가……."

시게타가 입술을 꼬집었다.

"지금까지보다 더 대충 끼워 맞춘 것 같은데."

역시 감이 좋다.

"알코올에 녹아 버린 뇌로 만든 암호다. 깔끔하게 앞뒤가 맞을 거라는 보장은 없지."

"그래……. 그것도 그렇군."

잠시 침묵하던 시게타가 결심한 것처럼 고개를 들었다.

"사토시 씨는 나한테 암호를 가르쳐 줄 때 이런 말도 했어. '두 머리의 거인을 쓰러뜨린 보상으로 황금빛 노래가 울려 퍼질 거다'라고."

"……그건 무슨 뜻이지?"

"내가 어떻게 알아. 아무튼 내가 얻은 힌트는 그게 전부야."

굳이 여기까지 와서 시게타가 밀고 당기기를 한다고는 생각되지 않는다. '두 머리의 거인을 쓰러뜨리는 것'은 암호 해독을 가리키고, 그러면 '보상의 황금'을 얻을 수 있다는 뜻일까. 과연 의미심장하다. 하지만 '노래가 울려 퍼진다'라는 무슨 뜻일까. 깊이 생각해야 할까. 아니면 참고 정도로 여겨야 할까.

"어쨌든 지금 당장 갈 수 있는 곳은 한 군데뿐이야. 갈 만한 가치가 있는 곳도."

"교수의 집?"

그때 폐관을 알리는 안내 방송이 흘러나왔다.

"금괴가 없으면 곤란하겠지?"

시게타의 관자놀이가 꿈틀거렸다.

"책 반납하고 와. 차에서 기다릴게."

일어서는 가와베에게 시게타가 또다시 욕설을 내뱉었다.

나한테 명령하지 말랬지!

지쿠마강에 걸린 야시마 다리에 진입했다. 조금 전 프리우스는 나가노시 올림픽 기념 아레나를 막 지나쳤다. 초콜릿 바를 늘어놓은 듯한 기하학적인 건물을 처음 봤는데도 가와베는 향수를 느꼈다.

"올림픽 때 몇 살이었지?"

가와베의 스마트폰으로 정보를 뒤지던 시게타가 진정 짜증 난다는 듯이 표정을 구겼다.

"동계 올림픽은 히노마루 비행대*의 금메달 덕분에 열기가 대단했지. 그리고 같은 해 여름, 프랑스에서 일본 대표팀이 처음으로 월드컵 경기장에 서는 바람에 일본인 전체가 축구 팬으로 변했어."

* 1972년 삿포로 동계 올림픽 스키 점프 경기에서 메달을 석권한 일본 대표 팀의 애칭.

"시끄럽네. 그래서 뭐?"

"어느 쪽에 더 열중했지?"

"시끄럽다고 했지."

시게타의 노골적인 적의를 가와베는 말없이 받아넘겼다. 동계 올림픽과 프랑스 월드컵이 열린 해가 1998년이라는 걸 가와베는 또렷이 기억하고 있다. 시게타는 태어났을까 말까 한 나이일 것이다. 그렇게까지 관심을 가졌을 리 없다.

다리는 간격을 두지 않고 두 개가 나란히 걸려 있다. 유료 도로나 철도가 아니라 두 곳 다 평범한 승용차들이 오가고 있다. 미등을 쫓다 보면 어느새 전조등이 옆을 스쳐 갔다.

"퍼블릭 뷰잉*이 시작된 게 언제부터였더라."

"이봐, 영감."

옆을 보고 있던 시게타가 몸을 앞으로 기울였다.

"쓸데없는 소리 지껄일 시간 있으면 암호의 해답부터 진지하게 고민하는 게 좋아. '아이고, 제가 틀렸습니다' 하고 그냥 넘어갈 단계는 지났으니까."

넘어가지 않는다? 그럼 어떡할 생각이지? 후학을 위해 한 수 가르쳐 주겠나?

* 스포츠 경기나 콘서트 등의 이벤트를 경기장이나 거리의 대형 스크린을 통해 다수의 사람들이 함께 관람하는 행위를 뜻하는 말.

가와베는 반사적으로 튀어나오려는 독설을 집어삼켰다. 운전하면서 싸울 만큼 목숨을 가벼이 여기지 않고, 그걸 떠나 시게타의 의심도 이해할 수는 있었다.

굳이 말할 필요도 없이 암호 해독의 후반부가 엉성하다는 건 알고 있다. 느낌상 확률은 기껏해야 오십 대 오십. 하지만 문제는 없다. 가와베는 금괴의 존재 여부에는 관심이 거의 없고 정작 확인하고 싶은 건 따로 있었다.

차 오른쪽으로 산이 솟아오르기 시작했다. 고속도로 인터체인지가 보인다. 이 근처는 스자카시다. 산을 제외하고는 주택과 밭, 잡목림.

사나다 마을까지의 경로는 가와베가 정했다. 사나다 마을로 이어지는 나가노사나다선을 이용할 수도 있지만 일부러 현도 58호선을 택했다. 스가다이라고원을 지나는 경로였다.

"고향이 어디지?"

시게타가 날카롭게 째려보는 게 느껴졌다.

"대화 정도는 해 줘. 난 계속 운전 중이니까. 졸음운전을 할지도 모르잖아."

"마쓰모토."

"이쪽으로 놀러 온 적은 있나?"

"이쪽이 어디야?"

"북쪽."

현 중부에 해당하는 마쓰모토 지역과 북부의 나가노 지역은 예로부터 사이가 좋지 않다. 어느 쪽이 현의 얼굴인지를 두고 자존심을 세우는 경향이 있어서 관공서 안에서도 학벌 못지않은 구분이 있다고 들었다. 심지어 두 지역 사이의 갈등을 가와나카지마 전투*까지 거슬러 올라가는 설도 있다. 나가노 쪽에는 우에스기 겐신**, 마쓰모토성에는 다케다 신겐***이 진을 쳤다. 4백 년도 더 된 이야기다.

두 지역과 접하는 우에다 지역에서 자란 가와베는 그런 소문을 듣는 정도였고 실제 반목하는 모습을 목격하지는 못했다.

"너희 세대에도 그런 의식이 있나? 북쪽 놈들에게 지지 말라는."

"잘난 체하는 놈들은 다 짜증 나."

대답이 되는 것 같기도, 안 되는 것 같기도 했다.

"잘난 체하는 놈들은 무슨 짓을 당해도 할 말 없어."

"후련할 정도로 알기 쉬운 철학이군."

"비웃는 거야?"

"아니, 안 비웃어. 다만 내가 살면서 험한 꼴을 너무 많이 봐서 그런 것뿐. 인간은 원래 잘난 체하고 싶어 하는 생물이고, 잘난 체

* 1553년부터 1564년까지 일본 전국 시대에 다케다 신겐과 우에스기 겐신이 시나노 북부의 지배권을 두고 벌인 5차례의 전투.

** 1530년부터 1578년까지 활동한 일본 전국 시대의 봉건 영주.

*** 1521년부터 1573년까지 활동한 일본 전국 시대의 봉건 영주.

하는 인간에게 따르고픈 유혹을 이기지 못하는 동물이기도 하지. 그리고 잘난 체하지 못하는 인간을 발견하면 떼를 지어 공격해. 그런 걸 꼭 스포츠처럼 즐기기도 하고.”

“젠장.”

시게타가 또다시 감정을 드러냈다. 옆 창문으로 눈을 돌리며 툭 내뱉는다.

“근데 뭐, 인간이란 게 원래 그런 거겠지.”

잠깐 보이던 열기는 금세 사라졌다. 마치 부끄러운 일이라도 되는 것처럼.

“이름은?”

“뭐?”

“성 말고 이름 말이야. 시게타 타로? 지로?”

“내키는 대로 불러.”

“그러지 마. 모처럼 알고 지내게 됐는데.”

무뚝뚝한 입술이 벌레라도 씹은 듯이 일그러졌다.

“……토무.”

“뭐?”

“토무라고, 토무.”

“어떻게 쓰지?”

씁쓸하게 내뱉듯 말한다.

"'북두의 권*' 할 때 두斗에 꿈 몽夢."

"토무라니. 멋진 이름이네."

"헛소리하지 마. 무슨 마스코트도 아니고."

"부모님은 어떻게 지내시지?"

지나가는 가로등 불빛에 침묵이 비쳤다.

"형제는 있나?"

"……있으면 죽였을걸."

"부모님을? 형제를?"

"둘 다."

국도 406호선에 들어서자 어둠이 더 짙어졌다. 산 깊숙한 곳이다. 이제부터는 구불구불 꺾인 칠흑 같은 길이 정상까지 쭉 이어진다.

"학교는?"

"뭐야? 내 자서전이라도 써 주게?"

"누가 읽는다고."

시게타는 혀를 쯧 차고 다시 눈을 돌렸다.

"반도와 알고 지낸 건 얼마나 됐지?"

"……몰라. 잊어버렸어."

* 핵전쟁 후 황폐화된 세계에서 주인공이 악당들과 싸우는 이야기를 그린 하라 데쓰오 작가의 액션 만화.

"금괴를 손에 넣으면 뭘 할 생각이지?"

시게타가 문득 허공을 바라봤다. 왠지 넋이 나간 표정이었다. 거짓말도, 허세도 잊은 것처럼.

"하고 싶은 것 정도는 있을 거 아냐. 아니면 돈을 써서 뭐라도 되려는 건가?"

"없어. 아무것도 되고 싶지 않아."

마음이 멈췄다. 이토록 공허하면서도 설득력 있는 말을 들은 게 얼마 만일까.

산길 끝으로 스가다이라고원의 입구가 보였다. 펜션을 본뜬 듯한 호텔. 이 계절에는 눈의 하얀색이 아닌 선명한 녹색으로 칠해져 있을 완만한 언덕이 밤의 어둠에 잠겨 있다.

"그런데 가난이 지긋지긋한 건 맞아. 잘난 체하는 인간을 보는 것도."

"그 인간이 반도인가?"

시게타는 대답 대신 손가락을 깨물었다.

얼마 지나지 않아 길가에 수제 햄버거집 간판이 보였다. 역시 배가 출출했다. 생각해 보니 오늘 하루 종일 아무것도 먹지 않았다.

"이 길을 곤도도 달렸겠지?"

시게타가 자기 신상 이야기가 더 나오는 것을 막으려는 것처럼 중얼거렸다.

"아마도."

"당신은 몇 번째야?"

"처음. 이 부근에서 드라이브한 기억은 손꼽을 정도밖에 없어."

"어렸을 때 스키 같은 걸 탔을 거 아냐."

"그건 학교 행사 때문에. 우리 아버지는 리조트에 가족을 데려갈 만한 인물이 아니었지."

시게타는 "흐음" 하고 창밖으로 눈을 돌렸다.

구불구불한 길은 오르내림을 반복했다. 잘 정비돼 있다고 해도 이곳이 산이라는 걸 새삼 실감하게 된다. 이내 스가다이라 교차로에 도착해 좌회전하자 5분도 지나지 않아 건물들이 모습을 감췄다. 여기서부터 서서히 내리막길이 시작된다. 전조등이 2차선 도로의 갈라진 아스팔트를 비추고 1초 후 프리우스가 그곳을 지나간다. 마주 오는 차는 거의 없었다. 그래도 방심하면 아찔해진다. 도로 중앙에 그어진 노란 선, 옐로 센터 라인. 그것에만 의지해서 내려간다.

'If that single yellow line suddenly disappeared/Won't have nothing to guide me/Through this nightmare of a ride/How did I ever get here/And when will I ever get down/Down this endless misty road/With its single yellow line(만약 이 노란 선 하나가 갑자기 사라진다면/악몽 같은 운전을 헤쳐 나갈 길잡이는 아무것도 없겠지/나는 어떻게 여기까지 왔고/언제쯤 내려갈 수 있을까/끝없이 안개 낀 길을/한 줄의 옐로 센터 라인과 함께).'

'청춘의 살인자'에서 흐르던 고다이고의 노래를 음반으로 들은 건 형사를 그만두고 경찰을 사직한 후였다. 센터 라인을 벗어난 지 얼마 안 된 자신에게는 그 아이러니가 너무 강렬해서 마른 웃음조차 나오지 않았다. 그래도 가사를 외울 정도로 계속 들은 건, 말 그대로 모든 것을 잃은 불혹의 남자가 매달린 나르시시즘이었을 것이다.

"스쿠다맛테루 데에라보, 인가."

"뭐?"

"쪼그려 앉은 거인. 내가 산을 거인에 비유했을 때 후카는 그렇게 말하며 웃었어."

"뭐야, 그게?"

"'스쿠다마루'는 이 지역 말로 '쪼그려 앉는다'라는 뜻이야. '데에라보'는 흙덩이를 짊어진 구름보다 높은 거인이고. 전설에 따르면 오가미오카 언덕을 짓고 후지산을 단 하루 만에 만들었다고도 해."

국토 창조 신화라는 것이다. 우에다시의 가와니시 지방 등에서 전해져 내려오는 이야기로, 히사노리 같은 사나다 지역 아이들이 자주 듣던 이야기 중 하나였다.

"난 로맨티스트였던 것 같아."

시게타는 '그래서 뭐?'라는 듯이 다시 창밖으로 얼굴을 돌렸다. 가와베도 말없이 운전에 집중했다.

잠시 후 "뭐야, 이건" 하는 소리가 들렸다. 조수석 차창에 보이는 가드레일 건너편에 드넓은 호수가 펼쳐져 있다.

"스가다이라호."

기억이 아려 왔다.

"조금만 더 가면 댐이 있어."

댐이 완공된 건 1968년. 세이 씨는 그 말단에서 현장 작업자 모집을 맡았다. 나중에 알게 된 바로는 사토시의 회사도 관여했다고 한다.

공사가 한창일 때 세이 씨가 관리하던 재일 조선인 작업자의 총괄 역할을 한 사람이 히데키였다. 본체 완공 후에도 주변 공사는 계속됐지만 거기서 세이 씨는 배제됐다. 마을에 돌아오는 빈도가 줄어든 것도 그 때문이었다. 작업자 그룹도 해산했지만 히데키만은 사토시의 회사에서 고용하는 형태로 직장을 얻어 그 집에 정착했다. 이 일을 주선한 사람은 세이 씨였다. 반강제적으로 그들을 자기 곁에 뒀다고 가와베는 들은 적이 있다. 히데키 일가는 이와무라라는 성을 쓰며 동포들이 떠난 땅에 계속 살았다. 아마 어떤 응어리를 안고서.

왼쪽으로 댐이 나타났다. 어둠 속에서 깊은 저수지의 기운이 느껴졌다.

"어이."

조수석에 앉은 시게타가 저수지를 보며 입을 열었다.

"여기, 괜찮지 않아?"

"뭐가 말이지?"

"시체를 버릴 장소로 말이야. 호수는 최고 같은데."

지금 프리우스는 내리막 차선을 달리고 있다. 긴타의 추리를 믿는다면 범인이 지나간 길이다. 산기슭 덤불에 시신을 버린 건 절벽이 먼 반대편 차선이었기 때문인데 확실히 그 장소는 그랬다. 하지만 호수는 내리막 차선 쪽에 있다. 게다가 도로를 따라 길게 이어져 있어서 순식간에 지나칠 수 있는 것도 아니다. 덤불에 버릴 바에야 호수에 가라앉히는 게 더 자연스럽다고 할 수 있겠지만.

"지나친 생각이야. 그는 한밤중에 산길을 운전하고 있었어. 칠흑 같은 어둠 속을, 사람을 죽인 직후에. 약간의 모순은 그걸로 설명이 되지."

반론은 돌아오지 않았다. 시게타는 뚱한 표정으로 계속 호수를 노려봤다.

잠시 후 호수가 사라지고 길이 구불구불 휘었다. 그 때문에 내리막 차선이든 오르막 차선이든 상관없이 절벽과 인접할 때가 있었다. 조금 전 떨친 의문이 다시 떠올랐다. 여기에 버리면 안 됐던 걸까.

한참을 더 나아가 작은 터널을 지났다. 그리고 몇 분 후.

"여기다."

급커브 전에 속도를 줄였다. 넓어진 길 앞쪽에 수풀이 펼쳐져 있다. 지유리의 시신이 발견된 곳이다.

"그렇게 넓은 길은 아니네."

시게타가 절벽 쪽으로 눈을 돌리며 말했다. 동감이었다. 당시 친구들과 수사 흉내를 낼 때는 신경 쓰이지 않았지만 별로 넓은 도로는 아니다. 시신을 들고 건너는 건 꽤 힘들겠지만 그렇다고 아예 불가능한 일은 아닐 것이다.

천천히 커브를 돌며 말했다.

"가장 큰 의문은."

가와베의 의식은 조수석 너머의 불룩한 수풀로 빨려 들어갔다.

"시신을 왜 버렸는가, 야."

"뭐?"

시게타가 눈썹을 찌푸렸다.

"동반 자살이라면 시신을 버릴 필요가 없어. 함께 죽는 게 목적이니까."

"……곤도는 처음부터 도피나 동반 자살을 계획하지 않았다는 거야? 그냥 말다툼을 하다가 충동적으로 죽였다?"

"그리고 그 당사자도 자살했다, 일지도."

가와베는 핸들을 돌려 프리우스를 세웠다. 초록색 신호등 불빛이 비치는 스가다이라구치 교차로 한가운데에 차 앞부분을 밀어 넣었다.

"뒤를 봐."

지금까지 지나온 406호선 국도 옆에 또 다른 포장도로가 뻗어 있다. 교차로를 중심으로 한 Y자 도로의 동쪽으로 향하는 길이다.

이 교차로에서 406호선 국도는 144호선과 합류해 동쪽 길은 군마현으로, 그대로 내려가면 사나다 마을에 도착한다.

"곤도가 타고 온 세단은 동쪽 길을 따라가면 나오는 군마현의 산속에서 발견됐어. 그는 지유리 씨의 시신을 버리고 여기서 유턴해서 길을 바꾼 셈이야."

근처에 체인 탈착장이 있다. 그걸 보고 유턴하기로 결정했을 수도 있다.

시게타가 '무슨 말을 하고 싶은 거야?'라는 눈빛으로 가와베를 봤다.

"지유리 씨를 만난 곤도는 말다툼 끝에 그녀를 죽였다. 그리고 패닉 상태로 차를 몰다가 일단 적당한 곳에 시신을 버렸다. 그 후 도망치려고 길을 바꿨지만 도중에 포기했다. 산속으로 방향을 잡아 가다가 적당한 폐가를 발견해 차를 세우고 자기 가슴에 직접 서바이벌 나이프를 꽂았다."

"그럴싸한 전개잖아."

"두 가지 의문이 생기지."

공회전 소리가 들렸다. 다른 차량이 오는 기색은 없다.

"지유리 씨의 시신은 보름, 그리고 곤도가 죽어 있던 차는 한 달 넘게 발견되지 않았어."

"그건 눈 때문 아니야?"

"지유리 씨의 경우는 그렇지. 하지만 차가 파묻힐 정도로 눈이 내리지는 않았어."

"……산속이면 발견되지 않아도 이상하지 않잖아."

"당시 경찰도 그렇게 생각했겠지. 곤도에게 시신을 숨길 의도가 없었던 이상 늦게 발견된 건 우연이라고."

"그게 아니라는 거야?"

가와베는 대답 대신 "두 번째"라고 입을 뗐다.

"사망 추정 시각."

"언제 죽었냐는 그거 말이지?"

시게타는 혼자 납득하고 고개를 살짝 기울였다.

"당연히 실종된 날 아니야?"

"일반적으로 생각하면 그렇겠지. 하지만 확실한 증거는 어디에도 없어. 어쨌든 시신은 둘 다 영하의 환경에 있었으니까."

상온에서 생기는 부패 현상은 없었을 것이다. 직사광선을 받지 않는 한 낮에도 마찬가지다. 그 밖의 도움 될 정보라면 위장 내용물 정도겠지만, 이 역시 두 사람의 행적이 명확하지 않은 이상 언제 먹은 것인지 단정하기 어렵다.

"즉, 이런 거지. 그 시신 두 구는 지유리 씨가 실종된 날부터 발견된 날까지 어떤 시점에 그곳에 놓였어도 이상하지 않다. 설령 발견 전날이라도."

제대로 이해했다. 입을 다문 시게타의 모습에서 그런 느낌이 전해졌다.

경찰관이 되고, 더 나아가 형사가 되어 막연히 떠올린 의문이었다. 사건을 잊기 위해 나가노현을 떠났다. 모든 걸 없었던 일로 하기 위해. 하지만 때때로, 불시에 수사 놀이를 하던 날들이 뇌리에 떠올랐다. 긴타가 말한 추리의 조각들이나 그 후 밝혀진 사실. 5인조의 기억이 마구 뒤섞여 교차하는 탓에 한때는 잠을 못 이뤄 괴로워하기도 했다.

아니, 이건 자기기만이다. 정말 모든 걸 잊고 싶었다면 경찰관, 더군다나 형사 같은 건 되지 않았을 것이다. 어딘가에 집념이 있었기에 그 길을 선택한 것이다.

어렴풋한 사고의 마지막 장면은 늘 정해져 있다. 역광에 가려진 채 구부정하게 서 있는 교수의 모습. 식은땀과 함께 그 모습은 끈질기게 머릿속에 달라붙어 소박한 하루를 늘 망쳐 놓았다.

"근데 뭐."

가속 페달을 밟았다.

"이제 와서 확인할 방법도 따로 없지만."

말이 너무 많았다고 자각했다. 커브길의 수풀을 보고 자극을 받았다. 평소와 달리 머리가 잘 돌아가고 있다. 하지만 지금 중요한 건 40년 전 사건이 아니다. 사토시의 죽음이다.

그렇게 생각하면서도 댐의 호수에 이끌린 지유리의 환영은 사라지지 않았고, 가와베는 그녀의 격정을 엿본 순간을 수십 년 만에 다시 떠올렸다.

그것은 아마 펜션 가족 모임의 몇 년 전, 가와베가 초등학교 3학년쯤 됐을 때 일이었다. 일요일 이른 아침에 갑자기 후카가 집에 찾아와 스케이트를 타러 가자고 제안했다. 사토시와 고쇼의 집에도 들러서 말을 걸었고, 결국 어머니 때문에 못 가게 된 긴타를 제외한 네 명이 마을 회관에 모였다. 당시 스케이트라고 하면 스가와호였다. 스케이트장이 아니다. 자연 호수의 얼어붙은 수면 위를 달리는 것이다. 그때는 어느 집에나 나막신에 날을 붙인 나막신 스케이트라는 게 있었고, 아이들은 그것을 평범한 스케이트화로 굳게 믿고 있었다.

스가와호까지는 약 15킬로미터. 그러나 마을 회관에서 우리를 기다리고 있던 건 교수의 차가 아닌 지유리 씨 한 명이었다. "안녕, 좋은 아침이야"라고 인사하는 목소리가 밝고 맑았다. 평소보다 몇 배는 더 들뜬 표정이었다.

버스 요금은 지유리 씨가 내주었다. 산 높은 곳에 있는 스가와호는 사방이 더 높은 산에 둘러싸여 있어 왠지 비경 같은 분위기였다. 호수의 수면은 완벽하게 꽁꽁 얼어 있었고 사람도 그리 많지 않은 데다가 날씨 또한 스케이트를 타기에 더없이 좋았다. 아이들은 앞다퉈 뛰어나갔다. 후카와 사토시, 고쇼도 전력을 다해 얼음 위를 달렸다. 그런 와중에 지유리 씨만 느릿느릿, 어색하게 무릎을 떨며 거의 한 걸음도 나아가지 못하고 있었다. 처음 타는 스케이트였던 것이다. 거기에 원래 운동 신경도 좋지 않은 탓인지 좀처럼 능숙해지지 않았다. 여러 번 넘어졌고, 그때마다 사토시나 고쇼가 일으켜 세워 주려고 달려갔다. 몇 번째인가 가와베가 손을 내밀었을 때 지유리 씨는 얼음판에 엉덩방아를 찧은 채로 중얼거렸다.

"이런 것도 못 하는구나, 나는."

그래도 지유리 씨는 포기하지 않았다. 넘어져도 일어나고, 몇 번이고 다시 일어서서 마치 분노를 표출하듯 얼음을 박찼다. 다음 한 걸음을 향해 나아갔다. 점차 요령을 터득했는지 넘어지는 횟수가 크게 줄었고, 매끄럽게 얼음과 놀기 시작했다. 그리고 호수에 도착한 지 세 시간쯤 지났을 때 문득 주변에 사람들이 사라지고 부드러운 햇살이 비치는 그 넓은 호수면 위에서 지유리 씨는 아름다운 하나의 궤적이 되었다. 마치 다시 태어난 것처럼 생기 넘치게 큰 원을 그리며 나아갔다. 분노는 어느새 사라졌다. 바람을 가르는 모습에는 자유로운 기운이 넘쳤고, 그런 그녀를 보며 소년들은 사랑에 빠졌다.

지유리! 호숫가에서 교수의 고함 소리가 울린 건 시간이 얼마나 지나서였을까. 얼른 돌아와라!

지유리 씨는 천천히 아이들 쪽으로 다가왔다. 사토시와 고쇼의 어깨에 손을 얹고, 안색이 변해 화를 내는 아버지의 모습을 멀리서 바라보며 "여기는 좁네" 하고 하늘을 올려다봤다. 덩달아 올려다본 가와베의 눈에 지유리 씨의 귀여운 눈물점이 보였다.

교수는 몰래 아이들을 데리고 나온 딸을 꾸짖고 모두를 사나다 마을로 데려갔다.

지유리 씨가 아이들을 모험에 초대한 건 그 전에도, 후에도 없었다.

그녀가 왜 그런 엉뚱한 행동을 했는지 초등학생인 가와베는 이해할 수 없었다. 다만 그 무렵 세상을 떠들썩하게 한 사건은 기억했다. 빚 문제로 폭력단원을 총으로 쏴 죽인 재일 조선인 남성이 소총과 다이너마이트를 소지한 채 시즈오카현의 어느 여관에서 납치극을 벌였다. 80시간 이상 지속된 농성에서 그는 언론을 향해 자신이 지금껏 얼마나 차별 대우를 받아 왔는지, 이 사회에 얼마나 많은 부조리가 만연해 있는지 호소했다. 말 그대로 극장형 범죄였다. 언론의 힘은 무시무시했다. 범죄자의 일방적인 주장에 공감하는 자도, 반발하는 자도 있었다. 그리고 반발은 그들과 가까운 곳에 있는 재일 조선인들에게 향했다. 사건 발생 이후 가와베가 사는 마을에서도 최 씨 일가를 향한 시선이 더 차가워졌다. 한참 후에 들은 이야기지만, 사토코 씨는 술 취한 마을 남자들에게 둘러싸여 욕설을 듣고 폭행을 당한 적도 있다고 한다. 그리고 그 소식을 들은 지유리 씨는 걱정되는 마음에 이와무라 가를 찾았다가 처참하게 부어오른 사토코 씨의 얼굴을 봤다.

교수는 아무것도 하지 않았다. 린치에 가담하지도, 마을 사람들을 말리지도 않았다.

지유리 씨가 스케이트를 타러 우리를 데리고 간 건, 그 납치극의 범인이 체포된 다음 날이었다.

“당신들이 묵었던 펜션이 이 근처야?”

시게타의 목소리로 회상이 순식간에 한밤의 산길로 바뀌었다.

“……이미 지났어. 아까 그 커브길보다 더 위쪽이야.”

“흐음.”

차창 밖을 바라보던 시게타가 다시 입을 열었다.

“근데 곤도를 처음 발견한 건 당신이고 그때 사냥꾼으로 오해했다고 하지 않았어? 하지만 사냥꾼이면 일반 등산객들보다는 프로일 텐데.”

“……무슨 소리지?”

“아니. 그렇게 보이던 사람들이 고작 눈 때문에 길을 잃나 해서.”

생각해 본 적도 없었다. 분명 가와베는 그 두 사람의 모습에서 어떤 위압감을 느꼈다. 어린 나이였지만 친척 중에 사냥꾼이 있었고 학교에서 등산 캠프도 경험했으니 그만한 안목은 있었을 것이다. 사실 곤도는 경험 많은 활동가였고 그것도 산악 기지와 관련된 신좌익 단체의 베테랑 멤버였다. 결코 초보자가 아니었다.

“훌륭한 스님도 쏘다니면 몽둥이에 맞을 수 있다는 건가.”

“그런 말은 또 어디서 배웠지?”

제대로 신고 전화도 못 하는 주제에.

“수다쟁이 술주정뱅이와 살다 보면 원치 않아도 이렇게 돼.”

시게타는 불평하듯 말하고 다시 입을 다물었다. 분명 뭔가와 뭔가가 뒤섞인 속담의 정답을 알려 줄 의무는 없다. 다만 '어차피 읽게 할 거면 호시 신이치를 읽게 하면 좋았을 텐데' 하고 가와베는 죽은 사토시의 얼굴을 떠올리며 생각했다.

그러고 보니 지유리는 그런 이야기를 하지 않았다. 소설, 영화, 음악, 그리고 가후에 대해서도.

스가다이라구치를 지나면 그 뒤로는 거의 직선 도로가 사나다 마을까지 이어진다. 촌락이라 부르는 게 더 어울릴 길쭉한 마을 거리를 지나면 큰 창고가 나온다. 여기서 갈라지는 현도는 사나다 동부선이라고 했다.

가와베는 그대로 144호선 도로를 따라 내려갔다. 시간은 9시 전. 시골의 밤은 어둡다. 어린 시절을 보낸 마을에 대한 향수도, 세월이 불러온 변화도 전혀 실감하지 못한 채 가와베는 그곳에 프리우스를 세웠다. 한때 적갈색 세드릭이 주차돼 있던 자리. 역 건물은 사라졌지만 유령 나무는 여전히 서 있다. 기괴하게 뻗은 나뭇가지 모양도 그대로다. 가와베는 교수가 살던 땅에 도착했다.

차 문을 열려는 시게타에게 물었다.

"사토시의 휴대폰이었지?"

"어?"

밖으로 한쪽 발을 내밀다 만 채 시게타는 가와베를 봤다.

"뭐라고?"

"아침에 걸어 온 첫 전화 말이야. 사토시의 구형 휴대폰을 썼지?"

"……그래서 뭐. 불만 있어?"

"그냥 좀 신경 쓰여서."

침묵하고 있자 시게타는 혀를 차며 차에서 내렸다. 대시보드에 있던 손전등을 들고 뒤를 따랐다.

문 닫는 소리가 예상보다 더 크고 무겁게 주변에 울려 퍼졌다. 그 소리가 사라지자 벌레 울음소리밖에 들리지 않았다. 가로등 하나 보이지 않는 길이다. 서서히 땀이 배어났다. 유령 나무를 지나 언덕을 내려가다가 간가와강이 흐르는 소리가 들리기 직전 멈춰 섰다. 안쪽으로 하늘보다 더 검은 덩어리가 우뚝 솟아 있다. 산과 강 사이에 있는 작은 섬은 어둠에 잠겨 있었다.

명치 부근이 술렁거렸다. 기온과 무관하게 땀이 흘렀다. 쫓기는 듯한 느낌, 그 예감. 40년이라는 시간의 벽은 의외로 낮았지만 그 사이 가로놓인 도랑은 깊었다.

"가자."

그렇게 중얼거리고 가와베는 손전등을 켰다. 한때 붉은 녹으로 뒤덮였던 다리는 새것으로 바뀌어 있었다. 그 위를 밟고 갔다. 뒤에서 발소리가 따라왔다. 젊은 숨소리가 들렸다.

허름한 집을 예상했다. 어째서인지 그 2층짜리 일본 가옥이 그대로 남아 있을 거라 굳게 믿고 있었다. 착각도 이런 착각이 없다. 빛을 어느 방향으로 비춰도 그곳에는 아무것도 없었다. 불투명 유리가 달린 미닫이문과 텃밭도 사라졌다. 공터. 아니, 황폐한 땅. 단단한 땅을 밟으며 주위를 둘러봤다. 울창하게 우거진 나무가 불길한 벽을 만들고 있다. 마치 사방에서 침입자를 덮쳐 가두려는 듯이.

"뭐야. 헛다리 짚은 거야?"

시게타가 짧은 머리를 마구 긁었다.

"제기랄. 다 헛수고야. 전부!"

그의 짜증을 가와베는 말없이 지켜봤다. 그리고 손전등 불빛을 먼 곳으로 향했다. 교수의 옆모습을 떠올리며 기억 속 시선을 따라갔다. 사과나무를 심을 것이다. 그렇게 중얼거리던 교수의 시선을.

흙더미가 눈에 띄었다. 가까이 가니 땅을 파헤친 흔적이 그대로 남아 있다. 우묵하게 파인 구멍 속에는 흙뿐이었다.

"말도 안 돼."

어느새 시게타가 옆에 와 있었다.

"이게 무슨. 설마 누가 선수를 쳤다고?"

가와베는 말없이 검지를 입가에 댔다. 조용히 하라는 뜻으로.

"하지만, 난……"

시게타는 온몸을 부들부들 떨기 시작했다.

"……젠장, 젠장! 젠장! 젠장!"

"진정해."

"젠장! 이걸로 어떻게든 할 수 있었는데. 어떻게든 할 수 있었는데!"

"시게타."

"시끄러워!"

가와베는 손전등을 껐다. 동시에 시게타의 목을 손으로 움켜쥐었다. 숨을 쉴 수 있을 정도로 힘을 주며 놀라서 부릅뜬 눈을 똑바로 쳐다본다. 순간 이 허약한 목덜미를 찢어발기는 자신을 상상했다. 희미한 달빛이 시게타의 귀에 걸린 피어스를 비췄다.

천천히 숨을 내쉬었다.

"……조용히 해라. 여기서 소란 피우다가 정말 끝장나는 수가 있어."

어둠 속에 떠오른 고통스러운 표정이 무슨 뜻인지를 묻고 있다.

가와베는 천천히 고개를 흔들었다.

"여기가 아니야. 잘못 판 거야."

"……뭐, 뭐라고?"

"시끄럽게 굴지 마라. 절대."

천천히 손을 떼자 시게타는 헛기침을 했다. 증오로 폭발할 것 같은 눈빛으로 가와베를 쳐다본다.

"이걸 파헤친 놈이 누군지는 알겠지."

"……사토시 씨를 죽인 놈이겠지."

"십중팔구 그래. 그 녀석은 사토시에게 구두로 암호를 전해 듣고 여기까지 찾아왔을 거다. 사토시가 남긴 금괴를 찾으려고."

가와베는 "하지만" 하고 시게타를 봤다.

"여기가 아니야. 진짜 숨겨진 장소는 다른 곳이지."

의심의 눈초리를 받으며 가와베는 손을 내밀었다.

"『방문자』를 보여 줘."

시게타가 마지못해 청바지 뒷주머니에서 책을 꺼냈다.

가와베는 책장을 펼쳤다.

"역시나."

"뭐가 역시나야! 제대로 설명해 봐!"

"그래. 하지만 준비가 먼저다. 우리는 지금 삽 한 자루 없으니까."

가와베는 "잘 들어" 하고 시게타의 눈을 들여다봤다.

"넌 여기서 기다리고 있어라. 숨어 있으면서 누가 오는지 살피고, 만약 상황이 좀 안 좋게 굴러간다 싶으면 입을 막아."

시게타가 침을 꿀꺽 삼키는 소리가 들렸다.

"당신은?"

"필요한 물건을 사 올게. 아직 영업 중인 가게가 있을 거야. 한 시간도 안 걸리겠지."

가와베는 발걸음을 뗐다. 『방문자』를 한 손에 들고.

"내가 돌아올 때까지 마음대로 움직이지 마."

마지막 경고를 남기고 그 외딴섬을 떠났다. 다리를 건너며 머릿속을 정리했다.

땅은 판 지 얼마 되지 않았다. 아마 사토시가 죽자마자 이곳에 와서 땅을 파헤친 자가 있다.

이제야 확신을 얻었다. 시게타는 사토시를 죽이지 않았다.

보물찾기에 동행한 이유는 그걸 확인하기 위해서였다. 시신을 발견했는데도 신고조차 하지 않은 사람을 믿을 수 없었고, 옛날이야기를 들려주고 암호를 풀며 그의 반응을 관찰했다. 네가 금괴를 노려 사토시를 죽였나? 그때 빼앗은 『방문자』의 암호를 풀지 못해서 나를 불렀나? 만약 그렇다면.

상상은 기우에 그쳤다. 시게타가 범인이라면 땅을 파헤친 흔적을 설명할 수 없다. 그 녀석 혼자 그 장소에 도달할 수 있었을 리도 없다.

바꿔 말하면 이렇다. 적어도 범인은 도달했다. 그 오행시를 통해 그곳에, 아마 가와베와 같은 추리를 통해. 그것이 의미하는 바는 하나밖에 떠오르지 않는다.

'여기까지다'라고 생각했다. 이 이상은 됐다. 보고 싶지 않고, 알고 싶지도 않다. 한때 친구였던 사람을 의심해야 하다니.

프리우스에 올라탔다. 삽을 사러 갈 곳 따위 없다. 암호가 가리키는 진짜 금괴가 숨겨진 장소에도 관심이 없고, 실제 그곳에 금괴가 묻혀 있든 없든 알 바 아니다.

답은 나왔다. 나는 여기서 하차한다. 아무런 득도 되지 않는 범인 찾기와 복수. 바보 같은 짓이다. 전혀 합리적이지 않다.

시트에 기댄 채 한숨을 내쉬었다. 시게타가 떠안은 사정을 상상하며 눈꺼풀을 비볐다. 나가노 올림픽이 열린 시기조차 모르고, 시신을 아무렇게나 방치하는 그 비상식적인 남자는 가와베와 함께 있는 동안 단 한 번도 자기 스마트폰을 꺼내지 않았다. 형님의 부름에 늘 대비해야 하는 건달이 휴대폰을 가지고 있지 않을 리 없다. 잃어버렸거나 아니면 쓸 수 없었거나. 어느 쪽이든 절박한 상황일 것이다. 생전 처음 보는 중년 남자를 무심코 신뢰할 정도로.

내가 사라진 후 녀석은 어떻게 할까. 경찰에 신고할까. 반도에게 매달릴까. 후자라면 다시 연락이 올 확률은 낮다. 가와베의 전화번호, 그리고 이 차의 번호판도 시게타는 기억하지 못할 것이다. 사토시의 구형 휴대폰에 남은 발신 기록은 지웠다. 그래도 통신사를 통해 조사하면 포기할 것이고 경찰의 조사에도 순순히 응할 것이다. 하지만 직접 관여하는 건 여기까지다.

왼손으로 시선이 갔다. 움켜쥔 목덜미의 감촉이 아직 남아 있다. 손을 쥐었다 폈다를 반복했다. 만약, 시게타가 정말 범인이라면 나는 선을 넘었을까.

『방문자』를 조수석에 휙 던졌다. 사토시의 집에서 슬쩍해 온 비트겐슈타인 책이 바지 주머니에 꽂혀 있다. 딱 좋다. 미처 사지 못한 에비누마의 선물로 가져가자.

차에 시동을 걸고 카 내비게이션에 '이케부쿠로'를 입력했다. 가와베는 백미러를 보지 않고 프리우스를 출발했다.

10월이 돼도 '잔서'라는 말이 통할까. 그렇게 생각하며 가와베는 신음했다. 어쨌든 땀이 날 정도의 날씨는 변함없다. 가을이 고개를 돌려 어디론가 떠나 버린 것 같았다.

다행히 밤에 하는 일이어서 땀에 흠뻑 젖을 정도는 아니라 두꺼운 라운드넥 셔츠는 일주일째 입고 있다. 더위나 추위보다 가장 큰 문제는 게으름이었다.

히가시이케부쿠로 끝자락에 있는 빌딩 앞에 프리우스를 세웠다. 테트리스 게임의 막대기를 연상시키는 가늘고 긴 콘크리트 9층 건물. SRP 엔터프라이즈는 이 건물의 4층을 임대해 쓰고 있다. 타임카드 같은 건 없고 사무실에 얼굴도장을 찍을 일도 없다. 그저 출근 시간에 이 장소에 있으면 된다고 정한 지 수년이 지났다. 그런 가와베에게 에비누마는 자신을 괴롭혀서 수명을 단축시키려는 거라는 피해망상을 품고 있다. 그때마다 가와베는 말했다. 넌 장수할 거야, 라고.

오후 5시가 지났다. 잠에서 깬 머리를 흔들자 목 관절에서 뚝 소리가 났다. 오는 길에 사 온 캔 커피를 목에 넘기며 어두운 뒷골목을 바라봤다. 카레라이스 가게와 유흥주점, 캐주얼한 전당포 간판을 비추는 석양은 곧 저물어 밤이 거리를 덮을 것이다.

라디오 뉴스를 흘려들으며 눈꺼풀을 문질렀다. 머릿속에 낀 뿌연 안개가 사라지지 않는다. 몸도 계속 나른함에 휩싸여 있다.

스마트폰에 문자 메시지가 왔다. 간결하게 목적지만 적혀 있다. 카 내비게이션에 입력하니 꽤 먼 곳이었다. 메시지 수신 화면에서 바로 전화를 걸었다. 아르바이트 매니저가 아닌 에비누마가 불쾌한 목소리로 "뭐야?" 하고 전화를 받았다.

"전철로 가면 안 될까?"

—역에서 호텔까지 직접 한번 걸어 봐. 손님도 할증을 내겠다고 했어. 뭐가 문제야?

"아라카와강을 건너야 해."

—그래서?

"북쪽으로 한계선을 정해 뒀어."

—오.

분노로 터지는 팝콘 같은 웃음소리.

—몰랐네. 당신, 언제 도지사에 당선되기라도 했어? 한계선? 그건 몇 월 며칠 몇 시 몇 분에 제정된 조례지?

살아 있는 게 괴롭지 않나? 그렇게 물으려다 자살 행위임을 깨닫고 그만뒀다. 무엇보다 이번에는 에비누마가 모든 면에서 옳다.

—닥치고 일이나 해.

전화가 끊기는 것과 동시에 빌딩에서 남자아이가 나왔다. 연하늘색 칼라 셔츠에 질이 좋은 면바지. 무테안경을 낀, 말 그대로 수재 같은 느낌을 자아내는 얼굴이다. 도쿄의 유명 사립대에 다니는 현역 대학생으로 가게에서 불리는 닉네임은 류크. 약 반년 동안 일주일에 두세 번꼴로 출근하고 있다.

류크는 "안녕하세요"라고만 하고 뒷좌석에 올라타 말없이 스마트폰을 만지기 시작했다. 가와베도 조용히 차를 출발했다. 불필요한 대화는 최대한 삼간다. 이 역시 자신만의 규칙이었다.

나카센도 도로를 타고 북쪽으로 향했다. 외길이라 헤맬 여지는 없다. 얼마 지나지 않아 이타바시구에 들어서자 주변이 점점 어두워졌다.

"괜찮아요?"라는 목소리가 들렸을 때 가와베는 빨간 신호 앞에 정차하고 있었다. 백미러로 눈을 돌리자 류크가 맑은 눈으로 운전석 쪽을 보고 있었다.

"아까부터 브레이크가 좀 거친 것 같아서요. 반응이 늦어지고 있어요."

"……그래? 미안, 조심하마."

"괜찮으세요? 피곤해 보이시는데."

요즘 들어 불면증에 시달리고 있다. 2주 남짓 됐다. 원인은 짐작이 되지만 해결책은 찾지 못했다.

하지만 고작 스무 살짜리 아이 앞에서 꼴사납게 굴 수는 없다.

"걱정해 줘서 고맙군."

"사고라도 나면 제가 곤란해지니까요."

"그래. 명심하지."

신호가 초록 불로 바뀌자 가와베는 조심스럽게 차를 출발시켰다.

가게에서 일하는 접대부 직원 중에는 고용된 운전기사를 노골적으로 깔보는 사람도 있다. 남자 직원도 고용하고 있지만 대부분은 여자다. 그것도 젊고 어린 여자들. 그중에는 가와베를 완전히 무시하는 아이, 명령조로 이것저것 지시하는 아이, 수다쟁이, 배려할 줄 아는 아이, 감정의 기복이 심한 아이도 있다.

당연하지만 가와베는 모든 직원과 일정한 거리를 유지하고 있다. 더 정확히 말하면 아마 그 이상 관여할 필요를 서로 느끼지 못하는 것이다.

예를 들어 에비누마와 맺은 것 같은 관계를 이 직장 안에서 만들 수는 없을 것이다. 아니, 어쩌면 자신의 남은 인생에서 두 번 다시 기회가 없을지 모른다. 그게 아쉬운 일인지, 별거 아닌 일인지도 이제는 잘 모르겠다.

"또."

"응?"

"이번에는 차선이요. 위험하잖아요."

확실히 중앙에 너무 치우쳐 있다. 가와베는 핸들을 다시 잡았다.

"뭐 걱정거리라도 있어요? 아니면…… 혹시 연애 고민?"

웃음이 터질 뻔한 걸 꾹 참았다.

"대단하군. 훌륭한 카운슬러가 되겠어."

"카운슬러보다 컨설턴트가 나아요."

"그 둘은 다르지 않나?"

"같아요. 뭔가를 만들어낸다는 의미에서는."

가와베는 '과연' 하고 속으로 쓴웃음을 지었다. 이 쿨한 청년이 걱정할 정도로 내가 위태로워 보이는 모양이다.

"류크라는 이름이 본명인가?"

순간 그의 얼굴에서 표정이 사라졌다.

"왜요?"

"이유는 없어. 그냥 직감."

류크는 "흐음" 하고 속을 떠보듯 가와베를 쳐다봤다.

"혹시 그런 흐름으로 인생 이야기라도 하시려는 건가요?"

"왜 그렇게 생각하지?"

"자주 겪었으니까요. 상대에 대해 다 안다고 착각하는 어른들. 그런 사람일수록 할 때는 거칠더라고요."

"……남자였나?"

류크는 입꼬리를 비틀어 싱긋 웃었다. 류크는 여자든 남자든 가리지 않고 손님을 받는다.

"그보다 사장님 좀 어떻게 해 봐요. 마지막 시간이 되면 늘 술에 취해서 저한테 이것저것 해 달라고 달라붙어요."

"찌그러뜨리든 물어뜯든 마음대로 해도 되지 않나."

"싫어요. 역겨워요."

어차피 야근 수당도 안 주는데 뭐 어때. 그렇게 말하자 류크는 살짝 웃더니 다시 창밖 풍경을 바라봤다. 그러다 곧 스마트폰으로 시선을 떨궜고 그 뒤로는 입을 열지 않았다.

가와베는 이번에야말로 운전에 주의를 기울였다. 아라카와강을 건너자 호텔이 보였다. 확실히 역에서 멀다. 완전한 변두리라고 할 수는 없지만 그렇다고 화려하다고 할 수도 없다. 가와베는 적당한 곳에 차를 세우고 류크가 호텔 입구로 들어가는 모습을 지켜봤다. 방에 도착한 그에게서 '문제없음'이라는 메시지가 오면 일단 끝이다. 하지만 만약 방 안에서 예측 못 할 사태가 생겼을 때 직원을 보호하는 것도 가와베의 중요한 임무였다.

스마트폰이 울리기를 기다리며 빈손으로 자연스럽게 가슴을 문질렀다. 이상하게 불안했다. 아라카와강을 건너고 싶지 않다고 고집을 부린 건 단순한 변덕이 아니었다. 아니, 이유는 있지만 근거가 없으니 변덕이라면 변덕일까. 그러나 확실히 느꼈다. 불길한 예감을.

나가노에서 돌아온 지 2주. 평소처럼 단순한 삶에는 바람 한 점 불지 않고 있다. 먹고, 자고, 일어나서 일한다. 프리우스를 타고 이케부쿠로 주변을 돌아다니며 직원들의 불평이나 농담을 들어주고 가끔 에비누마의 짜증을 듣는다. 경찰에서는 연락이 없고 사토시의 시신이 발견됐다는 뉴스도 들리지 않는다. 여느 때처럼 지나가는 밤. 다만 불면증만은 계속됐다.

스마트폰은 울리지 않았다. 심심풀이로 검색 사이트에 들어가 뉴스란을 훑어봤다. 르노 자동차가 곤 회장의 측근을 해임. 수출 규제에 대한 한일 주장의 간극. 소프트뱅크 호크스가 CS 돌파를 위한 결정타.

사토시의 이름으로 검색하면 뭔가 알 수 있을지 모른다. 하지만 손가락은 움직이지 않았다. 평범하게 생각하면 시신은 이미 발견됐을 것이다. 그리고 살인 사건으로 수사 중이라면 벌써 경찰에게 연락이 왔어야 한다.

내일 오후부터 밤 사이 대형 태풍 19호가 매우 강한 세력으로 도카이 지방에서 간토 지방에 상륙할 것으로 보입니다……. 라디오 아나운서가 그렇게 말했을 때 류크의 모습이 시야에 들어왔다. 그는 차 옆 창문을 두드렸다.

"무슨 일이야?"

창문을 내리고 얼굴을 확인했지만 부어오르거나 멍든 곳은 없다. 표정도 괜찮아 보인다.

"퇴짜인가?"

사진을 보고 선택해 놓고도 트집을 잡는 손님이 간혹 있다.

그러나 류크는 대답 없이 "이것" 하고 봉투를 내밀었다. 가와베는 봉투 안을 확인하고는 깜짝 놀라 숨을 멈췄다.

"봤나?"

류크가 고개를 가로저었다.

"보지 않는 게 좋다고 해서요."

충고를 그대로 받아들일 만큼 상대에게 설득력이 있다면 이 청년의 침착함이 대단하다고 할 수 있다.

"몇 명이었지?"

"보이는 건 세 사람."

"그래."

가와베는 지갑에서 얼마 남지 않은 현금을 꺼내 류크에게 건넸다.

"택시를 타고 가. 에비누마한테는 말하지 말고."

류크의 대답을 듣지 않고 가와베는 차에서 내렸다. 호텔 입구로 향하며 봉투를 꽉 쥐었다. 그 안에는 붉은 살점이 붙은, 낯익은 고리 모양의 피어스가 들어 있었다.

엘리베이터를 타고 13층으로 올라갔다. 지정된 방 문을 두드렸다. 문틈으로 험상궂은 외꺼풀 눈이 얼핏 보였다. 가와베가 혼자인 것을 확인하고 그는 턱으로 들어오라는 신호를 보냈다. 젊은 도어맨은 힙합에 막 눈을 뜬 스모 선수 같은 모습이었다.

사이드 테이블 옆에는 하얀 후드티를 입은 남자와 검정 트레이닝복 차림의 남자. 정면 침대에는 반짝이가 들어간 감색 정장을 입은 남자가 앉아 있다. 30대 정도. 턱이 뾰족하고 볼이 기괴할 정도로 홀쭉하다.

"이 안에 차보가 있나?"

직감으로 내뱉은 이름을 듣고 침대에 앉은 남자가 눈을 부릅떴다. 핏발이 서 있다. 감정 때문이 아니라 마약을 상습 복용하는 자의 눈빛이라는 것을 가와베는 알 수 있었다.

"아니면 당신이 그 반도 씨인가?"

"웃기는 자식이네."

정장 입은 남자의 목소리를 신호로 흰색 후드티 남자의 오른손이 움직였다. 가와베의 목 부근에서 접이식 나이프가 빛났다. 영화의 한 장면으로 쓸 수 있을 만큼 재빠른 동작이었다. 이를 몸에 익히기 위해 얼마나 노력했는지를 상상하면 웃음이 나오지만 역시 티는 내지 않았다.

신경 쓰지 않고 정장을 입은 남자를 내려다봤다.

"당신이 차보인가?"

"……말조심하는 게 좋을걸."

"말조심해 봐야 무슨 소용 있겠나?"

정장 입은 남자가 불쾌한 것처럼 입술을 일그러뜨렸다.

"내가 일하는 곳을 어떻게 알아냈지? 아무것도 남긴 게 없을 텐데."

"SRP 엔터프라이즈. 네놈이 실수로 말했겠지."

시게타를 만났을 때 그런 대화를 나눈 것 같다. 거기서 가게를 알아내는 건 어렵지 않다.

"일부러 손님 행세까지 하며 날 지명해 주다니 영광이군."

"당신네 회사와 문제를 일으킬 생각은 없어. 볼일이 있는 건 그쪽뿐."

"그래도 영업 방해는 될 거 같은데."

"당연히 돈은 낼 거야. 금괴만 손에 넣으면."

한숨이 나왔다. 이런 부류의 사고방식은 어느 시대나 똑같다. 한 번 접한 돈 냄새 나는 이야기는 그것이 아니라고 백만 번을 부정해도 믿지 않는다.

"시게타는 어떻게 됐지?"

"살아 있어."

정장 입은 남자는 그 이상 설명하지 않았다.

"미안하지만."

가와베는 최대한 차분하게 말했다.

"난 금괴가 어디 있는지 전혀 몰라. 그리고 그건 시게타도 마찬가지일걸. 즉, 지금 당신들은 불필요한 위험을 감수하고 있는 셈이지."

"위험은 시게타와 네놈이 짊어질 거다. 그게 룰이야."

"반도의 룰인가?"

"반도 씨라고 불러라."

"알겠어. 조심하지, 차보 씨."

정장 입은 남자는 부인하지 않았다.

"하지만 모르는 건 모르는 거야. 기대에 부응할 수 없어."

"변명은 반도 씨 앞에 가서 해라. 통할지 안 통할지는 직접 시험해 보면 될 거야."

"그럼 지금부터 마쓰모토로?"

차보의 눈빛이 '그래'라고 말하고 있다.

"곧 태풍이 온다던데."

"무슨 상관이지? 어차피 네놈은 움직이지 않으면 다칠 텐데."

그렇다. 합리적이다.

차보가 몸을 일으키자 스모 선수와 흰색 후드티가 가와베의 양옆에 섰다. 스마트폰을 내놓으라는 지시에 따랐다. 비밀번호는? 없어. 그러자 세상 이상한 놈을 다 보겠다는 눈빛을 받았다. 스마트폰 전원이 꺼지는 걸 보며 '일을 빠지는 걸 알려야 하나'라는 생각이 머리를 스쳤지만 관두기로 했다. 프리우스는 필요한 반면 에비누마의 짜증은 필요 없다.

스모 선수가 프리우스를 운전했다. 가와베는 뒷좌석에서 차보와 흰색 후드티 사이에 앉았다. 트레이닝복 차림의 남자는 프리우스를 뒤따라오는 검정 승합차에 탔다. 호텔 앞에서 다섯 번째 인원이 감시하고 있었던 모양이다. 가와베가 제안에 응하지 않고 도망칠 때를 대비한 연락 요원일 것이다. 꽤나 치밀한 작전이다.

"사토시의 시신은 어떻게 됐지?"

차보는 뚱한 표정으로 대답하지 않았다.

"어차피 반도에게 물을 건데."

"반도 씨라고 부르라고 했을 텐데."

"대단한 충성심이지만 그럼 상관의 부담을 줄이는 노력을 해도 좋지 않을까?"

급성 알코올 중독으로 처리했냐고 다시 묻자 긍정하는 듯한 혀 차는 소리가 들렸다.

"장례식은?"

"사토시 영감이 그런 걸 원할까?"

가와베는 '그건 그렇군' 하고 내심 고개를 끄덕였다. 나도 마찬가지다. 관에 누워서 경 읽는 소리를 들어 봐야 자장가가 되지는 않을 테니까.

"가족과 연락은?"

"몰라."

"냉정하네. 생전에는 자네도 조금은 신세를 졌을 텐데."

"뭐 어딘가에 누구 한 명 정도는 있겠지. 장례식도 열렸을지 모르고. 그래서, 뭐지? 관여하고 싶지 않고, 관여받고 싶지도 않을 걸. 사토시 영감은 원래 그렇게 살아왔어."

"자네와 비슷하게 말인가?"

그러자 흥 하고 콧방귀를 뀌더니 다시 입을 다문다.

"자네는 어떻지?"

가와베는 오른쪽에 앉은 흰색 후드티에게 고개를 돌렸다.

"아직 어려 보이는데. 부모님은 정정하시나?"

당연하다는 듯이 무시당했다.

"어른이 물어보는데 '응'이나 '아니' 정도는 해 줘야지. 그리고 그 후드는 뭐지? 부하는 상사를 보고 배운다던데."

흰색 후드티가 가와베를 노려봤다. 가와베는 시선을 피하지 않고 그의 수준을 가늠했다.

"보여 줘라."

차보가 그렇게 말하자 흰색 후드티가 후드를 벗었다. 머리카락이 한 가닥도 없다. 대신 두피의 80퍼센트 정도가 보라색으로 짓물러 있다. 화상의 흔적일까, 병의 흔적일까.

"미안하군."

가와베는 그렇게만 말했다. 그러자 흰색 후드티는 후드를 다시 뒤집어쓰고 앞을 봤다. 한숨을 쉬고 싶어졌다. 차보가 마약 중독자인 것을 제외하고는 다들 예상보다 교육을 잘 받았다. 반도라는 남자, 아무래도 얕보면 목숨이 위태로워질 것 같다.

밖은 이미 완전히 어두워졌다.

"시게타는."

가와베는 누구에게랄 것 없이 물었다.

"어떤 녀석이지? 가능성이 있었나? 본인은 간부 후보생이라던데."

적당한 거짓말에 차보가 마른 웃음을 흘렸다.

"오른팔이었다면서?"

"알바 같은 자식이 오른팔은 무슨. 뭐든 시켜만 달라고 해서 썼는데 똥 치우는 것 외에는 할 줄 아는 게 없더군."

"아, 그건 나도 많이 했지. 할아버지와 아버지, 2대에 걸쳐 기저귀를 갈아 드렸거든."

차보는 "수고가 많았군" 하고 비웃었다. 어딘가 갈라진 듯한 음색으로.

"술주정뱅이가 사는 집구석에서 침낭을 덮고 자는 간부 후보생도 있나?"

그러나 그 악담도 왠지 허세로만 들렸다. 반사회적 조직의 말단 구성원은 대도시의 일부에만 존재한다. 뒷골목 사회의 신생으로서 그들이 성장할 수 있는 것도 유동적인 고객층이 있기 때문이다. 그것은 인구수와 젊은 피들이 뒷받침한다. 지방은 어디든 힘겹다. 차보가 입은 정장의 재단 상태가 그들의 고충을 말해 줬다.

그렇기 때문에 무슨 일이 있어도 갖고 싶어 하는 것이다. 갑자기 눈앞에 떨어진 보물을.

"시게타의 스마트폰은 너희가 쥐여 준 거겠지?"

가족용 휴대폰이라면 GPS 위치 정보를 쉽게 얻을 수 있다. 금괴를 찾아 모습을 감추려고 했던 시게타는 그래서 그날 그 폰을 사용하지 않았다.

"시게타가 너희한테 받은 스마트폰만 가지고 있었던 것, 그리고 사토시와 함께 살았던 것도 그 녀석에게 주소가 없었기 때문인가?"

그러자 차보는 혀를 차며 고개를 돌렸다.

"인질을 잘 돌봐주는 편이 인질의 값어치도 더 높일 것 같은데."

"정말 시끄러운 자식이네."

진심으로 진저리를 내는 표정이었다. 오래된 상처가 파헤쳐지기라도 한 것처럼.

"……별로 특별한 이야기도 없는데 말이야."

차보가 들려준 시게타에 관한 이야기는 확실히 흔한 이야기였다. 젊은 여자가 낳은 아버지 없는 아이. 황폐한 생활, 빈곤, 방임. 어머니의 명령으로 중학교에는 거의 가지 않았다. 제대로 먹지 못해 야위어 가는 자식이 의심받는 걸 원치 않았기 때문이다. 일하라는 말도 듣지 못했다. 주어진 것은 텔레비전과 게임. 그 밖에는 혼자 빌라 집 벽에 기대서 그저 천장 구석만 바라보고 있었다고 한다. 그러다 점차 어머니가 집에 돌아오지 않게 됐다. 사흘에 한 번이 일주일에 한 번이 되고 한 달에 한 번이 되었을 때 집주인이 월세를 독촉하러 왔고, 그때 시게타는 깨달았다. 여기는 이제 끝났다고.

집을 떠나 도둑질을 생업 삼았다. 절도, 소매치기. 밤을 보낼 곳은 있었다. 인터넷 카페, 24시간 영업하는 패스트푸드점, 노래방, 사우나 등. 붙잡힌 적은 없었다고 차보는 말했다. 운동 신경을 인정받아서 반도 씨에게 발탁됐다. 하지만 주먹 솜씨는 별로고, 게다가 머리가 너무 나빴다. 아는 게 없고 기억력도 형편없었다. 어쩔 수 없이 원숭이도 할 수 있는 일만 시켰다. 적재적소라 할 수 있다. 그런데도 녀석은 우리를 배신했다. 분수를 모르는 데도 정도가 있지.

"어때? 도와주고 싶어졌나?"

"비에 젖은 강아지보다는."

차보는 "흥" 하고 코웃음을 쳤다.

"당신이 뭘 어떻게 생각하든 이미 늦었어."

도로 앞쪽에 고속도로 진입로가 보였다. 프리우스에 장착된 하이패스가 에비누마에게 갚을 외상값을 멋대로 불려 갔다.

가와베는 문득 생각했다. 이 상황은 '일어날 법한 일'일까. 아니면 '일어나지 않았으면 하는 일'일까.

마쓰모토시 표지판이 눈에 들어왔지만 자세한 주소까지 알 수는 없었다. 어딘지 모를 아파트의 한 집으로 끌려갈 거라는 예상과 달리 스모 선수가 운전하는 프리우스는 시가지를 벗어났다. 평탄한 도로가 한동안 이어지더니 주변 건물 불빛이 거의 사라졌다. 논과 밭의 면적이 늘어나는 게 느껴졌다.

이윽고 차가 논두렁길로 방향을 틀었다. 전조등 불빛이 자갈길 끝에 반쯤 열린 차고의 셔터를 비췄다. 그 옆에 있는 통나무집 스타일 건물은 캄캄했다. 폐업한 레스토랑 같았다.

차에서 내리자마자 양옆에서 단단히 팔을 붙들려 셔터 안쪽으로 끌려갔다. 역시나 간담이 서늘해졌다. 주변 분위기를 보니 차고 안에서 아무리 소리쳐도 소용없을 것 같았다.

셔터 너머는 밝고 예상보다 깨끗했다. 정면에 낡은 소파가 있고 그 뒤에 러닝셔츠 차림의 근육질 남자와 마른 체형의 긴 머리 남자가 서 있다. 꽤 화려한 무늬의 칼라 셔츠를 입었다.

소파에는 검은 정장을 입은 남자가 앉아 있었다. 검은 머리를 빳빳하게 고정했고 냉혹해 보이는 표정은 버블 시대의 은행원을 연상시켰다. 그것도 경제 야쿠자와 비슷한 불량 은행원.

"반도 씨?"

"안녕하세요, 가와베 씨. 처음 뵙겠습니다."

셔터가 바닥에 부딪치는 소리가 났다. 그림으로 그린 듯한 '독 안에 든 쥐' 상황이다.

"일단 앉으세요."

반도 정면에 네 다리가 달린 둥근 의자가 있었다. 그곳에 앉자 마주 보는 자세가 됐다. 둘 사이에는 유리로 된 낮은 테이블이 있고 그 위에 생수 페트병이 세 병 놓여 있다. 반도가 그중 한 병을 들어 뚜껑을 따서 가와베에게 건넸다.

"우리가 취급하는 인기 상품입니다. 영산의 샘물을 길어 온 거예요."

심플한 디자인의 페트병 라벨에는 '여설수'라는 로고가 새겨져 있었다.

"이 근처에서는 수돗물만 틀어도 맛있는 물이 나오지 않나?"

"네. 수돗물에도 영산의 샘물이 섞여 있죠."

반도는 희미하게 미소 지으며 가와베를 똑바로 쳐다봤다. 역시 얕잡아볼 상대는 아니다. 가와베는 여설수를 두어 모금 마셨다. 생수. 그 이상의 감상은 없었다.

"어떻습니까? 비록 가짜여도 믿는 자에게 복이 있다고, 이런 상황에서 마시니 꿀맛 아닌가요?"

"……그건 그렇군."

가와베는 단숨에 물을 다 마셨다. 차고 안은 후덥지근했다. 납치당하듯 차로 끌려와 여섯 명의 건달에게 둘러싸였고, 머리 바로 위에는 열을 내뿜는 알전구까지 있으니 물이 맛없을 리 없다.

"전 방문 판매원 출신입니다. 남들에게 자랑할 일은 아니지만, 사장이 교육열이 대단한 사람이었죠. 입에서 단내가 나도록 가르쳤습니다. 유능한 세일즈맨이 되고 싶으면 가치를 부여할 줄 아는 사람이 되라고."

반도는 그렇게 말하며 두 번째 병의 뚜껑을 열었다.

"한 병 더 드시죠."

거절할 수 없어서 받아 들고 형식적으로 한 모금 마셨다.

"사장의 가르침은 지금도 기억합니다. 네가 재떨이를 팔 때 고객은 네 재떨이를 사는 게 아니다. 그 재떨이를 사기까지의 '스토리'에 돈을 지불하는 거다. 네 일은 고객과 재떨이 사이의 특별한 관계를 만들어 주는 거다. 스토리에 매료된 순간 인간은 대가를 아끼지 않는다. 왜냐하면 가격은 희소성에 비례하고, 특별한 관계는 세상에 단 하나뿐이기 때문이다."

"……이 물이 주는 스토리는 뭐지?"

"장수와 미용."

"그럴싸한 포장이 중요하다는 말이군."

"플라시보 효과는 의학적으로도 인정받는다고 합니다. 적당한 가격에 희망을 살 수 있다면 나쁘지 않죠."

"덤으로 목도 축이고, 말인가."

가와베는 관성적으로 물을 한 모금 더 마셨다.

"확실히 이런 상황에서 마시니 더 맛있는 것 같군. 취조실에서 피우는 담배만큼이나."

"신세를 많이 지셨나 보네요."

"내가 신세를 진 게 아니라 나한테 신세를 졌지. 너희 같은 양아치부터 전문가들까지."

"오."

반도는 짐짓 소파에 등을 기대며 말했다.

"형사님이셨나요."

"그렇게 안 보이나? 뭐 그럴 수도. 이제는 흔적도 없다는 걸 나도 잘 아니까."

여기서 숨길 이유는 없다. 그보다 아주 조금이라도 견제가 돼 주면 좋겠다고 생각했다.

"시게타는?"

차고는 텅 비어 있었다. 구석구석 살펴도 노란 머리는 보이지 않는다. 어딘가로 연결되는 문이나 숨을 만한 공간도 없다.

"여기 없습니다. 좀 더 깨끗한 곳에서 쉬게 하고 있죠. 그러지 않으면 여러모로 위험해 보여서."

"의사한테는 보여 줬나?"

반도는 희미하게 미소 짓기만 하고 대답하지 않았다.

"조직에서는 뭐라고 하지? 설마 허락도 없이 움직이는 건 아닐 테고."

"그 집 문제만큼은 전적으로 저희에게 맡기고 있습니다. 월세 징수와 각종 문제 처리도. 그분들도 예전처럼 원기 왕성하지 않습니다. 고령화 때문에."

"그럼 더 이상해. 조직의 돈을 빼돌린 것도 아닌데 너무 과격하게 나오는 거 아닌가? 살점째로 피어스를 뜯어낸다고 해서 한 푼의 이득도 없을 텐데."

"그렇기는 하죠. 하지만 모였다 흩어졌다를 반복할 수 있는 도시 녀석들과 달리 저희는 가족처럼 일하고 있습니다. 저는 이 녀석들을 돌보고, 이 녀석들은 저를 위해 일하죠. 배신은 돈으로 바꿀 수 있는 게 아니에요."

소속 조직이 명확하지 않은 반사회적 집단은 많다. 일거리 단위로 팀을 꾸리는 절도범들도 있다. 서로 잘 모르는 사이라 그중 누군가가 잡혀가도 나머지까지 고구마 줄기처럼 줄줄이 잡힐 일이 없다. 요새는 특수 사기 그룹도 한두 달 만에 해산하는 게 일반적이라고 한다.

하지만 이 역시 인구가 뒷받침하는 유동성이 있어 가능한 이야기다. 지방에서는 새로운 동료를 만나는 것 자체가 어렵다.

"여기도 여기 나름의 사정이 있다는 뜻입니다. 자, 마시세요."

권하는 대로 페트병을 기울였다. 그의 말에는 묘하게 끌리는 데가 있었다.

가와베는 한숨 돌리고 "그래서?" 하고 몸을 앞으로 기울였다.

"내 몫은 얼마지?"

반도가 즐거운 것처럼 눈을 가늘게 떴다.

"5백만 상당의 금괴라고 하니 절반은 받아야지."

"시게타를 돕고 싶지 않습니까?"

"난 그 녀석의 아버지가 아닐뿐더러 친척 삼촌도 아니야."

반도가 손가락으로 눈썹 근처를 문질렀다. 즐기고 있다.

"하지만 여기까지 따라오셨죠."

"억지로 끌려온 거지. 괜히 어설프게 저항하는 것보다 협력하는 게 낫다고 판단해서. 아니면 날 때려서라도 말을 듣게 하려는 건가? 그럼 한 가지 충고해 두지. 저 차에는 성능 좋은 GPS가 장착돼 있어. 내 고용주가 언젠가 반드시 찾으러 올 거야."

내가 아닌 프리우스를.

"재미있네요."

반도는 슬쩍 몸을 앞으로 기울였다.

"하지만 실수하신 것 같습니다. 굳이 GPS 이야기를 할 필요는 없을 텐데."

도움을 기다릴 여유가 있다면.

"내가 거짓말을 한다고 생각하나?"

"어느 쪽이든 상관없습니다. 저도 나름 사업가를 자처하고 있으니까요. 폭력에 의존하는 건 제 취향이 아닙니다."

가와베는 한숨을 쉬었다. 한마디로 반도는 지금 이런 말을 하고 있다. 어설픈 꼼수는 통하지 않는다고.

"그래. 나도 귀찮은 건 질색이야. 당신과 나 둘이서 거래하는 건 어떨까?"

"가와베 씨의 보수는 2백만 엔입니다."

느닷없이 본론으로 들어갔다.

"그리고 제 몫은 3백만. 그걸 선불로 받겠습니다."

식은땀이 주룩 흘렀다. 갈증을 축이고 나서 다시 확인했다.

"즉, 금괴를 찾든 못 찾든 3백만을 내라는 건가?"

"찾으면 2백만을 벌 수 있죠. 아니, 금값에 따라 더 벌 수도 있고요. 희망찬 이야기 아닌가요?"

그 반대의 경우는 언급하지 않는다.

"저희 쪽에서 인력을 빌려 드리죠. 마음대로 쓰셔도 좋습니다."

반도는 세 번째 페트병의 뚜껑을 열었다. 동시에 가와베 뒤에서 차보의 손이 뻗어 나왔다. 탁자 위에 놓이는 차용증.

"준비가 철저하네."

"저희는 연간 계약도 하고 있어서요. 먹튀 방지 노하우 정도는 있습니다. 덧붙이자면 연내 이자 정도는 서비스해 드리겠습니다."

"우스울 정도로 양심적인 사업가 선생이구먼."

"가와베 씨."

반도가 손바닥으로 마시다 만 페트병을 가리켰다.

"물 좀 드세요."

"아까 마셨어."

"여기는 더우니까요. 수분 보충을 제대로 해야 합니다."

"아니, 아직 괜찮아."

"그러지 말고 드십시오. 제가 이렇게까지 말하는데, 자, 어서."

"……이제는 배불러."

"고작 그걸 드시고?"

웃고 있는 건 입가뿐이다.

"배가 좀 부르다고 죽는 건 아니잖습니까. 아니면 혹시 저희 제품에 무슨 불만이라도?"

열띤 눈빛으로 눈 한 번 깜빡이지 않고 가와베를 쏘아본다. 똑똑하면서도 냉정하고, 감정적이고 이성적이면서도 폭력적이다. 시게타는 반도를 그렇게 평가했다.

가와베는 세 번째 페트병을 입에 가져갔다. 두 모금 마셨다.

"아직 남았네요. 맛이 없는 건가요, 설마?"
가와베는 두 모금 더, 그리고 나머지를 전부 들이켰다.
"어이, 더 가져와."
반도의 지시에 따라 소파 뒤에 있던 두 사람이 가와베 앞에 페트병을 늘어놓았다. 총 열 병.
가와베는 요란하게 한숨을 내쉬었다. 최대한의 허세로 체념을 감추며 말했다.
"적어도 옵션은 붙여 줘."
"무슨 옵션 말이죠?"
"시게타를 나한테 넘겨."
그러자 반도가 만족스럽게 빙긋 웃었다. 비웃음일지도 모른다.
그 순간, 머리 중심에 열기가 타오르고 배 밑바닥에서 마그마가 넘쳐흘렀다.
둥근 의자를 걷어차고 일어나 반반한 얼굴의 콧대를 위에서 발뒤꿈치로 걷어차고, 그 위에 올라타 주먹을 내리꽂아 턱을 부수고 이를 부러뜨리고 마지막으로 엄지손가락을 두 눈에 밀어 넣어서 으깨 버린다.
그런 망상을 침과 함께 삼켰다.
계약서에 서명했다. 시키는 대로 면허증을 꺼냈다. 반도는 은행 현금카드와 함께 사진을 찍었다.
차고를 떠나기 직전 돌아보며 반도에게 물었다.

"혹시 미래에 되고 싶은 게 있나?"

반도는 어리둥절한 표정을 지었다. 어쩌면 처음 보이는 솔직한 얼굴일지 모른다. 그는 희미한 미소와 함께 대답했다.

"굳이 말하자면, 당신네들과는 다른 어른이겠죠."

그게 어려운 일인지 쉬운 일인지 가와베로서는 알 수 없었다.

가와베는 마쓰모토 시내에 있는 아파트까지 프리우스를 몰고 갔다. 조수석에는 반도가 마음대로 써도 좋다며 빌려준 흰색 후드티 차림의 남자가 앉았다. 접이식 나이프를 0.2초 만에 꺼낼 수 있는 이 위험한 청년은 그저 감시 역할에 불과했다.

방 두 개가 딸렸지만 비좁은 집이었다. 부하 중 누군가의 거처일까. 안쪽의 미닫이문을 열자 어두운 다다미방의 이불 위에 시게타가 속옷 차림으로 누워 있었다. 새어 들어오는 불빛에 눈을 찌푸린다. 울퉁불퉁해진 얼굴. 퍼런 멍 자국이 배와 팔에 지도를 그리고 있다. 그저 우스우라고 채운 것처럼만 보이는 긴 줄이 달린 목걸이.

시게타는 알아듣기 힘든 목소리로 입을 열었다.

"……왔군."

"회사에 들이닥쳐서 납치당했어."

시게타는 훗 하고 마른 숨을 내뱉었다.

"그건 미안하네."

"사실 조금 더 일찍 올 줄 알았는데."

2주. 붙잡힌 시게타가 SRP 엔터프라이즈의 이름을 대기까지 걸린 시간이다.

고통스러운 것처럼 시게타의 입이 움직이는 것을 말없이 내려다봤다. 지금 이 녀석에게는 자신을 욕할 권리가 있다.

"눈 오던 날 이야기 말인데."

시게타는 어색하게 몸을 일으키며 예상 밖의 말을 꺼냈다.

"시간이 남아서 당신이 하루코한테 냈다는 그 퀴즈의 답을 계속 생각해 봤어. 왠지 이랬을 것 같아. 그때 당신들은 총 다섯 명이었지? 그러니까 한 명이 산장 근처에 남고, 그 녀석이 겨우 보이는 거리로 가서 또 다음 녀석이 남고. 그런 식으로 다섯 명이 길을 만들었던 게 아닐까 싶더라."

쏟아지는 눈, 기복 있는 새하얀 땅. 어지럽게 선 유난히 검은 나무들. 활동가 두 명이 숨어든 산장을 떠나 어른들이 있는 펜션으로 돌아가며 한 명씩 뒤에 남았다. 다섯 명이 네 명으로, 네 명이 세 명으로……. 그 세 번째가 바로 가와베였다. 홀로 낯선 장소에서서 멀어지는 두 친구의 뒷모습을 바라봤다. 장화, 장갑, 모자, 목도리가 겨우 위안이 되는 극한의 추위 속에서 묵묵히 기다렸다. 내 앞뒤에 마찬가지로 친구들이 서 있을 텐데 눈발이 더 거세져서 잘 보이지 않았다. 추위보다 그게 가장 무서웠다. 이 넓디넓은 세상에 홀로 남는다는 것. '바카봉의 노래'를 흥얼거리는 것으로 외로움을 달래면서 하염없이 친구의 신호를 기다렸다.

잠시 후 펜션에 도착한 후카가 어른들을 데리고 와서 근처에 있는 긴타에게 손을 들어 알렸다. 곧바로 긴타가 하늘을 향해 손을 뻗어 응답했다. 그것을 본 가와베는 무의미하게 고개를 끄덕이고 오른손을 힘껏 치켜들었다. 다음 친구는 사토시였다. 사토시가 들어 올리는 손이 또렷이 보였다. 산장 근처에서 기다리는 고쇼에게까지 반드시 전해질 거라는 확신이 가슴에 열기를 불러일으켰다. 추위와 피로를 날려 버릴 정도의 열기. 후카와 어른들이 오기를 기다리는 동안 펜션에서 산장까지 이어지는 한 줄기 선을, 그 별자리처럼 아름다운 연결을 가와베는 머리와 가슴에 새기고 있었다.

"어때? 괜찮은 아이디어지? 나한테 친구가 있다면 틀림없이 그렇게 했을 거야. 기분 좋잖아. 그렇게 모두 연결되는 상황이."

시게타는 잠꼬대를 하듯 연신 말을 이었다.

"내 말이 맞지? 분명 맞을걸. 안 그래? 정답이지?"

"……그래, 정답이다. 어린아이도 풀 수 있는 퀴즈지만."

"흥. 가끔은 칭찬도 해 주라고."

가와베는 시게타 옆에 쪼그려 앉았다. "일어설 수 있겠어?" 하고 어깨에 손을 얹는다.

"가자. 사토시의 유품을 찾으러."

피 묻은 알로하셔츠를 걸친 시게타가 프리우스 뒷좌석에 누웠다. 시트가 더러워지겠지만 상관없다. 에비누마의 얼굴에서 터질 핏줄이 한 줄이든 네 줄이든.

아파트 노상 주차장에 그대로 차를 주차하고 조수석에 물었다.

"이름이?"

흰색 후드티를 입은 남자가 어두운 시선을 보냈다.

"그 정도는 알아야 같이 일하기 편하지. 자네도 일하는 거잖아."

"……키리이."

키리이桐井? 키리이霧井? 아니, 꼭 성이 아닐 수도 있다.

"좋아, 키리이. 우선 스마트폰부터 돌려줘. 상관없지 않나? 어차피 난 도망갈 수 없으니까."

대답을 기다리지 않고 말을 이어 갔다.

"그리고 소란스럽지 않은 의사와 편히 쉴 만한 숙소를 찾아봐. 아는 곳이 없으면 차보에게 물어보고."

반발의 기색이 느껴져 바로 차단했다.

"그렇게 일일이 칼 갈 거 없어. 내가 죽으면 3백만 엔의 차용증이 휴지 조각이 되겠지. 쓸데없는 협박은 시간 낭비야. 그리고 나한테는 경찰서로 뛰어드는 비장의 수도 있으니까."

대답이 없다. 후드 때문에 표정은 잘 보이지 않지만 어깨에 힘이 들어가는 게 느껴졌다. 가와베는 기다렸다. 그러다 마침내 상대가 말을 하려는 순간.

"스마트폰."

손을 내밀어 다시 입을 다물게 했다. 키리이가 이를 가는 모습을 곁눈질로 봤다.

뒤에서 쉰 웃음소리가 들렸다.

"포기하는 게 좋을걸. 이 영감은 사람을 열받게 하는 데 천재거든."

시게타의 조롱하는 말투에 키리이의 긴장감이 더 고조되려 했다. 쓸데없는 소리를.

"부상자는 그냥 누워 있어."

키리이가 거칠게 스마트폰을 내밀었다. 동시에 프리우스에서 나간다. 정말로 차보에게 물어보러 가는 듯했다.

"말을 안 해, 저 녀석."

시게타가 통증 때문에 얼굴을 찌푸리며 말했다.

"모르는 사람한테는 한마디도. 나도 거의 대화해 본 적 없어. 온갖 폼을 잡으며 위험한 녀석인 척하지만, 흥. 별로 무섭지도 않아."

"알았으니 넌 입 다물고 있어."

"정말 어디 있는지 아는 거야?"

"금괴 말인가?"

"그거 말고 또 뭐가 있어. 금괴가 있으니 거래한 거 아니야?"

가와베는 한숨을 내쉬었다. 무리해서 말하지 말라고 했는데.

"……반도는 믿고 있지 않아."

의아해하는 시게타의 표정.

"사토시가 숨겨 둔 재산 자체를 기껏해야 반신반의하는 정도지. 그래서 차용증 같은 귀찮은 걸 꺼낸 거다. 금괴가 있든 없든 상관없도록."

2백만 엔을 미끼로 하면 서명을 받기 쉬울 거라고 판단했을 것이다.

"애초에 3 대 2라는 배분부터 너무 건전하지."

7 대 3을 고집했던 남자가 "그건 맞아" 하고 고개를 끄덕였다.

실제로 반도는 거의 아무것도 하지 않고 3백만 엔의 채권을 손에 넣은 셈이다. 진심으로 받아낼 생각이 있는지는 의심스럽지만 시게타에게 본때를 보여 주는 김에 한다고 생각하면 손해는 없다.

한편으로 키리이라는 보험을 들기도 했다. 만약 금괴가 발견됐을 때의 회수 담당. 이런 추측을 시게타에게 말하는 건 싸움을 걸어 달라고 부탁하는 거나 다름없을 것이다.

차 앞 유리창 너머에서 통화하면서 안절부절못하고 있는 흰색 후드티를 바라보며 시게타에게 물었다.

"반도한테 어디까지 이야기했지?"

"……경주마가 죽은 날 밤에 들은 이야기만 했어. 오행시는 못 외웠고 『방문자』는 당신이 훔쳐 갔잖아."

자신을 홀로 두고 간 날을 떠올린 듯했다.

"제기랄. 두 시간이나 기다렸다고!"

마침내 원망하는 말을 들을 수 있었다.

시게타는 밤길을 걸어 우에다역까지 가서 사흘 동안 역 근처 인터넷 카페에 틀어박혀 지냈다고 했다. 사흘째 되던 날 아침에 결국 돈이 떨어져 꺼 놨던 스마트폰의 전원을 켰다. 사토시의 시신은 이미 발견된 상태였고, 반도가 쳐놓은 그물에 직접 뛰어든 꼴이 됐다.

"불길한 예감은 있었지만 어쩔 수 없었으니까."

상황으로 봐서 경찰에 출두하는 건 피할 수 없었고, 처음 며칠은 상황 설명으로 진땀을 뺐다.

"이상한 의심은 받지 않아 다행이었지만 그 뒤로 이번에는 반도 씨한테 추궁당했어."

경찰에 불필요한 정보를 준 원인은 분명 시게타에게 있었다. 차보와 스모 선수의 무자비한 주먹세례를 견디지 못하고 조금이라도 변명이 될까 싶어 사토시의 이야기를 털어놓았다. 숨겨 놓은 금괴가 있다는 이야기를 들었다고. 그때는 믿지 않았지만 시신을 발견하고 나서 혹시나 하고 다시 생각했다고. 신빙성이 낮아 내 판단으로 움직였고, 찾으면 고스란히 반도 씨에게 바칠 생각이었다고……. 이런 허튼소리를 믿어 준다면 악당도 참 편한 직업일 것이다.

고문에 가까운 심문이 시작되고 얼마 지나지 않아 입을 열었다. 가와베에 대한 이야기, 그에게 들은 직장 이름. 금괴 때문에 사토시가 살해됐을지도 모른다는 이야기.

"미안하지는 않아. 어차피 피차일반이니까."

가와베는 "그래" 하고 대답했다. 당연하다.

"잘도 숨겼네. 체리브랜디 병에 들어 있는 구슬 이야기는."

'어떻게 알았어?' 하는 표정이 백미러에 비쳤다. 당연하다. 실제로 금을 봤다면 반도는 그 존재를 더 믿었을 것이다.

"그건 그냥 숨겨 둬. 굳이 알려 줄 필요는 없어."

가와베는 진지한 표정으로 입술을 깨무는 시게타의 얼굴을 관찰했다.

"그런데" 하고 다시 입을 뗐다.

"스마트폰을 꺼놨던 건 뭐라고 둘러댔지?"

"못 둘러댔어. 그걸 뭐라고 변명해."

시게타의 한탄에 무심코 웃음을 터뜨리고 말았다. 시끄럽다며 욕하는 시게타의 목소리도 누그러져 있었다. 비웃을 거면 비웃으라고 포기한 것 같았다.

"……그래서?"

시게타가 캐묻는 듯한 투로 다시 물었다.

"결국 금괴가 있는 곳이 어디야?"

"글쎄. 그걸 알았으면 진즉 찾아서 도망쳤겠지."

"말도 안 돼. 거짓말이지?"

시게타가 소리를 빽 질렀다.

"그런 식으로 반도 씨랑 거래를 했다고?"

"거래가 아니야. 협박당했을 뿐. 금괴가 어딨는지는 정말 몰라."

"장난하지 마. 쟤는 정말 반도 씨 명령이라면 뭐든 할 녀석이라고."

마침 통화를 마친 키리이가 초조한 걸음으로 돌아오고 있었다. 그 모습을 보며 가와베는 떠올렸다. 키리이에 토무에 류크라. 이 녀석이든 저 녀석이든 하나같이.

"……그렇구나. 그런 거였군."

"뭐가?"

"너희들, 이름이 전부 영어잖아."

멍하니 있는 시게타를 곁눈질하며 가와베는 스마트폰을 두드렸다. 검색을 한 번 하고 사토시의 방을 찍은 사진을 확인했다. 구멍이 날 정도로 뚫어지게 관찰했지만 그것은 어디에도 찍혀 있지 않았다.

그렇다면.

"목적지가 정해졌어. 운 좋으면 거기에 암호를 풀 열쇠가 남아 있을지도."

시게타는 반신반의하는 눈빛으로 "어디?" 하고 물었다.

"소토야마의 집. 아직 살고 있으면 좋으련만."

"그건 또 누구야?"

가와베는 길게 숨을 내쉬었다. 가슴에 동요가 일었다. 기억이 되살아난다.

"넌 이미 그 사람을 알고 있어."

의식이 20년 전 여름으로 날아가려고 했다. 입술을 꾹 다물고 말을 삼킨다. 말할 수 없는 이야기가 있다. 말할 수 없기에, 잊을 수도 없는 이야기가.

키리이가 와서 조수석 문에 손을 뻗었을 때 스마트폰이 울렸다. 화면에 에비누마라는 글자가 빛났다. 그 순간 뚜껑이 열렸다. 그리고 가와베가 잠시 방심한 사이 미처 멈출 새도 없이 과거가 선명하게 흘러넘치기 시작했다.

— 2권에서 계속됩니다 —

우리의 노래를 불러라 *1*

おれたちの歌をうたえ

1판 1쇄 인쇄 2025년 4월 8일
1판 1쇄 발행 2025년 4월 21일

지은이 오승호(고 가쓰히로) **옮긴이** 이연승

발행인 송호준 **편집장** 민현주 **총괄이사** 황인용
표지디자인 솔트앤블루 **본문디자인** 송재원 **제작** 송승욱

발행처 블루홀식스 **출판등록** 2016년 4월 5일 제 2016-000100호
주소 경기도 파주시 회동길 483-1 **전화** 031-955-9777 **팩스** 031-955-9779
이메일 blueholesix@naver.com

ISBN 979-11-93149-44-7 03830 **값** 16,800원